大力仵作青雲妻 1

風文創 1238

一筆生歌 著

目錄

序文

一筆生歌

我一直很喜歡看懸疑推理、驗屍破案之類的電視劇，小說收藏列表中也有很多相關作品，每一本我都會看很多遍，甚至買實體書來收藏。那撲朔迷離的案件、起伏不平的查案過程、真相大白的結局、無處可逃的凶手，都深深地吸引著我，讓我欲罷不能，恨不得熬夜一口氣看完。

因為實在太喜歡了，所以在看不到更多絕妙的同類型小說之後，便萌生了自己寫一套的想法，於是《大力仵作青雲妻》就此面世。

女主角封上上在現代是一名經驗老到的法醫，意外穿越到了古代，成為一個爹不疼、娘不愛的大力殺豬妹，為了生存下去，決定靠老本行吃飯，她的頂頭上司便是男主角應青雲。

應青雲不顧世人對女子的偏見，特聘封上上進入衙門當仵作，他不僅欣賞她的專業知識，更信賴她的推理能力；封上上憑著力能扛鼎的本事、出神入化的驗屍技術以及化腐朽為神奇的大體修復術，抓住各種蛛絲馬跡，成功逮到凶手，破解一個又一個大案。

眾人對封上上的態度從鄙夷到敬佩、從不屑到尊敬，她用實力征服了所有人。在破案的過程中，封上上和應青雲感情昇華，相知相戀，最終攜手一生，愛情事業雙豐收。

這套小說中每個案件都是我查閱資料、認真構思、反覆修改後完成的，我想呈現曲折離奇的案發經過、精彩絕倫的破案過程、凶手被繩之以法的大快人心，讓大家在我編織的一個個案子裡大呼過癮，讓讀者們在我的文字世界中暢想遨遊，感受到不同於現實生活的輕鬆與快樂。如果看到這套書的你有這種感覺，那將是我的莫大榮幸，也是我寫作的無限動力。

最後，我要感謝出版社的慧眼識珠，願意將我創造的故事化為實體書與各位相見，讓更多人徜徉在我筆下的小宇宙裡，同時讓我得到這麼多志趣相投的讀者朋友，再次感謝！

第一章　語出驚人

「快來人啊，淹死人啦！」

「快快快，快去看看，不知道還能不能活？」

「快去通知白老四，讓他們過來看看！」

一聲聲雜亂尖銳的叫喊聲傳入封上上的耳朵裡，讓她飄飛的思緒終於回到了現實，大腦捕捉到「死人」這一字眼，她下意識地抬起頭，迅速地從池塘邊站起來往聲源處望去。

只見好些村民正匆匆地往村東頭跑，結合剛剛聽到的呼喊聲，封上上立刻就猜出是怎麼一回事，心裡有了不好的預感。她立刻拋開腦子裡那亂七八糟的思緒，拔腿就往村東頭跑。

等跑到村東頭，遠遠地就見河邊的大柳樹下正圍著一堆人，看不清包圍的圈圈裡是什麼狀況，但見圍觀的人一個個面色沈肅、不住搖頭嘆息，封上上心裡一個「咯噔」，知道不妙了。

封上上正準備上前看看，忽然從不遠處傳來一陣悲嚎，她一轉頭，就見一男一女踉踉蹌蹌地跑了過來，人群自動為兩人讓路，待看到眼前的情景，他們瞬間跪倒在地，嚎啕大哭起來。

因人群露出了口子，封上上這才得以看見裡面的情形——地上正躺著個小姑娘，大概

八、九歲，面色蒼白、身體浮腫，胸膛沒有絲毫起伏，已沒有一絲活人的氣息。

「三丫啊，妳怎麼這麼不小心呢？妳這是讓我們白髮人送黑髮人啊，這樣讓我們怎麼活啊——」

小姑娘的母親邱蕊趴在地上哭得肝腸寸斷，父親沈大莊也在一旁捂著臉痛哭，哭聲淒慘，讓周圍的人看得很不忍，不少人眼圈跟著紅了。

「造孽啊，每年咱們河裡都得淹死個把孩子，咱們天天提醒孩子們小心，可還是有孩子淹死，今年才剛開春就又出事了……」

「我昨天還跟我家那皮小子說不要在河邊玩，哪想到今天就出了這樣的事，唉……」

「以後可都得看好了，不能再讓孩子來河邊，太危險了。」

封上上聽著人們的議論，又看了地上的孩子一眼，眉頭漸漸皺了起來——似乎有什麼地方不對勁。

出於職業本能，遇到不對勁的事情就得弄清楚，封上上顧不得自己的行為會不會引起非議，逕自扒開人群跑到三丫身邊蹲下，捧起她的臉看了看，又輕輕掰開她的嘴巴和鼻腔察看。

「妳幹什麼?!」

還不待封上上再詳細察看，便被人狠狠地推了一下，一個不穩摔在地上，手掌與地上的土石摩擦，忍不住痛得「哼」了一聲。

邱蕊雙眼通紅地瞪著她，一邊哽咽、一邊吼道：「妳想幹什麼！我家三丫都死了，這是好玩的事情嗎?!」

封上上抬頭看了邱蕊一眼，沒說話，又默默湊過去抓起三丫的手觀察，當看到她雙手的情況時，腦中的猜測基本得到證實，心瞬間一沈。

這時，邱蕊又準備動手打封上上，她迅速退了幾步躲到人群後面，像是被嚇住了一般低頭不語，瞧起來跟以往的性格差不多。

眾人見狀，只當剛剛她是好奇才有如此不合理的行徑，並未追究，紛紛勸邱蕊算了，先料理三丫的事情為重。

邱蕊狠狠瞪了封上上一眼，這才抹了把鼻涕抱著三丫哭起來，村長丁偉見沈大莊也顧著哭，便安排兩個人將三丫的屍體抬回沈家去，又吩咐其他人幫忙置辦壽衣、棺材等物。

孩子死了，這個村子的人得一起安排好後事，他們向來是互信互助的。

見無人再將注意力放到自己身上，封上上左右看了看，恰好看到擠在人群裡一個皮膚黝黑的小男孩，立刻朝他招了招手。

小男孩叫毛旺，平常跟原主的關係還不錯，一看她招手，立刻跑了過來，小聲問：「上上姊，什麼事？」

封上上將兜裡僅剩的兩文錢掏出來遞給他，道：「毛旺，幫上上姊跑個腿。」

她矮身附在毛旺耳邊說出自己要他做的事情，毛旺瞬間瞪大眼睛，驚疑不定地看著她。

封上上推了推他。「快去，只要你去了，這錢就是你的了。」

毛旺很遲疑，但看著手裡的兩文錢，彷彿看到了好吃的在朝他招手，想了想，還是壓下心裡的猶疑，拔腿朝村外跑去。

村民很快將辦喪事的一應用具準備齊全，幾個嬸子也勸住了痛哭不止的沈大莊夫妻，大家齊心協力準備將三丫埋到後山去。

這邊的規矩就是如此，早夭的孩子要立刻下葬，不可以在家中停靈，這樣孩子才能盡快投胎，不再遭遇悲慘的命運。

然而，還沒等眾人將三丫的屍體放入棺材中，沈家院外忽然來了一行人，身穿衙服、腰配長刀，為首之人更是一身鸂鶒官袍，面容肅穆，氣勢凜然。

竟然是官府的人！

「大、大人……」

村民深感震驚，還沒弄明白是何事，出於對官老爺的畏懼，頓時跪了一地，只剩沒反應過來的封上上一個人站在場中，與為首之人四目相對。

封上上一時無語。

她心想得入境隨俗，於是深吸了一口氣，趕忙屈膝跟著跪下，低頭裝作惶恐的樣子，但內心卻是驚訝居多，原因無他，只因這知縣大人實在超出了她的想像。

在她的印象中，或者在她看過的電視劇裡，一縣之主應該是人過中年、目露精光，下巴上留著長長的鬍子，可眼前這位不過二十幾歲，面容俊美至極、玉樹臨風、氣質卓然，出色得讓人訝異。

這樣的美男子，要是放在現代，估計能轟炸娛樂圈，這年頭讀書人都長得這麼好看嗎？

「毋須多禮，都起來。」應青雲自然不知自己的形象在封上上心裡引起了如此大的波瀾，讓眾人起身後，便將視線投向三丫的屍體，眉頭微皺。

捕頭吳為很有眼力見兒，知道這位新上任的知縣大人不喜歡客套，便單刀直入地朝村民問道：「是你們報官的？怎麼回事！」

此言讓村民們一震，皆目露茫然、滿臉不解，村長丁偉更是瞪大眼睛。「這、這……草民們沒有報官啊，莫不是弄錯了？」

吳為眉頭一皺，指著跟在後面的毛旺道：「是這孩子報的官，說你們村中死了人，難不成他不是你們村的？」

丁偉一看毛旺，一時大驚，立刻斥道：「毛旺，你去報的官？誰讓你去的?!」

毛旺嚇得整個人往後縮了縮，猶豫地指向了封上上。「上上姊讓我去的。」

「胡鬧！」丁偉快氣得頭頂冒煙了，難以置信地指著封上上。「封丫頭妳讓毛旺去的？妳這是瘋了不成！」

封上上正準備解釋，可丁偉哪有心思聽她說話，瞪了她一眼後便轉頭向應青雲鞠躬道歉。「大人，實在對不住，都是村裡孩子亂來，村裡的確是死了人，但是孩子是不小心淹死的，哪需要報官啊。」

「淹死的？」應青雲眉頭微皺。他知道這種村子裡每年都會淹死幾個孩子，的確不需要官府出面處理。

丁偉趕忙點頭。「的確是淹死的，咱們一村的人都知道。」

「是是是，屍體都泡腫了，可不是淹死的嗎？」

「沒錯，就是這樣！」

其他人怕知縣大人怪罪，紛紛點頭附和。

「不是淹死的！」封上上大聲呼喊，瞬間壓下其他聲音，也吸引了所有人的目光。

「孩子不是淹死的。」封上上頂著眾人的視線強調，希望能引起官府的重視，可千萬不能查都不查就走了。

縣衙一行人這才注意到封上上，見喊話的竟是個柔柔弱弱、瘦巴巴的姑娘，臉上全閃過訝異的神情，不明白她一個小姑娘為何如此篤定地說出這話。

迎著應青雲深沈的目光，封上上走上前一步，學這裡人的樣子給他福了一禮，然後道：「大人，的確是民女讓人去報官的，因為這孩子不是落水淹死，而是被人謀害的！」

「封丫頭，妳胡說什麼！」丁偉大驚，伸手就要去拉她，卻被她閃身躲過了。

應青雲抬手阻止丁偉，看向身後跟過來的仵作，道：「驗一下屍。」

「是，大人。」仵作是一名五十來歲的瘦老頭，叫張大承。

他拿著工具上前察看屍體，先是看了看屍體表面，又分別檢查了口鼻與四肢，不出一盞茶的工夫，就站起來回話道：「啟稟大人，這孩子確實是淹死的。」

丁偉聞言鬆了口氣，忙道：「看看，就是淹死的，草民們可不敢跟大人您謊報，這孩子真是淹死的。」

「就是就是，難不成我們還看不出來是淹死的嗎，封丫頭真是失心瘋了。」

「得讓封屠戶來把這丫頭領回去好好教訓教訓，這也太胡來了！」

村民們的話自應青雲耳中略過，他抬眸無聲地看向封上上。

封上上並不因此慌亂，毫不閃躲地迎著應青雲的目光，道：「大人，民女沒胡鬧，也沒說謊，這孩子的死確有蹊蹺，絕不是單純淹死。」

應青雲不作聲，審視般地盯著她看了好一會兒，才開口問：「何出此言？」

封上上悄悄鬆了口氣，幸好這位年輕的官老爺沒直接治她的罪，而是給了她解釋的機會，看來他跟前頭那一位大人不一樣。

「胡說！」

還不待封上上解釋，剛剛才驗過屍的仵作張大承先一步炸了毛，吹鬍子瞪眼道：「妳的意思是我老頭子驗錯了？這孩子明明就是淹死的，我幹了一輩子仵作，難不成還看不出是不是淹死的嗎?!」

封上上心平氣和地解釋道：「仵作先生，我沒說不是溺水，我的意思是這孩子不是自己落水淹死的。」

張大承愣了愣，但依然不服。「妳是說這孩子是被別人推下水去的？如何判斷得出？」

封上上搖頭。「不是被人推下水去的，更不是淹死在河中，而是在別處被活活溺死的。」

此言一出，滿場譁然，像是一滴水落入熱油中，瞬間炸開了鍋。

應青雲若有所思地盯著她，等待她的解釋。

「大人請隨民女來看。」封上上走到三丫的屍體旁蹲下，伸手指著她的臉道：「大人請看，這孩子瞼結膜、黏膜、漿膜瘀點性出血，的確符合溺死的症狀，但口鼻中卻只有蕈樣泡沫。」

「何為蕈樣泡沫？」應青雲皺眉問道。

他沒有不懂裝懂，反而大大方方地問了出來，這一點讓封上上對他的印象又更好了一些。

她一邊掰開三丫的嘴巴，一邊說明道：「人在溺死時，溺液會刺激呼吸道，混合呼吸道的黏液和空氣，會形成均勻且細小的白色泡沫，如螃蟹吐泡泡般，就像三丫口鼻中這般。」

這解釋通俗易懂，應青雲看了三丫口鼻中的泡沫一眼，明瞭地點頭。

此時張大承插嘴道：「不錯，我就是看到這孩子口鼻中有泡沫，才斷定孩子是淹死的，她身上沒有其他傷口，除了溺死，不作他想。」

「的確是溺死，卻是溺死在別處，而非直接落入河中身亡。」封上上沒繞彎子，繼續道：「想必大家都知道村東頭的河水，河水略微髒污，裡頭有很多淤泥、水草與腐葉，人如果掉進去，那麼口鼻以及氣管中不可能只有白色的泡沫，肯定有其他東西，但三丫卻不是這樣，如果此刻能看到她的肺管，必定乾淨無污，這足以證明她不是在河中淹死，而是在別處被溺死的。」

在場的人一聽，紛紛覺出不對勁來。

「對啊，河裡的水可沒這麼乾淨，三丫口鼻裡怎麼沒髒呢？」

「是啊是啊，她不說我還沒想起來，我家小子有一次掉進那河裡，喝了一嘴的髒水，鼻子裡都是泥和草，清理好久才弄乾淨的。」

「三丫既然不是掉進河裡，那是怎麼死的？」

張大承也愣住了，原本理直氣壯的神色慢慢地轉成了驚疑，剛才他驗屍的時候，壓根兒沒注意到這個細節。

封上上沒空看張大承的表情變化，她又抬起三丫的手臂道：「人如果是活著被淹死的，還會有一個典型的生活反應，就是雞皮樣皮膚。這是由於皮膚受冷水刺激，立毛肌收縮，毛囊隆起，毛根豎立導致的，也就是俗稱的雞皮疙瘩，多出現在胸腹兩側、臀部、上臂和大腿的外側。

「這個時節河水算寒涼，但是大人請看，三丫的皮膚上並沒有雞皮疙瘩，這能說明她並不是落水淹死的。」

張大承忐忑地動了動腳，不安地看向應青雲，而應青雲卻若有所思地看著三丫的屍體。

封上上以為他不信，不由得脫口道：「大人要是還不相信，可以讓民女將屍體解剖開來看，若是三丫的呼吸道中未含有大量泥沙和水草，便可以證明。」

此言一出，一直癱在一邊的邱蕊突然驚叫起來。「妳滾！不准動我家三丫！」

周圍村民也像是看怪物般地看著封上上，不顧知縣大人在場，紛紛斥責道——

「上丫頭妳說什麼瘋話！難不成腦子被門夾了?!」

「妳以為那是妳家的豬啊？真是瘋了！」

「這樣的話都說得出口，不怕三丫的鬼魂半夜來找妳？」

封上上微微懊惱，她都忘了這是在古代，解剖一說簡直驚世駭俗。

應青雲卻未如其他人一般大驚失色，依然表情平淡地說道：「不必剖驗，根據剛剛那些，足以判定人不是掉落河中溺亡。那麼，妳對三丫的死因判斷是？」

封上上回答。「民女的推斷是，三丫是被人按著頭，只將頭部按壓入清澈的水中，活生生溺死後再拋屍於村東頭的河中。」

「啊——」此言一出，邱蕊再也受不了了，雙眼一翻昏了過去。

「孩子她娘，妳怎麼了?!快醒醒啊——」沈大莊抱著邱蕊呼喊，焦急異常，場面頓時混亂起來。

見狀，應青雲吩咐沈大莊將邱蕊抱進屋內躺下，又讓衙役們清場，等院中只剩下主要的幾個人之後，才再次看向封上上。

封上上抓起三丫的手道：「大人，請看三丫的手指甲。」

應青雲看去，只見三丫的手指傷痕累累，指甲呈不規則斷裂，甲片表面皮肉翻飛。

他目光一凝。「掙扎之時導致指甲斷裂。」

「不錯。」封上上點頭。「普通的指甲裂開不會是這個樣子，在河中掙扎也不可能出現如此嚴重的傷痕，這只能說明三丫在遇害時拚命反抗過。」

封上上又小心地捲起三丫的褲腿，露出她腿上的痕跡。「您看，三丫的腿部也有多處撞傷，特別是膝蓋處青紫斑駁，應該是掙扎時撞在某處堅硬的地方弄傷的。村東頭的河裡多半是圓潤的卵石，不會讓人有這樣的撞傷。」

說完，她又小心地抬起三丫的頭，將頭側翻，然後撥開三丫的頭髮細細察看，臉都快貼上三丫的頭了。

不知道為什麼，看著封上上翻看屍體卻面不改色的樣子，在場者皆是頭皮發麻，就連衙役們也有點發怵，看著她的眼神變得詭異起來。

明明瞧著柔弱不堪，怎麼擺弄起死人來如此自在？她不怕嗎？

封上上並未在意周圍人的目光，等看到頭皮上的異樣，眼睛一亮，道：「大人您看，三丫的頭皮上有多處出血，而且還有好幾處頭髮被拽下形成的頭皮缺口，一看便是不久前被強行扯掉的。」

應青雲上前兩步蹲下，如她一般湊近屍體頭部觀看，果然看見三丫的頭皮上有好幾處斑禿，上面還略帶血跡，眼神不由得沈了下來。「所以，死者是被人拽著頭髮，按在水中溺死的。」

封上上點了點頭。

張大承已經徹底不敢出聲了，此刻的他明白，這孩子的死確有蹊蹺，他剛剛驗錯了。

應青雲緩緩站起身，吩咐道：「帶沈大莊來問話。」

衙役領命而去，不一會兒就將沈大莊帶了出來，沈大莊既哀戚又惶恐，整個人好似老了幾歲。

吳為道：「沈大莊，知縣大人現在要問你話，你得好好回答，不得有半句不實。」

沈大莊無力地點點頭。「是。」

應青雲問：「孩子是什麼時候不見的？」

第二章 就地辦案

「昨天中午吃飯的時候還好好的，午飯還是三丫做的呢。本來讓這孩子下午給草民夫妻送點水喝，卻沒見著人，當時草民夫妻以為孩子跑出去玩了，並不在意。

「等草民夫妻幹完農活從地裡回家，卻發現平常早該做好的晚飯沒做，家裡冷鍋冷灶的，心想是三丫玩野了，飯都忘了做。草民媳婦先做了飯，準備等三丫回來再好好教訓她，可誰知等到晚飯燒好了也不見她人影，這才覺得不對。

「草民夫妻全村到處找人，但怎麼也沒找到，想著這孩子是不是偷跑去她姥姥家了，原打算今天去那邊找找，哪知卻被發現死在了河裡……」沈大莊說著又抽泣起來，再也說不下去了。

封上上道：「大人，從屍體的狀況來看，孩子是在昨天下午遇害的。」

假設沈大莊沒有說謊，那麼三丫的死亡時間和消失時間對得上。

應青雲又問沈大莊。「家裡其他孩子呢？」

沈大莊吸了吸鼻子，又用袖子擦了擦眼淚。「孩子她姥姥要過壽，草民就讓前頭兩個孩子先去幫忙，只留三丫在家幹活，準備等過壽那天再帶她一起去。這孩子當時就不樂意，也想跟姊姊們一起去，草民夫妻沒允許，哪想到……早知道就讓她去了，不然也不會發生這種事……」

「從中午到晚上，你們夫妻倆真的一次都沒見過孩子？」

沈大莊搖頭，帶著哭腔道：「沒有，草民午飯後稍微瞇了一會兒就去下地了，到晚上才回來，草民媳婦中途返家拿水喝也沒見到三丫，回到地裡還跟草民抱怨說三丫這孩子太貪玩了，哪知道……」

應青雲沈吟片刻，吩咐一邊的吳為。「你帶人去一一詢問村民，看昨天下午是否有人察覺什麼動靜，像是孩子的哭喊聲等，再詢問是否有人見過三丫。記住，每個人都要問，不可遺漏。」

「是，大人。」吳為領命而去。

過了大概一個時辰後，吳為帶著三個村民回來，對應青雲道：「大人，村裡的人都問了一遍，除了老人跟孩子，昨天下午村民們基本都下田了，但在家的老人與孩子都沒聽到什麼動靜。至於是否見過三丫，只有卑職身後這些人說昨天下午瞧見過。」

他轉過身對那三人道：「你們跟大人說說當時的情況。」

為首的是村裡的一個老婆婆，她緩緩地說道：「啟稟大人，民婦昨天午後看過三丫，當時民婦在菜園子裡澆水，就看到三丫蹦蹦跳跳地往村東頭跑，還以為她是去玩呢。」

「大概什麼時辰？」

「民婦是睡醒後去澆水的，大概是未時三刻左右。」

「那妳看到她回來了嗎？」

老婆婆搖搖頭。「之後就沒見到三丫了。」

問不出其他訊息，應青雲又看向老婆婆旁邊的一男一女兩個小孩。「你們看到三丫時的情況如何？」

小男孩六、七歲的樣子，有點害怕應青雲，往老婆婆身後縮了縮，才小聲回道：「下午我們在樹下玩，三丫從旁邊走了過去，我叫她一起玩，她卻不願意，說要回家去。」

旁邊的小女孩點頭附和。

「當時是什麼時辰？」

小男孩搖搖頭。「不、不知道。」

孩子玩起來的確不會在意時辰，這也正常。

「當時三丫看起來有什麼不同之處嗎？或者有何不正常之處？」這話是對老婆婆還有兩個孩子同時問的。

老婆婆想了想，搖了搖頭。「那孩子看著跟平常差不多，非要說有什麼不一樣，就是瞧著好像格外高興了些。」

小男孩在旁邊點頭。「對，當時三丫笑得很開心，好像遇到什麼好事了似的。」

高興？為何高興？

就在眾人思索之時，一旁的小女孩突然道：「三丫手裡有糖，我看見了。」

「糖？」應青雲與封上上的目光同時一動，並不因為這一不足為奇的話而覺稀鬆平常。封上上有原主的記憶，自然知道村子裡的情況。這個時代物資匱乏，村民們過日子恨不得一個銅板掰成兩個花，不可能捨得給孩子錢買糖吃，因此村裡的孩子們很少有零嘴吃，糖更是稀罕物，除了過年或村裡哪家辦喜事，平時根本吃不到糖。

所以，三丫的糖是從哪兒來的？

兩人望向沈大莊，沈大莊也覺得奇怪。「草民家裡沒糖啊，三丫怎麼會有？難不成是誰給她的？」

吳為聞言，想到了什麼，眼睛一亮，脫口道：「大人，會不會是誰給了三丫糖，然後誘騙她，再藉機痛下殺手？」

其他衙役們也是眼睛一亮，覺得吳為這個說法很有可能，畢竟糖最能哄騙小孩子了。

沈大莊卻悲切地搖頭，接受不了這個說法，哽咽道：「可是三丫那麼小，平常很少出村子，又跟人無冤無仇，好端端的誰會殺她？」

吳為說道：「那你們家與誰結過仇嗎？或者鬧過什麼矛盾？」說不定就是仇家懷恨在心，故意挑孩子下手洩憤。

「這、這……這不可能。」沈大莊邊搖頭邊著急道：「草民一家與村裡人相處得還行，沒什麼大仇大恨，就算有，也就是些雞毛蒜皮的小事，村裡的婆娘經常為了點小事拌嘴，但不至於殺人吧。」

老婆婆直點頭。「是啊是啊，咱們村裡每天都有那麼幾個婆娘吵來吵去的，不過是些小事，哪到了殺人的地步啊。」

在場的衙役不少都是貧寒人家出身，沒少見過村裡的婦人們吵嘴，不是妳踩了我家的田埂，就是妳嚼了我家的舌根，全是些芝麻綠豆大的事，要是為了這些事殺人，那村子早就滅了。

村長丁偉也證實道：「村裡人的關係都還行，沈大莊家真的沒與人結什麼仇，哪會有人對孩子下這樣的手？」

既然如此，那仇家殺人洩憤的說法就不成立了，既沒有仇家，誰會故意去殺一個小小的孩子呢？

在場之人一時之間都沈默了。

過了好一會兒，一個衙役才小聲道：「會不會……會不會是外來的人販子想拐走三丫，就用糖騙她，但三丫掙扎不從，然後惹怒了那人，所以被殺了？」

這說法卻讓跟在應青雲身後的小廝雲澤忍不住翻了個白眼，反駁道：「要是人販子，給了糖就直接帶走了，還讓三丫拿著糖回村蹓躂幹什麼，難不成讓她回家看看再帶走嗎？」

說話的衙役一聽也覺得自己這話有點傻，臉不由得微微一紅。

吳為悄悄瞪了那衙役一眼，暗覺他給自己丟人，萬一讓新上任的大人覺得他們這幫衙役都是些飯桶，到時候換了他們就麻煩了，自己可還靠這份差事養家餬口呢。

為了在新大人面前掙回一點面子，吳為趕忙站出來道：「大人，現在唯一的突破點就是三丫手裡的糖，得查查那糖是從哪兒來的才好，要不要卑職帶人去問問村裡人有沒有誰給過三丫糖或誰家丟了糖，再派人去鎮上問問，看有沒有賣糖的鋪子或小攤昨天遇上孩子單獨去買糖？」

三丫手裡的糖要麼是人家給的，要麼從別人那邊偷的，要麼自己買的，在路上撿到的可能性幾乎沒有。

應青雲卻沒點頭，反而看向封上上，用清冷如玉的聲音詢問道：「姑娘，妳有何見解？」

聞言，從推斷完三丫死因有異之後就一直當自己是空氣的封上上吃了一驚，沒想到應青雲竟會主動開口詢問她的見解，畢竟她現在只是一個普通的村民，又是女子，正常人都不會將她放在眼裡的。

不說封上上，在場其他人也是訝異不已。

似乎看出封上上心中所想，應青雲淡淡地鼓勵道：「姑娘只管說，不必有顧慮，說錯了也無妨。」

人命關天，既然這位大人都這麼說了，封上上覺得自己不必過分謙虛，早日抓到凶手才是最要緊的。

於是封上上放棄了原本閉緊嘴當鵪鶉的打算，說出自己的推斷。「大人，民女認為凶手不是外來者，很可能是村裡的人。」

應青雲道：「理由。」

見他似乎完全不因她的話感到驚訝，封上上便猜測，這位腦子不差的大人說不定與她有同樣的想法。

她道：「剛才已經看過，三丫口鼻裡一點髒污也無，且指甲縫裡沒有泥土，說明她是在乾淨的水和環境裡被溺死的，野外的水不可能那麼乾淨，只有家裡用的水才會這般，所以三丫不是在野外被殺害的，而是在室內。

「如果凶手是外來之人，那他不可能潛進本村村民家中下手，畢竟這樣很可能被當場發現。若是如此，就只有一種可能——凶手在村外的居所殺害三丫，然後趁夜裡跑到柳下村拋屍。」

「這……這不可能吧。」吳為立刻就覺得這說法不通。「距離此地最近的村子要走半個多時辰，凶手把人帶得遠遠地殺害，然後又大老遠運屍來這裡拋棄，不光費事不討好，還容易被人發覺。要是想拋屍，隨便找個沒人的地方埋了，或者就近往河裡扔去，不是更好、更安全？」

眾人紛紛點頭，把人帶走殺了，再運回來拋屍，這行為跟傻子似的。

「的確如此，但也不排除凶手想偽裝成三丫是掉進自家村中河裡淹死的假象，所以大著膽子趁夜裡跑來村中拋屍。」封上上道：「雖然這個可能性很小，但也不能排除。」

吳為不解。「那剛剛妳為何說覺得凶手是村裡人？」

「我是說很大可能是村裡人，這是我的推測，畢竟比起村外人千里迢迢地帶走三丫殺害，再冒著風險回來拋屍，我覺得村中之人動手的可能性更大。」

說到這裡，封上上便閉上了嘴，將目光投向應青雲，等待他做決策。

應青雲道：「先排查村裡人。」

吳為站出來道：「大人，卑職現在就去將村裡人帶過來一個個審問，若凶手真在村裡，一定審得出來。」

這些村民不禁嚇，只要動點小手段，他們肯定會招，唯一的不便就是費時間，村裡這麼多人，審問完怎麼也得兩、三天，怪累人的。

這是要用遍地撒網的方式破案？封上上不由得挑眉。

一個村子可是有幾百人口呢，得審問到猴年馬月去不說，到時候凶手身上的線索都消失了。

其實有更簡單的辦法。

她剛要說出更快速的方法，還沒來得及開口，就見應青雲擺了擺手，吩咐道：「不必如此大動干戈，你去找出村中身上有抓傷的人，尤其是手部和手臂帶傷的，但凡發現，一律帶回來審問。」

封上上將到了嘴邊的話默默吞了下去。

看來不用她說了，這位大人心裡明白著呢。

吳為卻是完全不理解。「大人，這是何故？」帶傷的人和本案有什麼關聯嗎？

應青雲淡淡地看了他一眼。

吳為後背一涼，總感覺大人的眼神有點不對勁，不禁反思是不是自己問的話太蠢了。然而，他是真不明白好好的怎麼會扯到帶傷的人身上去。

還不待吳為仔細琢磨出案子跟帶傷之人有什麼關係，看不下去的封上上就解釋道：「三丫雙手的指甲斷裂，遇害之前顯然激烈掙扎過，而且她的手腕沒有捆綁過的痕跡，這說明凶手並未綁縛她的雙手，凶手既然直接抓住三丫的頭髮往水裡按壓，那麼她在危機之下定會抓撓凶手的雙手或其他部位，如此凶手身上一定有傷。」

吳為的嘴巴因頓悟而張開，其他衙役也同樣露出恍然大悟的表情。

是啊，人要是被抓著頭髮往水裡按，怎麼可能不掙扎，肯定會抓撓凶手的手或其他部位自救的，就算是孩子也不例外。

他怎麼就沒想到呢？

吳為突然間理解了剛剛自家大人的眼神，那是在看傻子對吧？他一邊心塞，一邊俐落地帶著衙役們去村中尋找帶傷的人。

腦子不好，幹活就得俐落些，不然可真要被革職了。

不出半個時辰，村中身上有傷的人都被帶了回來，一共五個人，其中還有一個七、八歲的小孩子。

應青雲直接在沈家的堂屋中設了案堂，就地審問。

第一個被帶進來的人一進門就惶恐地跪了下去，趴在地上，連頭都不敢抬，抖著身子說：「草民、草民池柱子……拜、拜見大人。」

應青雲微微皺眉。此地的百姓之所以格外畏懼官府，應當是之前知縣的行事作風令他們恐懼至此。

百姓對父母官需要的是「敬」，而不是「畏」。

「起來說話，本官叫你來只是詢問一些問題，不用緊張，你只需如實回答即可，只要跟本案無關，本官不會冤枉任何人。」

這話讓池柱子大大鬆了口氣，抹了把額頭上嚇出的汗，顫顫巍巍地站了起來。

應青雲看向池柱子的手臂，只見上面纏了一層土布，表面泛著黃黑，還有些微泥土。

「你手臂上的傷是怎麼回事？」

池柱子捂住手臂上的傷，雖然不明白官老爺為何要詢問自己的傷，但還是小心地回答道：「這是草民上山砍柴時不小心被荊棘刮的，刮得有點嚴重，怕下地時泥土沾到傷口上化膿，所以草民的媳婦就幫著包紮了一下。」

「什麼時候傷的？」

「昨天早上。」

「有人能證明你這傷是昨天早上傷的嗎？」

池柱子被問得心裡七上八下的，不懂自己受傷的事與三丫的案子有什麼關係，但生怕官老爺對自己產生懷疑，急急忙忙點頭道：「有有有，昨天草民砍柴下山時遇到不少村裡人，他們看草民手臂血糊糊的，還問是怎麼回事，當時好多人都看到了。」

「你昨天下午在何處？」

「草民昨天下午一直在田裡幹活，直到天快黑了才回家，周圍幾家一起幹活的人都知道。」

雖然池柱子有證人，但應青雲還是讓他將傷口上的布解開，露出傷口。

封上上湊過去仔細一看，的確是被荊棘刮傷的，並不是指甲劃傷。

她朝應青雲點了點頭，應青雲便讓池柱子離開了，叫下一個人進來。

下一個是二十歲出頭的年輕漢子，叫封二強，與封上上一個姓，計較起來，封上上得叫他一聲哥。柳下村的姓氏雖然雜，但大多數人都姓封，算是本家。

封二強的手臂和臉上都有傷口，並未像池柱子一般包紮，所以一眼就能看出是抓傷。

應青雲問道：「你手臂和臉上的都是抓傷？」

封二強點點頭，略微不自在地縮了縮手臂，不敢看應青雲的臉。

「這傷如何來的？」

封二強的表情一緊，一張臉似黑似紅，不自在地瞥了站在旁邊的封上上一眼，似乎有點顧慮她的存在，支支吾吾的，什麼也沒說。

他這模樣看起來就像是心虛，吳為立刻覺得封二強的嫌疑很大，不由得眼睛一瞪，粗著嗓子斥道：「大人問你話，還不快點回答，難不成是心虛，不敢說?!」

封二強被吼得一哆嗦，臉色轉白。就算他不知道具體案情，但也知道官府的人在查三丫被害的事，要是被冠上殺人的罪名可不得了，所以也顧不得面子了，趕緊交代。「草民沒有心虛，這傷……這傷是草民與家裡那婆娘打架，她給草民撓的。」

吳為一愣，怎麼也沒想到是這個原因。這麼說，封二強不是凶手？

封上上心想，怪不得這人剛剛看自己時一臉不自在，還猶豫著不想說，原來是家有悍妻，羞於啟齒。這個時代大男人主義盛行，要是讓人知道自己被媳婦給撓成這樣，估計都不想出門了。

應青雲的表情沒什麼變化，只繼續問道：「因何動手？」

封二強搓了搓手，有點不好意思地說：「草民的媳婦回娘家時多帶了些雞蛋，草民的娘罵了她幾句，她便頂嘴，氣著了老人家，草民忍不住教訓她幾句，然後她就跟草民打了起來……」

「何時撓的？此事可有人作證？」

第三章　細細推敲

「前天晚上撓的，沒外人知道，就草民的兩個孩子曉得。」

應青雲讓吳為去將封二強的妻子和兩個孩子帶來問話，當那母子三人進來的時候，封上上終於明白為何封二強會被撓成這樣，因為他妻子薛盈很高壯，身板比封二強更結實，這樣的女子肯定很有力氣，的確不會受欺負。

嗯，挺好的。

應青雲問薛盈。「封二強身上的傷是妳抓的？」

薛盈倒是比封二強膽子大不少，坦蕩蕩地承認了。「是。民婦的娘過生辰，民婦帶了二十顆雞蛋回娘家，婆婆便罵民婦吃裡扒外，還說要休了民婦。民婦氣不過，與她頂嘴，婆婆就找封二強告狀，誰知他問都不問就罵，還想打人，民婦就跟他打了起來。」

封二強頭埋得更低了，很是羞憤。也不知他是因為不分青紅皂白對妻子動手而羞愧，還是因為當著這麼多人的面前被下了面子而羞憤。

應青雲看向了兩個孩子，大的是女孩，約莫六、七歲，小的才剛剛學會走路，所以他便問大的。「妳爹娘前天晚上吵架，妳知道嗎？」

小姑娘看了她爹一眼，見他沒阻止，便怯怯地點了一下頭，答道：「爹跟娘吵架，把我吵醒了，也把弟弟嚇哭了。」

「妳爹身上的傷是妳娘抓的嗎？」

小姑娘又點了點頭，小聲嘀咕道：「爹每次都打不過娘。」

在場的人除了應青雲跟封二強以外都有點想笑，但硬生生忍住了。

這孩子的神情不似有假，看起來不像說謊，因此封二強的嫌疑也被排除了。

接下來應青雲又審問了其餘三人，但是他們受傷都跟三丫的案子無關，且都能提供昨天下午案發時的不在場證明。

有五個人受傷，但五個人都不是凶手。

吳為只覺得一盆冷水澆在了頭上，原本以為案子立刻能偵破，哪想到五個人都被排除了嫌疑，那到底誰才是凶手？

他猶豫地看向應青雲，難不成是大人的推斷錯了？

應青雲也有些不解，抬頭問吳為。「你確定村裡所有受了傷的人都在這裡？」

吳為忙不迭地點頭道：「確定，卑職帶著兄弟們一家一家找、一人一人查，保證一個都沒漏，就連那出門回娘家的，卑職都讓人給找了回來。」

應青雲皺了皺眉，顯然這結果出乎他的意料。

「其實，吳捕頭遺漏了。」眼看案子又卡住了，封上上不得不再次出聲。反正她現在已經當了出頭鳥，想低調也低調不起來，不如大大方方地幫忙盡快破了案子，那麼就算這位新上任的大人懷疑她這個村姑奇怪，也不會找她麻煩。

吳為聞言立刻反駁。「不可能，我每一家都查了。」

封上上嘆了口氣，用腳尖點了點地面，又指了指四周的牆來提醒他。

嗯？吳為摸不著頭緒。「姑娘您指什麼呢？什麼意思？」

方才封上上的一番推理讓吳為刮目相看，連稱呼都變尊敬了。

他看不懂，應青雲卻馬上理解了封上上的意思，眼神幽深地從她臉上掠過，快得無人察覺。他道：「你沒查沈家人，也就是沈家夫妻跟另外兩個孩子。」

「啊？」吳為兩隻不大的眼睛此刻瞪得如銅鈴一般。「大人，您是說查死者的家人？那怎麼可能呢！」

總不能是父母殺了孩子，姊姊殺了妹妹吧?!

應青雲卻淡淡道：「沒什麼是不可能的。」

封上上很贊同這話。按常理來說，人們不會把凶手往受害者的親屬身上想，也不願相信有這種事情存在，但事實證明，親屬做案的例子比比皆是，不能因為是家人就排除嫌疑。

「這……好，卑職讓人去將那兩個孩子接回來。」雖然這麼說，但吳為心中卻不相信。孩子都是父母心頭上的肉，他們怎麼會殺害自己的孩子呢？況且沈家其他兩個孩子都還小，不可能殺人的。

等待的時間，封上上將視線轉向沈家的院子裡，就見屋簷下擺放了一個大水缸。

想起三丫手上的傷以及雙腿膝蓋上的青紫，她心中突然一動，不由得踱步走了過去，低下頭仔細察看起來。

應青雲見狀，眸色一深，也走了過去，跟著封上上一起察看水缸。

吳為不明白怎麼說著說著又跑去看水缸了。他在衙門幹了這麼多年，歷經幾任大人都沒丟飯碗，自認是個聰明人，但今天發生的事卻讓他推翻了之前的認知，跟大人還有封姑娘比起來，自己就是個笨蛋，總是跟不上他們的想法。

這麼想著，吳為也跟著湊上去看，試圖找出什麼蛛絲馬跡，卻不知道自己到底看了什麼，不由得疑惑地撓撓頭。「大人，你們在看什麼？這不就是普通的大水缸嗎，家家戶戶院子裡都會放一個的，這跟案子有什麼關聯？」

「有。」封上上指著大水缸邊緣及周圍的刮痕。「這就是關聯。」

吳為瞧了瞧那些密密麻麻的刮痕，看著看著便覺得不對勁。正常的水缸怎麼會有這麼多刮痕？

應青雲沈聲吩咐道：「你立即去察看一下沈大莊夫妻身上是否有傷。」

吳為雖然還是沒想明白，但知道自家大人肯定又看出了什麼，不敢馬虎，立刻去找沈家夫妻。

片刻後，吳為神色複雜地回來了。

看到他臉上的表情，封上上心裡有了底，應青雲也是眸色一深。

「大人，卑職發現邱蕊的手上和手臂上有傷，而且全是抓傷，但邱蕊說那傷是昨天不小心被野貓抓的。」

吳為此刻的心情難以言喻，一方面沒想到邱蕊身上竟然有抓傷，另一方面又不相信她會殺人，畢竟那是她的骨肉啊，怎麼下得了手呢？

應青雲走回案堂坐下，神色嚴肅地道：「帶沈大莊夫妻過來問話。」

不一會兒，沈大莊扶著虛弱的邱蕊進了堂屋。

邱蕊頭髮散亂、臉色蒼白，一雙眼睛哭得紅腫不堪，腳步更是虛浮無力，需要靠沈大莊攙扶才能走路，時不時還抽噎兩聲，滿是白髮人送黑髮人的悲傷。

看到她這副模樣，吳為等衙役都心生憐惜，不相信她會是殺女凶手，都傾向於那傷真是貓抓的。

應青雲卻面不改色，命令道：「邱蕊，將妳的袖子捋起。」

邱蕊身子抖了抖，不敢不從，緩緩將自己的袖子捋起，只見她的手臂遍布抓痕，從手臂蔓延到兩手，抓痕雜亂，傷口周圍紅腫不堪，看起來傷得不輕。

應青雲眼神沈肅道：「邱蕊，妳手上和手臂上的傷是怎麼回事？」

邱蕊靠在沈大莊身上，眼睛睜不太開，嗓音沙啞地回道：「大人，昨天下午民婦在田裡勞作，幹了一個多時辰了還不見三丫送水來給民婦夫妻喝，由於實在太渴，民婦就回家拿水，誰知不見那孩子的身影。

「民婦以為三丫去玩了，就去廚房舀水，卻看見一隻野貓正在翻櫥櫃，想偷吃東西，民婦上前驅趕，哪知那貓野得很，狠狠地撓了民婦，這手和手臂就被野貓撓成了這樣。」

沈大莊附和道：「的確如此，她拿水回地裡時，還跟草民抱怨不知道是哪兒來的野貓呢，草民讓她去醫館看看，但她捨不得錢，就沒去。」

「她在撒謊。」

一語驚起千層浪，眾人眼皮一跳，紛紛望向開口的封上上。

邱蕊驚叫。「撒什麼謊了?!我幹麼撒謊！」

沈大莊也很不滿，斥責道：「上丫頭別亂說，妳嬸子可沒撒謊。妳一個孩子家家的，怎麼到處亂插嘴！」

封上上並不理會他的喝斥，面向應青雲說道：「大人，邱蕊的確在撒謊，她的傷不是野貓抓的。」

邱蕊臉色青白，似乎被封上上氣壞了，她費力地掙脫沈大莊的攙扶，氣惱地指著封上上。「妳、妳胡說八道！我為何要撒謊?!」

封上上瞥了她手臂上的傷一眼，道：「我沒胡說八道，胡說八道的是妳。妳手臂上的確是抓傷，但不是貓抓的，貓的抓痕細且長，傷痕應當並列分布，且間距狹小，妳的傷口雖然凌亂疊加，但明顯能看出傷痕較粗，間距寬大，只要是有些常識的醫者，都能看出是否是貓所為。」

眼看邱蕊雙眼瞪大、啞然失聲，封上上繼續道：「而且妳忽略了一點，妳以為那撓傷凌亂不堪、多次疊加，就讓人看不出了嗎？錯！要是正常人被貓抓撓，第一反應就是閃避，絕不可能等著貓再來撓自己幾下，所以妳是原地站著不動，特地讓貓左一下、右一下，不停地撓成這樣嗎？」

邱蕊呼吸一頓，眸中溢出了驚恐。

原本一點都不懷疑邱蕊的衙役們也聽得愣了神，看向邱蕊的視線裡除了難以置信，還多了震驚。

「最後，不提傷口，妳也明顯在撒謊，大人問妳手上和手臂上的傷是怎麼回事，妳的回答一看就是提前編好的，明顯有問題。」

從震驚中稍稍回過神的吳為不解地問道：「她的話怎麼了？」聽起來沒什麼問題啊。

封上上反問他。「如果你是邱蕊，你被貓抓了，我問你手臂上的傷是怎麼回事，你會如何回答？」

吳為把自己想像成邱蕊，回答道：「是貓抓的，昨天下午回家看到有野貓偷吃，驅趕的時候被野貓撓了。」

「對，這才是正常人的回答。」封上上指向邱蕊。「你再想想她的回答，不答最關鍵的，反而按照時間順序詳細描述下田、返家再到遇見貓等經過，雖然聽起來很完整，但這反而是不正常的，恰恰證明她在撒謊。」

反正都說到這裡了，封上上乾脆照心理學的觀點解釋起來。「正常人在被別人詢問時，下意識會答為所問，例如問你吃飯了沒，你肯定是回答『吃過了』或者『沒吃』，然後再說點別的，但不會說『我早上去田裡忙了，等草除完了才回家，回家後發現鍋裡沒飯，於是做了飯，等飯好就能吃了』。

「況且，人在回憶時，難免會敘述得稍微混亂，特別是在情緒不穩定的情況下，但邱蕊的回答卻完全按照時間順序，一環都沒有遺漏，就像是事先想好的一般。有時候話說得多，正是為了掩飾謊言，努力讓別人相信自己的一種表現。」

衙役們個個聽得瞪大了眼。他們是第一次聽到這種論調，但仔細想想又覺得十分有道理，像是邱蕊剛剛說的話，明明聽的時候不覺得不對勁，現在經過封上上這麼一分析，立刻就覺出不對了。

對啊，回答自己是被貓抓的就成了，從下田說起幹什麼？這是牛頭不對馬嘴啊！

應青雲看著封上上的眼神裡帶著驚奇與讚賞，這姑娘，好敏銳的思維。

驚嘆一閃而過，他再次看向邱蕊，目光凌厲道：「邱蕊，妳為何要撒謊！」

邱蕊瞬間癱軟在地，卻哽咽著搖頭。「大人，民婦沒有說謊，您不能聽一個丫頭片子隨口胡說啊，這傷真是貓抓的，難不成民婦還能害了親生女兒不成？三丫可是民婦十月懷胎生下來的！」

沈大莊也著急道：「大人，三丫是草民夫妻的親骨肉，您懷疑誰也不能懷疑到我們身上啊！」

應青雲道：「妳說自己沒撒謊，那本官現在就請城裡有名的大夫來給妳看傷，查明到底是貓抓還是人抓的！」

聞言，邱蕊面色一白，緊緊地揪住袖口，渾身打顫，下一秒便暈了過去。

應青雲只淡淡地掃了邱蕊一眼，便道：「潑盆冷水弄醒。」

沈大莊一驚，暗恨知縣大人竟如此無情，卻不敢有任何怨言，只趕在衙役潑水前掐住邱蕊的人中，想將她弄醒。

恰在此時，衙役將兩個孩子接了回來，都是女孩，且看起來差不多大，都是十來歲。因為不知道發生了何事，她們滿臉的不安與害怕，直到進屋看見爹娘也在，才鬆了口氣。

大丫與二丫瞬間找到了主心骨兒，一溜煙地跑到父親身邊挨著，看到躺在地上、閉著眼睛的母親時，不禁偷偷看了好幾眼，直到確定母親真的不是在睡覺，大丫才小聲地問道：「爹，娘怎麼了？」

沈大莊對兩個女兒搖了搖頭，沒多做解釋。

看到這一幕，封上上挑了一下眉，心中有了某個想法。

她看向坐在上首的應青雲，詢問道：「大人，可否讓民女問他們幾句話？」

應青雲便吩咐沈大莊父女三人道：「你們認真回答她的問題。」

沈大莊納悶地瞥了封上上一眼，不明白平時悶不吭聲的小丫頭今天怎麼像是變了個人似的，甚至有本事讓知縣大人都順著她，但此刻查明案情重要，他無暇多想其他，只得乖乖聽話。

封上上問沈大莊。「邱蕊平常對孩子們應該不太好吧？」

沈大莊看向雙眸緊閉的妻子，努力解釋道：「這……也不是不好，草民媳婦就是有些脾氣，跟孩子們的相處還是可以的。」

封上上笑了笑。「你不必急著解釋，孩子們的反應就是最好的證明。在最沒有安全感的情況下，孩子一看到親近的人，會下意識地表現出依賴、請求庇護之意，就像大丫、二丫，她們一進來，立刻跑到你身後揪著你的衣服，卻沒跑去她們娘身邊，也沒立刻問她怎麼了，這說明她們更親近你這個爹。」

說完這話，她面向應青雲繼續道：「這在農家是很少見的情況，農家漢子天天就是忙活田裡的生計，回家也很少和婆娘、孩子親近，更別說是跟女兒們培養感情了。這幾乎是所有農家漢子的共同點，相較於父親，這個年紀的孩子應該更依賴母親才對，但沈家的孩子卻相反。

「況且一般孩子看到母親閉著眼睛躺在地上，肯定很焦急，但大丫跟二丫卻沒有，甚至不敢去觸碰她們母親，看了好一會兒才小聲問她怎麼了，這只能說明，母親平時對她們不如父親好，甚至能說對她們很不好，不好到令她們畏懼。」

應青雲贊同道：「的確如此。」

沈大莊被講得說不出話，半晌後沈沈嘆了口氣，老實承認。「孩子們平時是親近草民多一點，她們有點怕她們的娘，但草民媳婦只是性子急了點，還是心疼孩子們的，畢竟是她身上掉下來的肉。」

他一點都不願讓妻子遭到懷疑，努力想讓人明白她也疼愛孩子，不可能會喪心病狂地殺害女兒。

封上上不想在這件事上繼續糾纏，突然又拋出了個問題。「你們夫妻倆很想要兒子吧？」

此話一出，「暈倒」在地的邱蕊身體明顯一僵，這個變化沒能逃過封上上跟應青雲的眼睛。

沈大莊點了點頭，感嘆地說：「草民夫妻成婚十多年，連續生了三個丫頭，生完三丫後草民媳婦的肚子就再沒了動靜，吃了不少藥，也用過不少偏方，可惜都沒用，三丫都八歲了還沒來個弟弟。草民夫妻都著急啊，家裡就三個丫頭，以後連個能抬棺送葬的都沒有，因為這件事，草民的娘對草民媳婦滿心怨氣，草民夫妻真是作夢都想生個兒子。」

封上上扯了扯嘴角。「三丫的名字叫什麼？」

提到這話，沈大莊又紅了眼眶，哽咽道：「叫沈招弟。」

唉！封上上搖了搖頭，繼續說：「所以，邱蕊平時是否經常打罵三個孩子，甚至會念叨說『妳們怎麼不是男孩』這樣的話？會不會經常埋怨三丫，說她不能招來弟弟？」

沈大莊想到躺在棺材裡的三丫，突然覺得很對不起這孩子，一下子難受地哭出了聲，一邊哭、一邊解釋。「她、她只是太想要兒子了，有時候一急就會對孩子們動手，也確實說過那種話，但那只是隨口抱怨，沒有壞心，而且村裡許多沒有兒子的婦人都是這樣。」

封上上點點頭，的確如此。這個時代重男輕女的思想嚴重到令人無法想像，特別在村裡，婦人們為了生兒子可以拚命，對待女兒好的就很少了，有的甚至不把女兒當人看，叫「招弟」的小姑娘也不少見。

第四章　火速偵破

封上上不再問沈大莊，而是蹲下身，詢問起大丫和二丫。「妳們娘平時都是怎麼對妳們的，跟姊姊說說行不行？」

大丫與二丫瑟縮了一下，看了沈大莊身側的邱蕊一眼，不敢回話。

封上上安撫般地拍了拍兩個孩子的肩膀，柔聲道：「別怕，只是妳們的妹妹三丫死了，現在官府要替她伸冤，需要妳們配合，只有如實回答，三丫的案子才能查清楚。」

聽聞三丫死了，兩個孩子瞬間臉色大變，大丫哽咽著問沈大莊。「爹，三丫是不是真的死了？她昨天早上還好好的呢！」

沈大莊悲痛地捂了捂眼。

封上上拍拍大丫的頭，殘忍地宣告了事實。「有人害了三丫，只要妳們好好回答問題，就能找出傷害三丫的人，替她報仇。」

大丫與二丫眼淚瞬間流得更凶，一臉悲切地看著她們的爹。

封上上再次問：「妳們娘平時經常打妳們嗎？」

意識到問題的嚴重性，這次兩個孩子肯說話了，大丫點頭說：「娘經常打我們，一旦犯錯，她就會使勁打，還不許我們吃飯。」

沈大莊一驚。「大丫妳可不能胡說，妳娘什麼時候使勁打妳們了？不都是拍兩巴掌、罵兩句嗎，不痛不癢的。」

二丫一邊哭、一邊說：「爹在家的時候娘不會那麼使勁打，您不在家，娘就會用荊條還有棒槌使勁揍我們，不但不讓我們吃飯，還罵姑娘家是賠錢貨，說我們為什麼不是男孩。」

沈大莊難以置信地看著兩個女兒。「妳們……妳們怎麼沒跟爹說過？」

大丫道：「娘不讓說，要是敢說，她就要縫我們的嘴。」

沈大莊面色一白，又驚又疑地看向身旁的邱蕊。

封上上望了身子僵直的邱蕊一眼，嘲諷地笑了笑，又問：「那妳們娘有時候會不會突然失控，變得很可怕，好像突然不正常的樣子？」

大丫跟二丫同時驚懼地點頭，大丫道：「娘有時候越打越生氣，下手會越來越重，眼睛直直地盯著我們，全身都在發抖，無論怎麼喊她，她都不理，只一個勁地問我們為什麼不是帶把的，還問我們怎麼不去死。」

二丫說：「就是這樣，每次娘發著抖打我們的時候，就好像、就好像……」

看二丫想不出適當的形容詞，封上上說道：「是不是好像控制不住自己了一樣？」

兩個孩子同時點頭。

聽完大丫跟二丫的話，在場者紛紛皺眉。看來邱蕊想要兒子想得已經有點魔怔了，精神明顯不太正常。

正常的母親哪怕再重男輕女，也不會這樣。

沈大莊被兩個孩子的話嚇傻了，他從沒想過有一天會從孩子嘴裡聽到枕邊人有那般陌生、可怕的模樣，更沒想到她平常是這麼對孩子的，他只以為她是因為沒生出兒子脾氣不太好，偶爾打罵孩子而已。

封上上又問大丫。「妳們三姊妹有零花錢嗎？三丫身上有銅板嗎？」

大丫搖頭。「我們一個銅板都沒有，三丫也是，她每次看別人吃好吃的都偷偷流口水，跟我說要是自己也有錢就好了。」

內心的猜測基本得到證實，封上上轉頭對應青雲道：「大人，民女差不多已經弄明白案子是怎麼回事了。」

應青雲立刻道：「說說看。」

封上上瞥了依舊裝暈不肯醒的邱蕊一眼，道：「民女覺得還是讓邱蕊醒來聽聽比較好。」

應青雲點點頭，對吳為吩咐道：「將邱蕊潑醒。」

「是！」

吳為現在對邱蕊的觀感徹底變了，剛剛還絕不相信她是凶手，但經由封上上的一番推理，他不信也得信了。他打了一桶涼水，直接朝邱蕊的頭澆了一半下去，冷水的刺激讓邱蕊再也裝不下去，嗆咳了起來。

邱蕊抹了抹臉，臉色更加灰敗，抱著身子瑟瑟發抖，低著頭不敢看任何人。

封上上這才說出自己對案子的推理。「昨天午休後，沈大莊夫妻下地勞作，走的時候提醒三丫過一個時辰送點水去，但時間到了，三丫卻沒去送水，這讓邱蕊很生氣，可能還罵了幾句。」

應青雲問沈大莊。「是否是這樣？」

沈大莊愣愣地點頭，臉上的汗止不住地流。「當時草民夫妻渴得很，三丫沒按時辰送水，草民媳婦認定三丫又貪玩了，很生氣，便自己回家拿水。」

封上上繼續說：「等邱蕊返家，發現三丫果然不在家，於是更生氣，拿著水準備離開，卻恰好遇到三丫從外面回來，還發現她手裡拿著糖。邱蕊肯定會質問三丫的糖是哪裡來的，如果我沒料錯的話，三丫應該是偷拿你們房裡的錢去買糖了，這一點，只要看看家裡的錢少了沒有，就能證實。」

應青雲又問沈大莊。「你知道家裡有多少錢嗎？」

這點沈大莊自然知道。雖然錢是讓妻子收著的，但村裡漢子總是提防媳婦偷偷補貼娘家，因此對家裡的銀錢數量很清楚。

他道：「家裡一共有十兩整銀，外加三百二十四文錢。」

應青雲問道：「你確定？」

沈大莊點點頭，回道：「確定，前兩天剛賣了一回雞蛋，家裡的銀錢重新數過。」

「那好，你現在將家中的銀兩拿來再數一次，看是否短少。」

為了避免沈大莊動手腳，吳為親自跟著他去房裡拿錢，然後當著眾人的面數了兩遍，結果十兩整銀沒變，但少了三個銅板。

銅板真的少了，顯然是被三丫偷拿去買糖了。

一直默不作聲的邱蕊突然顫抖起來，看著她這樣子，在場的人心情都很複雜。

封上上又說：「所以，三丫趁你們不在家，偷偷拿了三文錢去買糖，卻被回家的邱蕊撞了個正著。邱蕊本來就對女兒們不好，更是恨三丫不能招來弟弟，現在她還偷家裡的錢，邱蕊肯定暴怒，當即揪起三丫的頭髮將她壓在屋簷下的水缸中，想狠狠教訓她一頓。

「然而，邱蕊因為暴怒失了理智，不小心將三丫溺死了，這才反應過來自己幹了什麼，很是心慌。為了逃脫罪罰，她便將三丫藏起來，假裝找不到孩子，然後趁夜裡大夥兒在睡覺的時候將三丫丟到河裡，布置成她是玩水淹死的。」

全場寂靜，瑟瑟發抖的邱蕊突然間不動了，雙眼一翻，似乎又要暈倒。

見狀，吳為冷哼一聲，反手就是半桶涼水潑過去，成功阻止了邱蕊再次「昏迷」。

就邱蕊這個表現，想讓人相信她都難。

「不，不可能的……不會的……」沈大莊受不了這刺激，也無法接受這個事實，一個勁地搖頭。

看他這個樣子，封上上嘆了一口氣。「你不相信也得相信，她身上的抓傷就是最好的證明。」

沈大莊無法替妻子開脫，一下子像是被抽了魂一般兩眼無神。

應青雲冷冷地道：「邱蕊，事到如今妳還不招？難道想到大牢裡再跟本官仔細解釋妳手上的抓傷，順便說明妳家中少了三文錢的事？」

吳為馬上抽出腰間的佩刀指向邱蕊，刀光寒涼，煞氣極重。「再不說實話，這刀子可就要落在妳的脖子上了！」

「啊！」邱蕊嚇得大叫起來，再也辯解不下去，心裡的防線在此刻徹底崩塌，趴在地嚎啕痛哭起來。「民婦、民婦不是故意的……就是氣三丫偷錢，想教訓她一下而已，可是、可是民婦沒想殺她啊！等民婦反應過來的時候，三丫已經沒氣了……民婦真不是故意的……」

邱蕊涕泗橫流、悲痛萬分，但封上上卻對她絲毫同情不起來。「妳知不知道，也許當時三丫還沒死，只要妳及時叫人，說不定能將她救回來！就是因為妳的自私，三丫還沒長大就徹底離開了這世間。

「妳身為一個母親，不救孩子，還將孩子拋屍於河中，於心何忍？如果不是我發現異常報了案，三丫就會被當成掉進河裡淹死，隨意給埋了，而妳卻能像沒事的人一般繼續生活，生妳的兒子！」

的確，村裡每年都會淹死不少孩子，而且立刻就埋了，不會有人特地報官，誰能想到孩子有冤屈呢？

邱蕊正是抓住了這一點，以為假裝孩子淹死，迅速埋葬她以後，便不會有人發現這件事，卻不想她碰到了封上上這個異數。

聽完封上上的話，邱蕊哭聲一頓，繼而又放聲大哭，哭得肝腸寸斷，也不知道她是在哭死去的三丫，還是在哭自己即將到來的命運。

然而無論邱蕊怎麼哭，現在沒一個人同情、可憐她，就連一直相信她的沈大莊也承受不了這樣的打擊，一眼都不想看她。

案子正式宣告偵破，邱蕊被收押，接下來只等正式開堂定罪。

邱蕊戴著枷鎖被押往縣衙大牢，幾乎所有柳下村的人都湧出來圍觀，議論聲不絕於耳。

此事猶如一顆石子投進了平靜的湖中，在這個安寧的小村激起軒然大波，接下來很長一段時間都是村民們口中的熱門話題。

衙役們也頗為感慨，除了無法理解邱蕊的喪心病狂，還不禁讚嘆起破案速度，短短一天不到就偵破，讓人嘆為觀止。

幾個小衙役小聲議論道——

「沒想到案子還能這樣破，要是擱在以前，知縣大人隨便派個人來看一眼，聽仵作說的確是淹死的就結案了，怎麼可能查出如此內情？」

「不光如此，偵破的速度也太快了，這案子這麼複雜，卻迅速查出了凶手，看來咱們這位新來的大人跟以前那位很不一樣啊。」

「你小聲點，雖說前任知縣大人已經不在這邊，但萬一傳進他耳裡可就不好了。不過，咱們這位新大人雖然年輕，行事作風瞧著卻很清明，看來以後差事能好幹一點了。」

「對啊對啊，想來新大人不會亂收錢了，當初我可是掏空了家底才沒被換掉呢。」

「噓，你小聲點，不要命了！」

吳為聽到他們的嘀咕聲，回頭喝斥道：「都嚴肅點，別亂說話！」

一眾衙役紛紛閉了嘴。吳為當了十多年捕頭，歷經三任知縣大人，他的位置都不動如山，再加上拳腳功夫不錯，底下的衙役們都服他。

這時，走在前面的應青雲突然回身望了一眼，卻沒在人群中看到想看的人。

吳為見狀，頗為機靈地問道：「大人，您是不是在找剛剛幫忙破案的姑娘？」

應青雲沒吭聲。

吳為察言觀色的本事很不錯，不然也不會穩居捕頭這麼多年，雖然應青雲沒說話，但他能猜到他在找那位姑娘，於是快速地說起自己了解到的情況。「大人，那姑娘姓封，叫封上上，是村裡一個屠戶家的閨女。您絕對想不到，她看起來柔柔弱弱、漂漂亮亮的，竟然天天幫她爹殺豬放血呢。」

「殺豬？」饒是常年面不改色的應青雲都愣了一下。

「可不是嘛！卑職挨家挨戶查問時得知的，當時可把卑職嚇了一跳，卑職還以為那姑娘如此聰穎，定是讀書人家出身，卻沒料到是殺豬的，那小身板怎麼能殺豬呢？再說了，她爹怎麼捨得讓個如花似玉的閨女一起去殺豬，估計是對閨女不怎麼樣的人家。」

說著，吳為撇了撇嘴。他家就生了兩個小子，想要個閨女卻一直要不到，因此最看不慣苛待閨女的人家。

應青雲的眸中漾起了疑惑。殺豬的姑娘如何會驗屍，又怎麼能斷案？

封上上知道自己肯定會被懷疑，但此刻她卻無暇思考這些，因為等衙門的人一走，她便被好奇的村民給包圍了，你一言、我一語地詢問她，讓她的腦袋瓜子嗡嗡地疼。

她不可能跟這些人一一解釋，只能直接擠出人群，一溜煙地跑回家，將大門緊緊關上，才鬆了口氣。

然而，封上上一口氣還沒喘完，就從屋內跑出來一個大概三十多歲的婦人，二話不說就在她手臂上拍了一巴掌，責怪地說：「妳這丫頭一整天跑哪兒去了，也不幫妳爹幹活，他早上出門的時候很不高興。」

眼前這位就是原主的親娘，董涓。

「沒去哪兒。」封上上畢竟不是這位的「親生女兒」，一時之間不知道該說什麼，只能低頭轉身往自己的房間走去。

「欸！去哪兒?!」董涓趕忙拉住她的手臂，道：「妳一天都不在家，不去幫忙殺豬就算了，家裡的活也不幹，妳爹回來肯定要生氣。正好，柴火沒了，妳去山上劈一點，再去井裡拎點水回來把水缸倒滿。」

雖然很累，巴不得立刻躺下，但封上上心想自己接下來還要在這裡吃喝拉撒睡，總不好什麼都不幹，便放棄回房歇一歇的念頭，走到廚房裡拿了個水桶往村口去。

村口有棵大榕樹，樹下有個大水井，村民用水都是從這裡打的。水井邊有個拴著繩子的大木桶，將桶子放進井中打滿，然後拎上來，將裡面的水倒進自己帶來的水桶裡就行了。

井邊有個同樣在打水的大娘，看到封上上從井裡拎起滿滿一桶水，瞧著就重到不行，忍不住道：「妳這孩子怎麼一次打這麼多，這一拎該多累呀，妳啊，就是太實誠了。」

封上上沒說話，只朝她笑笑。

見封上上一副乖巧的模樣，大娘更不忍了，埋怨道：「造孽啊，哪有人讓小姑娘出來打這麼重的水，以後別他們讓妳幹什麼妳就幹什麼。」

感受到了大娘的憐惜之情，封上上笑著說：「沒事，我力氣大，拎得動。」

大娘還想再說些什麼，但一想到她家裡的情況，又將話嚥了下去。

封上上來來回回拎了好幾趟才將家裡的水缸裝滿，然後拿了把斧頭轉身上山，劈了一大捆柴火，返家時天色已經完全黑了，家家戶戶點起蠟燭，空氣中瀰漫著食物的香味。聞到這些飯菜香，她的肚子突然咕嚕咕嚕響了起來。

她餓了。

突遇穿越，這幾天封上上一直沒吃什麼東西，腦子裡想著事情的時候不覺得餓，但現在漸漸接受自己來到這裡的事實，五感也恢復正常，空了好幾頓的胃瞬間再也受不了，餓得抓耳撓腮。

她不由得加快腳步往家的方向走，等到了門外，就見堂屋裡點著蠟燭，八仙桌擺在屋子中央，桌上有三道菜，董涓等人已經圍坐在桌邊吃了起來，一家人邊吃邊說話。

封小靈揮舞著手裡的筷子激動地說道：「爹，您不在家不知道，咱們村可是發生大事了！我跟您說，沈家的三丫被她親娘給害死了！」

董涓立刻接話。「什麼被她親娘害死的？不是說掉進河裡淹死了嗎？我還看到打撈上來的屍體了呢，怎麼又成這樣了？」

她只看到屍體從河裡撈起來就急忙回家做事了，並不知道後續的發展，此刻很是茫然。

封小靈瞥了董涓一眼，本不想跟她說話，但一想到這件事跟她帶來的拖油瓶有關，便紆尊降貴般地說：「哼，還不是妳的好女兒——」

話音剛落，封小靈便看到封上上從外面走進來，立刻用筷子指著她叫道：「就是妳那好女兒報的官！是她把知縣大人請來村裡，對著他胡說八道一番，也不知道大人怎麼就信了，竟然認定三丫她娘是凶手，直接把人給抓走，說不定馬上就要砍頭。妳等著吧，沈家絕對會來咱們家找麻煩，她要把我們害慘了！」

「什麼?!」

幾人臉色驟變，全將視線投向封上上。

封天保皺眉瞪眼，滿臉怒容地斥道：「妳整天不在家就是出去胡鬧?!」

董涓見他發火，臉色一白，慌忙對封上上道：「上上，妳怎麼能幹這樣糊塗的事情呢？快跟妳爹道個歉！」

封上上無語，她只是做了該做的事情而已，怎麼就像犯了天條一般，怎麼就要道歉了？

她冷了臉。「我只是發現三丫不像是自己淹死的，所以就請知縣大人來看一看，免得成了冤案，沒想到最後查出竟是邱蕊所為。我哪裡做錯了？為什麼要道歉？」

第五章　差別待遇

眾人頓時一愣，不是針對封上上說的話，而是她的態度。沒想到平時悶葫蘆一樣一天說不了三句話的人會一口氣說這麼多，而且還理直氣壯。

董涓來不及探究女兒今天為何如此反常，瞟了沈著臉的封天保一眼，心一顫，趕忙道：「那、那也跟妳沒關係啊，瞎逞什麼能！妳把邱蕊牽扯進來了，他們家肯定會記恨咱們。」

封上上突然意識到跟這些人說不通，他們並不在意真相如何，只煩惱會不會惹麻煩，她解釋再多都沒用，乾脆不再多說，逕自將柴火放到柴房裡，然後去廚房拿了副碗筷準備吃飯。

然而，當封上上揭開鍋蓋時，卻發現鍋裡半粒米都沒了，只剩下薄薄的一層鍋巴。

封上上盯著鍋看了半晌，深呼吸了好幾次，這才用鍋鏟將鍋裡的鍋巴慢慢鏟起來，將將小半碗。

看著碗裡那一點鍋巴，她嘆了口氣，挪動腳步到飯桌邊坐下，卻發現桌上的菜也被吃得乾乾淨淨，只剩下一點菜湯。

封天保和封小靈還在為剛剛的事情生氣，正眼神不善地瞪著她，連最小的封來福臉上都寫著不屑。

董涓小心翼翼地觀察著封天保的臉色，見他雖然生氣卻沒有要再發火的意思，這才慢慢地將一個盤子端起，把裡面剩的菜湯往封上上碗裡倒，小聲道：「妳就著菜湯吃，很下飯的。」

封上上差點想拿菜湯潑這群人一臉，但想著自己畢竟新來乍到，這些人也不是她真正的親人，便硬生生忍了下來。

董涓輕輕地拉了拉封天保的袖子，討好地說：「當家的，上上不是故意的，小孩子不懂事，以後不會這樣了，你大人有大量，別跟她計較。」

封天保冷哼一聲，站起來回房了，算是給了董涓面子。

見她爹竟然就這麼放過此事，封小靈氣惱不已，跟著冷哼一聲，指著董涓道：「反正是妳女兒惹的禍，要是沈家跟邱家來找麻煩，記得不要連累我們！」說完也轉身回房。

見自己的爹和姊姊都走了，封來福隨即跳下凳子離開，堂屋裡一下子只剩下封上上和董涓母女倆。

董涓放鬆了神經，又重重地嘆了一口氣，一邊收拾碗筷、一邊數落封上上。「妳這丫頭太不懂事了，這種事情也敢隨意插手，看看，惹妳爹不高興了吧?!」

封上上皺起眉頭，不解道：「您就這麼怕他生氣？」

董涓收拾的動作頓了頓，伸手打了她手臂一下，氣道：「妳這丫頭怎麼跟娘說話的！娘還不是為了妳好？要不是為了妳，娘會這樣嗎？」

封上上心想這並不是為了她好。做人不需要這樣時時看人臉色，但張了張嘴，半晌後還是把話吞了下去。算了，跟這個人一樣說不通。

董涓卻以為她不說話是意識到錯誤了，臉色好了不少，繼續道：「今兒個的碗筷娘來洗，吃完飯妳就趕快去休息吧。妳這傷好得差不多了，明兒個早點起來，去幫妳爹殺豬，他一個人可忙不過來。」

封上上聞言，下意識地伸手摸了摸自己額頭上的傷，這傷便是她穿越過來的原因。

看她摸頭，董涓不禁朝她的傷口看了一眼，眼神閃了閃，而後無奈地勸道：「妳也別怪小靈，一家人就別計較了，反正也沒什麼事。」

「沒事？」封上上諷刺一笑。這傷直接讓原主殞身滅命了，還叫沒事？

見她滿臉的嘲諷，董涓有些不自在，拉過她的手語重心長地道：「小靈只是想跟妳開個玩笑才從後面推了妳一把，她不是故意讓妳受傷的，妳就別放在心上了，也別表現出來，不然又要惹妳爹不高興。」

封上上都要氣笑了。封小靈經常欺負原主，這次甚至趁原主砍柴的時候從背後推了她一把，讓原主的頭磕到了柴樁上，當場血流如注、昏迷不醒，繼而讓她來到了這具身體裡，就這樣，還能說不是故意的？

親娘能說出這種話？她不由得仔細地打量起董涓的五官，想看看這位到底是不是原主的親生母親。

可惜，封上上的五官跟董涓像了個六、七分，說不是親母女都不可能。

親娘啊……她突然替原主感到心寒，什麼也不想說了，匆匆扒完飯後，隨便打了點水漱洗一下就回房了。

說是房間，其實是柴房，裡面堆滿了柴火和雜物。這個家的房間不夠，封小靈又不願意和封上上窩在一起，就讓原主搬進來，在柴火堆中鋪了點稻草，上面放一條破床單，就是床了。

封上上此刻沒有半點挑剔的力氣，逕自走到床鋪邊躺下，閉上眼睛休息。她太累了，身累，心更累。

可一閉上眼睛，眼前就浮現出外婆的臉，鼻子一酸，眼淚又控制不住地流了下來。

她很小的時候父母離異，雙方很快就再婚，誰也不想要封上上這個拖油瓶，把她當踢皮球一樣踢來踢去，最後是外婆看不下去，將兩人痛罵了一頓後把她接回家，從此以後祖孫倆相依為命，一過二十多年。

外婆就是她的避風港，是她的精神支柱，可老天爺太殘忍，竟然讓外婆得了肝癌，在病床上痛苦掙扎，勉強拖了幾個月還是救不回來。

外婆去了，她的心也差點跟著死了，就在她不知道該怎麼在沒有外婆的陪伴下繼續生活的時候，老天爺又開了個大玩笑——讓她穿越來這個陌生的朝代，從此成為一名異鄉客。

是不是外婆不忍看她一個人在那個世界孤零零地活下去，所以讓她換個時空好好過日子呢？

外婆，如果這真的是您的意思，那我會在這裡努力生活的，您別擔心我。

如此想著，封上上漸漸進入了夢鄉。

「上上快起來！別睡了、別睡了！」

耳邊忽然傳來一陣尖細的呼喊聲，伴隨著柴房的門被敲得砰砰響，封上上一下子從熟睡中驚醒，她迅速坐起了身，半天才反應過來自己如今身在何處。

外面那人還在持續喊叫。「上上，快點，這個時辰了還不起來，妳爹都快出門了！」

聽出敲門的人是董涓，封上上抹了把臉，穿好衣服，這才走過去將門打開。抬頭朝外一看，外面的天色黑沈沈的，星星還點綴在夜空中，這個點連雞都沒鳴叫，狗也還在窩裡睡覺。

「妳怎麼回事！還不快一點，要是耽誤了殺豬，妳爹可要生氣了！」董涓皺著眉小聲地訓斥她。「還傻站著幹什麼，快去準備準備，別讓妳爹等妳。」

封上上有種想打人的衝動，但董涓畢竟是自己這具身體的親娘，又想到董涓改嫁時帶著原主過來，便硬生生壓下心中那股氣。

深呼吸了幾次平緩心情，封上上這才走到廚房打水漱洗，然後在鍋裡拿了僅剩的一個窩窩頭，一邊啃、一邊跟在封天保身後走。

封天保拿著殺豬工具在前頭大步走著，沒有回頭，也沒有跟封上上說話的意思，兩人看起來跟陌生人似的。

不過封上上也沒有跟他聊天的想法，慢吞吞地啃著硬得噎人的窩窩頭。儘管難吃，她卻不想浪費，每一口都很珍惜，可即便如此，一個窩窩頭也不夠她吃，吃下去半分飽都沒有，依然餓得難受。

怪不得原主這麼瘦，純粹是餓出來的。

封家世代殺豬，家裡的男人個個長得人高馬大，很有力氣，再加上祖傳的殺豬技巧，在附近很有名，只要是殺豬的活兒，大家都找封家，有時候鎮上的殺豬鋪子忙不過來，也會找封天保幫忙。

殺完豬除了給錢，雇主還會給殺豬匠一些豬肉和豬下水，因此封家人不缺肉吃，日子過得很不錯。

然而原主的日子並沒有那麼好，在不缺肉吃的家庭裡，仍舊每天吃不飽，瘦成了皮包骨。

想到這裡，封上上抬頭看向前面大步走著的男人。

她擁有原主的記憶，所以清楚地知道過去種種。

原主本來不姓封，姓梁，親爹年紀輕輕就得病去世了。因為原主是個丫頭片子，她的爺爺、奶奶、叔叔、伯伯都不想養她，恨不得將她賣掉換錢。董涓不忍心看女兒沒人要而餓死或被賣入煙花之地，所以再嫁給封天保時就要求帶封上上一起過去。

封天保雖然也是再婚，還帶著一兒一女，卻不樂意董涓帶一個女兒過來，奈何董涓長得好看，十里八鄉都難有比她更標致的，他捨不得放棄這麼一個美人，最後不情不願地答應了。

董涓知道封天保不待見她帶來的孩子，便作主讓原主隨封姓，要原主叫封天保「爹」，更讓原主小小年紀就開始在家裡幹活，想以此討好封天保。

不過，有些人不是這樣就會滿意的。多年來，原主的日子實在不好過，吃不飽就算了，還什麼家務活都要做，更被逼迫試著殺豬，偏偏原主跟她一樣天生力氣大，能勝任這個活，於是自十二歲起一殺便是許多年，至今十九歲了都沒人想娶。

畢竟誰願意娶個天天殺豬見血的姑娘呢？

因為嫁不出去，封天保的意見更大了，覺得她一直賴著耗費家中糧食，見到原主鼻子不是鼻子、眼睛不是眼睛的，弄得董涓滿心慌亂，只好讓封上上幹更多活來證明她不是吃白飯的，讓封天保別那麼嫌棄她。

兩人很快就抵達今日的雇主家，這家人過兩天要娶媳婦，由於對方是鎮上的姑娘，很是體面，因此男方家大方地準備殺一頭豬待客，前幾天就跟封天保打好了招呼。

走了一個多時辰，天色已大亮，院子裡來了不少人，都是來看熱鬧的村民，畢竟殺豬是一件大事，村裡一年到頭也就過年捨得殺豬，平時可看不著。

見殺豬匠到了，雇主當即決定動手，讓人將自家豬圈裡養的豬給趕出來。

那頭豬看到院子裡圍了這麼多人，似乎感受到今日不尋常，彷彿預見了自己的命運，一從豬圈出來就到處亂竄，橫衝直撞的，看熱鬧的人嚇得紛紛往後躲，怕被豬給拱了。

封天保見狀立刻上前去抓，他快速竄上去，兩隻手一左一右分別抓住豬耳朵不讓豬跑，豬頓時叫起來，奮力地掙扎。

這頭豬很肥，力氣也十分大，封天保手臂上的肌肉鼓了起來，額上也青筋畢現、臉脹得通紅，眼看自己快抓不住了，不由得朝站在一邊的封上上大喊：「快來——」

雇主以為封天保是讓周圍的人都上去幫忙，連忙對村民們喊道：「有力氣的都幫幫忙！待會兒請大家吃殺豬飯！」

這話讓男人們精神一振，女人們連忙帶著孩子往後退，幾個有點力氣的青壯年男子捲起袖子上前幫忙，試圖幫封天保壓住那頭豬。

然而，這些人沒經驗，使力的方向不一致，七手八腳地弄得豬更加暴躁，掙扎得也更厲害了，有個人被豬給咬了一口，嚇得一下子摔倒在地，同時撞得身邊的人跟著趔趄，手頓時鬆開，豬乘機竄了出去，企圖逃跑。

「啊！快點讓開，別被豬拱了！」

「快快快，豬要跑了，快點抓回來！」

場面一下子混亂了起來，老人、孩子與女人們都嚇得退出院子，大門口一下子空了，豬瞅到空隙，悶著頭就往門外衝。

要是讓豬衝出門外跑不見了影子，雇主絕對會找屠夫麻煩，封上上本來不打算幫忙的，但想到農家白白損失一頭豬有點慘，不忍心再袖手旁觀，便俐落地一捋袖子，幾步跑到門口，在豬即將衝出大門之際一把揪住牠兩隻耳朵，用力往後一拽。

那頭豬的衝勢在這一瞬間硬生生被止住，不禁仰頭大叫，但牠仍不放棄，拚盡全力要往外跑。

可惜的是，牠的掙扎毫無用處，不光沒能衝出去，還被封上上直接往後拽去，從門口一路拖到院中央的板凳上。

剛剛還吵吵嚷嚷的院子像是突然被按了暫停鍵，一片寂靜。幾十雙眼睛看著封上上，既驚訝又驚奇，像是看到了什麼奇景。

封上上並不在意，她將豬牢牢地壓在板凳上，用繩子將牠綁住，直到確認豬再也動彈不得，這才看向封天保，用眼神示意他來。

她已經把豬抓住了，接下來可不想眼睜睜盯著他殺豬，白刀子進、紅刀子出的場面，實在不好看。

封天保看多了封上上抓豬的場景，倒是不驚訝，很快就反應過來，上前抬起一條腿壓住那頭豬的身子，另一手拿刀往前一送，鮮血便噴濺出來。

豬叫了一會兒，漸漸地沒了聲音，徹底不動了。

雇主見殺豬成功，大大地鬆了口氣，頗為訝異地看了封上上好幾眼，真心實意地對封天保讚道：「封屠戶你這徒弟真讓人大開眼界啊，一個姑娘家，瘦瘦小小的，怎麼力氣那麼大，硬生生把一頭豬給拖了回來，好傢伙，咱們男人家可都做不到呢！不過……怎麼會有姑娘家幹殺豬這種活計呢？」

封天保沒回答，也沒解釋封上上的身分，自顧自地低頭分肉。

雇主以為他是忙著切肉，沒聽見自己的話，也就不再多問。

一個多時辰後，殺豬的任務完成，雇主給了封天保一百文錢殺豬費，同時還給了兩斤五花肉以及一些豬下水和豬骨頭。

回到家後，董涓看到這麼多肉別提多有開心了，封小靈和封來福也高興地在一旁歡呼，封小靈對封天保撒嬌道：「爹，今天中午能煮紅燒肉嗎？我們想吃。」

對自己親生的這兩個孩子，封天保很是疼愛，聞言立刻答應。「行！讓你們董姨做！」

封小靈和封來福不願意叫董涓「娘」，封天保也不勉強他們，所以他倆一直叫董涓「董姨」，而封上上卻不得不叫封天保「爹」。

其實私底下他們姊弟倆連「董姨」都懶得叫，一直用「妳」代稱。

董涓也不計較稱呼問題，依然對他們很好，原本不打算一次把肉煮掉的，但是看兩個孩子想吃，便忍著心疼拿肉去廚房處理，經過封上上身邊時順口道：「上上，妳進來幫忙做飯。」

封上上此時已餓得渾身發軟、眼冒金星，這幾天就吃了那麼點東西，沒餓暈已經算很好了，她現在只想靜靜坐著等吃飯，沒力氣再做別的了，所以面對董涓的使喚，她直接拒絕。

「我渾身一點勁都沒有，換個人幫您做吧。」

「什麼？」董涓腳步一頓，頗為驚訝地看著女兒。從小到大，這個孩子總是聽話得很，沒想到今天會說出這種話，這可是從來沒發生過的事。

「妳今天怎麼就沒力氣了？以前可沒這樣過。」董涓以為封上上是在找藉口。

封上上直直看向她，平鋪直敘道：「我昨晚就吃了小半碗鍋巴，今早就只給我一個窩窩頭，我走路來回用了三個時辰，殺豬用了一個多時辰。」

董涓一聽，臉上閃過一抹不自然的神色。她知道女兒頓頓吃不飽，但她不敢讓女兒放開了吃，怕當家的會嫌棄。以前女兒從不抱怨，她就當作沒這回事，不料今天女兒直接說出來，這讓她不曉得該怎麼反應。

封小靈聽到這話不滿極了，尖聲道：「這是什麼意思！妳一個外姓人，我們家好心供妳吃、供妳住，還想怎麼樣？要不是我們收留妳，妳早就餓死了，說不定正在哪個窯子裡混呢！」

封天保在一邊打著扇子搧風，半點沒有阻止封小靈說話的意思。

董涓尷尬地拉了拉封上上的手臂，讓她別說話，然後略帶歉意地對封小靈道：「小靈別生氣，上上不是這個意思，妳和來福先去玩一會兒，等一下就能吃飯了。」

說完，董涓拖著封上上就往廚房走。

按照封上上的力氣，想脫離董涓的牽制簡直輕而易舉，但想到自己前世的親生母親再婚時嫌棄自己、不要自己，董涓卻在這樣的封建時代鼓起勇氣選擇帶著女兒改嫁，這一點讓她不忍心甩開她，就這麼被拖著進了廚房。

第六章　起身反抗

董涓悄悄伸頭往外看了看，確定沒人，這才將封上上按在小凳子上坐著，偷偷道：「妳累了就歇著，娘來幹。」

封上上低頭看著地面，沒有開口的慾望，因為她不知道能跟董涓說什麼。

董涓再次確認外面沒人，這才偷偷摸摸地從灶膛裡扒出一個黑糊糊的馬鈴薯，拍掉外面的土，將馬鈴薯遞給封上上，小聲道：「娘特地給妳烤的，妳快吃，別被人看見了。」

封上上很想問董涓為什麼吃個馬鈴薯跟作賊似的，但看著她小心翼翼的眼神，又把話嚥了下去，默默接過馬鈴薯開始吃。

看她吃了起來，董涓笑了，一邊做飯、一邊絮絮叨叨地說：「娘知道妳胃口大，但妳爹他不是妳——唉，妳總不能按著自己的意思來，忍忍吧，等嫁了人就好，最起碼吃得飽飯了。

「還有啊，別跟小靈吵架，不然妳爹會不高興的，妳比小靈大兩歲，是姊姊，多讓讓妹妹，哪家都是姊姊照顧弟弟、妹妹的。

「以後娘叫妳幹活，就要乾脆地答應，妳得勤快能幹才行，千萬不要像剛剛那樣反駁，知道嗎？不然妳爹會生氣的。」

說了半天，董涓都沒聽見封上上吭聲，瞧她低著頭似乎很累的樣子，便抿了抿唇，不說話了，廚房裡只剩下炒菜的聲音。

董涓的手藝很不錯，很快的，紅燒肉的香味縈繞在屋內的每一縷空氣中，讓人食指大動。

封上上吃了一個馬鈴薯後感覺更餓了，在這香味中，她的胃頓時跟打雷一般咕嚕咕嚕鬧騰起來。

眼看董涓又要將鍋裡的米飯全部都盛走，封上上知道指望不上董涓，於是眼明手快地拿了個碗，從鍋裡挖了滿滿一大勺飯進自己碗裡。

董涓驚得差點叫出來。「妳這孩子幹什麼，快把飯還回來！」說著便伸手要去奪她手裡的碗。

封上上一個閃身避開了。「我不光幹家務活，還幹農活，更幫忙殺豬，一分工錢都沒有，難道一碗飯也不配吃？」

董涓噎住，手頓在半空中，不知道如何是好。「可是上上，妳爹他會不高興的——」

封上上不想聽她說話，拿著碗就往堂屋去，毫不客氣地從菜盤裡挾菜。

坐在桌前的封小靈眼睜睜地看她挾了好幾塊肉，立刻大叫起來。「妳瘋了！誰准妳吃的?!」

封上上不理她，繼續挾菜往自己的碗裡壓。

見狀，封小靈快氣死了，伸手就要打她的碗，封上上眼尾餘光瞧見她的動作，當即靈活一避，讓她打了個空，反而差點撞到椅子上。

封小靈氣得直跺腳，朝封天保喊道：「爹，您看她，她要造反啊！」

「夠了！」封天保重重一拍桌子，發出一聲巨響，他陰沈著臉看封上上。「妳這是想幹什麼?!」

董涓嚇得臉都白了，一個勁地說：「上上妳快別挾了，其他人還要吃呢！」

原主以前的確是怕封天保這個繼父，半分都不敢違逆，他音量一高，原主就嚇得打顫，但現在的封上上可不怕他，她絲毫不怵地迎著他嚇人的視線，嘲道：「我不想幹什麼，只是想吃飯，難不成我連飯都不配吃？」

封天保在家裡一向說一不二，特別是對封上上這個繼女，半點都不許她忤逆，如今被她這麼一頂嘴，他的臉色瞬間轉黑，咬著牙道：「怎麼，妳這是對我們封家不滿？」

原本他以為這樣說，封上上就會馬上惶恐地認錯，結果她竟然點了點頭，道：「的確不滿。」

董涓不禁一懵，封小靈和封來福則是瞪大了眼，難以置信地看著封上上。

封天保臉色變得更難看了，一字一句像是從牙縫擠出來一般。「妳說什麼？」

只見封上上不閃不避，說出了原主埋藏在心中多年的委屈。「你的女兒和兒子平時什麼活都不用幹，所有好吃、好喝、好玩的都緊著他們，而我，殺豬的同時，大半家務活跟地裡的活都落在我身上，我為你們家賺了多少錢你不知道？這樣還不讓我吃飯，我不能不滿？我不該不滿？」

「妳妳妳……上上妳閉嘴！別胡說八道！」董涓被這些話嚇得臉都白了，伸手去拉封上上，卻絲毫撼動不了她，這個時候她才知道女兒的力氣到底有多大。

「啪嚓！」瓷碗的碎裂聲傳來，封天保當場摔了碗。

董涓嚇得手一抖，差點哭出來，用哀求的眼神看著封上上，小聲哀求道：「上上，妳懂事一點，算娘求妳了，可憐可憐娘吧，別讓娘難做——」

這些哀求像是冰刀般落在了封上上的心上，又冷又疼。她可以跟任何人對上，卻不忍心看董涓如此苦苦懇求，這個女人，真的既可憐又可悲。

原主是不是因為太絕望了，所以才徹底離開了這個世界呢？

她閉了閉眼，用力壓下心裡的鬱氣，將碗一摔，轉頭就走，在跨過門檻的時候，她頭也不回地道：「既然你們不讓我吃飯，那從此以後就別指望我再為這個家做事。」

「上上！」董涓驚叫，聲音裡滿是哀求與勸慰。

封上上垂下眸子，嘴角揚起一抹諷意，逕自走進柴房將門關上，不想再多看這些人一眼。

這一晚，封上上又帶著飢餓入睡，結果夢到了外婆。外婆給她做了好多菜，都是她愛吃的，外婆還反覆叮囑她，不論在哪裡都要照顧好自己，要好好活著。

封上上是流著淚醒來的，她在淚眼矇矓中無聲地咧了咧嘴。

外婆，您是在天上都放不下我嗎？您放心，我一定在這裡努力度日，不讓您擔心。

這麼一想，封上上打起精神，一掃體內的頹喪之氣，從此以後，她要認真地在這裡過生活。

此時，「砰砰砰」的敲門聲又響了起來，董涓跟昨日一樣在門外叫她起床。「上上，快起來吧，妳爹要出發了！」

這是把她昨晚說的話當放屁？真以為她沒脾氣？

封上上快氣笑了，她沒理會董涓的催促，慢條斯理地起身將衣服穿好，又把頭髮梳了梳，磨蹭了好久才去開門。

董涓像是什麼都沒發生一般，如往常一樣開口責怪道：「妳這丫頭怎麼那麼久才開門，妳爹都要走了，快點！」

封上上靜靜地看著她，問：「我昨晚說的話你們沒聽見？」

董涓一愣，不自在地撥了撥耳邊的碎髮，然後拍拍她的手臂，笑著道：「妳這孩子，可不能說氣話，聽話啊，快去漱洗，跟妳爹去殺豬。」

封上上沒說話，就這麼默默盯著她。

董涓再也笑不下去了，略微氣惱地說：「妳這丫頭怎麼突然這麼不懂事了！這樣讓我怎麼辦？妳不能只顧著自己吧，當初我想盡辦法把妳帶來，妳爹本來就不願意，妳還不好好表現，不為我考慮考慮，做人可不能太自私！」

封上上「呵」了一聲，想笑，可內心卻酸澀無比，為原主感到心痛。

小姑娘就是在這樣的環境中長大的啊。

她平靜地問：「今早我吃什麼？」

「啊？」董涓沒想到她突然轉變話題，下意識答道：「當然跟平時一樣啊。」

「封小靈他們天天早上喝粥吃大白饅頭，我這個要幹活的就一個連豬都懶得吃的野菜窩窩頭？」封上上嘴角勾起一抹嘲諷，心想自己之前的打算要徹底泡湯了。

她原本想著要在這裡吃喝拉撒睡，總得幹點活，索性把自己當成一個打工仔，用勞力換取食物，但現在老闆不肯給吃的，她還打什麼工？

封上上冷著臉道：「我昨晚就說過了，你們想讓我幹活，就得讓我吃飽，如果不讓我吃飽，那以後的活我不會幹。」

「上上——」董涓氣得跺腳。「妳怎麼就說不通呢！」

封上上不想再聽她說話，直接將門關上，決定繼續睡覺。

接下來，外頭毫不意外地傳來了封天保的怒斥聲，還有董涓的討好、解釋聲，但這些都跟她無關。

她現在需要做的，是為自己的將來盤算。

這個時代不是人人都能出去幹活賺錢，姑娘家更是生存不易，所以她本想先跟這家人和平相處，暫時混口飽飯吃，再慢慢思考以後要怎麼辦，誰想到連個飽飯都混不上。

看來她必須盡快找到一份工作，然後搬出去住。

在這個封建時代，一個未嫁的女子想賺錢可不簡單，封上上看過不少穿越小說，裡面的女主角會做各種美食發家，但她的廚藝呢……是理論上的王者、操作上的青銅，走美食之路太難為她了。

她倒是有力氣，只是去碼頭上扛貨、扛包什麼的太累，她也不想天天灰頭土臉地幹體力活。

想來想去，唯一能幹的就是她的老本行。

前世，封上上是醫學系選擇專攻法醫的學生，畢業後直接進了市刑警大隊，後來因為技術好，被調進了重案組，接觸的刑事案件不知凡幾，驗過的死屍更是數不清，要說自己能靠什麼吃飯，法醫是不二之選。

然而這裡畢竟不是現代社會，古代的法醫被稱為仵作，基本上都是由男子擔任，從未有女子去衙門當仵作，要想謀個當仵作的差事，衙門願意嗎？

不過呢，那個年輕的知縣大人看起來很明事理，不知道能不能去找他自薦一下……

嗯，等天亮了就去衙門試一試吧，成不成都得試了才知道。

這麼想著，封上上一顆心安定下來，睡了個回籠覺，等到再次醒來時，外頭天色已經大亮。

她爬起來，在董涓不滿的眼光中走出家門，逕自朝縣城而去。

大概走了一個時辰，封上上才終於走到縣衙。

縣衙大門外站著兩個佩刀的衙役，封上上一靠近大門，那兩人便伸出手裡的刀攔住她，板起一張臉來準備喝斥，但看到來人是個嬌滴滴、瘦弱又頗漂亮的小姑娘，神色不禁緩了緩，語調也溫柔不少。

「這位姑娘來做什麼？衙門可不是老百姓能亂闖的。」

「有什麼事的話，不妨說說看。」

封上上朝他們福了一禮，說道：「兩位官差大哥，我想問問你們衙門缺不缺仵作。」

「啥？仵作？」兩人異口同聲，驚訝地看了彼此一眼。

上上下下打量了封上上一番，其中一個叫田松的人才開口道：「妳是為別人來問的？那人怎麼不自己來？哪有讓一個嬌滴滴的小姑娘來衙門問這種事的。」

封上上搖搖頭。「是為我自己問的，我想來應徵仵作。」

兩個衙役徹底愣住了，看看封上上嬌弱纖細的身材，再瞧瞧她那張漂亮秀雅的臉蛋，怎麼看都覺得這姑娘在逗他們。

另一個叫邵勳的人嚴肅道：「姑娘，這可不是開玩笑的事情，沒事就趕快走吧，衙門可不是妳能胡鬧的地方。」

要是換成一般人，他們早就動手驅趕了，但封上上實在生得水靈，面對這種漂亮姑娘，兩人溫柔了不少，只是口頭告誡，並未動粗。

關於這一點，封上上不得不感謝董涓，她的美貌完全遺傳自她，關鍵時候還能頂點用。

「兩位官差大哥，我真的不是開玩笑，是真心想來衙門應徵仵作一職的。」為了增加可信度，封上上補充道：「我自幼就學習驗屍之術，絕不敢拿這事開玩笑。」

見她說得認真，兩人張了張嘴，齊聲問道：「妳真要來當仵作？」

封上上緩緩點了點頭。

兩個衙役面面相覷，半晌後田松忍不住說道：「姑娘，妳還是回家吧，且不說咱們衙門裡沒招仵作，就算要招，也不會招姑娘家啊，衙門這種地方，怎麼可能有女的呢？」

邵勳接著道：「是啊姑娘，仵作都是男子，哪裡是女子能幹的活，妳有這個時間，不如回家繡點荷包，還能賺些錢呢。」

他們看封上上身上的衣服補丁疊著補丁，一看就知道她是想賺錢，才有此言。

封上上抬起靈動的眸子反駁道：「只要技術好，分什麼男女呢？同樣是驗屍，只要能幹好活就行，為什麼女子不能驗呢？」

兩人被問得一愣，過了一會兒邵勳才道：「自古以來都是如此，女子在家相夫教子就行，出來拋頭露面，成何體統？更何況是在衙門當值，女子當然不成，要不然不是亂了套了嗎？」

封上上心想，真想將這些根深柢固的思想從你們的腦子裡拽出來踩扁。

然而她非常清楚，這些人的思想不是她三言兩語就能改變的，說再多也是無用。

「知縣大人在嗎？我認識你們知縣大人，讓我見一見他，當面跟他說行嗎？」封上上打算從應青雲入手，從那天的接觸來看，此人不太古板，說不定行得通。

田松說道：「妳還想見我們大人？大人是妳想見就見的嗎？快走快走，要不然打妳板子了。」

雖然封上上長得好看，但他們可不敢讓她隨便去見知縣大人，萬一知縣大人怪罪下來，說不定他倆的差事都不保。姑娘再美，也比不上飯碗重要啊。

說著，兩人就用刀柄抵著封上上把她往外推，態度也比剛才差了不少，邵勳道：「妳怎麼說不通呢，快走吧，別耽誤我們辦差。」

封上上被兩人推著，想著不能跟衙差動手便忍了，就這麼硬生生被他們給推離大門，頂到了街上。

她無可奈何，不再試圖上前攀談，乾脆走到旁邊等著，覺得自己說不定能看到那位知縣大人。

這麼一等就花了一天，封上上沒吃東西，已經連續餓了好幾頓，整個人頭暈眼花，渾身沒力氣，最後站都站不住了，乾脆不顧形象地坐在路邊，接受往來行人不時打量的眼神。

太陽漸漸下山，暮色四合，再不走就得摸黑回村了，封上上深深嘆了口氣。看來她今天運氣不太好，白跑一趟了。

她從地上站起來，拍拍身上的灰塵，循著來時的路往回走。

等到走回村中，天色已經全黑，家家戶戶點上蠟燭，村民們吃起了晚飯，飯菜的香味爭先恐後地往封上上鼻子裡鑽，讓她的肚子咕嚕咕嚕響了起來，她迫切地想吃東西，想得都快發瘋了。

走進家門，封家人也正在吃晚飯，一家人在堂屋中邊吃飯、邊說笑，氣氛還不錯，但看到封上上回來，笑容立刻收了起來，除了董涓，其他人的臉色都陰沈得很，像是沒看到她一般繼續吃飯。

封上上既然決定不幹活了，便不會再吃這家的飯，哪怕此刻餓得胃裡難受，也沒往飯桌上看一眼，逕自走回柴房關上門躺下，希望早點入睡，睡著就不會這麼餓了。

看著緊閉的柴房門，董涓臉上的笑容沒了，想說兩句軟話讓封天保答應給封上上飯吃，但一想到封上上早上說的話，又惱她不體諒自己，最後乾脆心一狠，不理會了。

那丫頭最近實在太不懂事，餓一餓她，讓她清醒一點也好，再餓個一晚，明天早上她肯定就乖乖地去殺豬了。

如此想著，董涓小心地瞟了封天保一眼，今天沒人幫他殺豬，他回來以後心情不太好，明天一定要讓女兒去幫忙才行。

第二天，封上上的門再次被人敲響了。

「上上，起來，跟妳爹去殺豬。」

董涓每天的臺詞都一樣，封上上都聽膩了，她沒動，只輕輕揉著自己的腹部，連續餓了幾頓，現在胃部有種鈍痛感。

原主長期餓肚子，生出了胃病，一餓胃就會疼，甚至想嘔吐。她疼得額頭上全是汗，就算想吐，也沒東西能吐，忍著痛揉了腹部一會兒，才總算好了一些。

門外的董涓見封上上遲遲不開門，臉色一變，回頭一看，就見封天保站在堂屋門口，臉色沈得快要滴出水來，話像是從牙縫中擠出來一般。「她是徹底不想幹活了？」

「不是不是，當家的你等等，我一定把她叫起來！」董涓加大力氣拍門，像是要把門拍爛一般。

封上上覺得神經衰弱，心底的怨氣都快壓不住了。

就在這時，封天保怒喝道：「我花錢白養別人的女兒，供她吃、供她住，她竟然還有臉不幹活！董涓我告訴妳，這死丫頭要是不想幹活就讓她給我滾，我封家伺候不起！」

「呵！」封上上冷笑一聲，頓時爬了起來，一下就將門打開，對著封天保道：「你以為我稀罕待在你家？既然你這麼說，那咱們以後就橋歸橋、路歸路。我從小就幹家務、做農活，十二歲開始給你殺豬，幫你省了多少錢，你心裡清楚，那些錢我就不跟你計較了，就當還你的飯錢跟住宿費，以後咱們當作不認識，誰也別搭理誰！」

第七章　衙門求職

「妳──」封天保氣得一個踉蹌，顫著手指著她道：「好好好，妳翅膀硬了，我也不管妳了，妳給我滾！」

封上上立即往外走，走得乾脆俐落。

「上上──」董涓慌了，趕忙拉住她的袖子。「妳去哪兒？別胡鬧，快跟妳爹認個錯，他不會怪妳的！」

封上上回頭看她，半晌後笑了笑，將她的手拉開，道：「我感謝您再嫁的時候帶著我，但我在這裡真的過不下去，與其讓您為難，我不如走，您也不用為難了。別惦記我，好好過您自己的日子吧。」

說完，她直接走了。

「上上！」董涓的眼淚一下子流了下來，想去追，可在封天保的眼神逼迫下又不敢，只能站在原地流淚。

封上上從封家出來後，先在村東頭的河邊坐了一會兒，眼看天漸漸亮了，這才走到村子最後面，敲了敲一戶人家的門。

門「吱呀」一聲從裡面打開，開門的是一個精神矍鑠的婆婆，看到是封上上，立刻道：

「上丫頭妳怎麼來了？是不是封家人又欺負妳了？」

看到這個老人家，封上上的眼眶有點熱。「奶奶，我又來麻煩您了。」

朱蓮音連忙將她往家裡面拉。「快進來，說什麼麻煩不麻煩的。」

她將封上上帶到廚房坐下，一邊點火、一邊道：「肯定沒吃飯吧？奶奶做飯給妳吃。」

「好，謝謝奶奶。」封上上並未客氣。客氣的話她不想說，總歸以後她會報答。

朱蓮音年輕時就死了丈夫，沒個一男半女，她和丈夫的感情很深，不願意改嫁，就這麼一個人過了一輩子。擔心引起非議，她平時很少出門，經常孤零零地待在家裡。

原主小時候便經常挨餓，聞到朱蓮音院子裡有香味就跑到人家門口不走，朱蓮音心善，每次都拉她進去給她吃的，原主能長這麼大沒被餓死，可說是多虧了朱蓮音。

後來原主長大、懂事了，就很少找朱蓮音要吃的，但經常來幫她砍柴、挑水，朱蓮音有個頭疼腦熱的，她也會第一時間幫她抓藥、煎藥，為此還經常被封天保罵。

朱蓮音邊做飯邊問：「這次是怎麼回事？那邊又不給妳飯吃了？」

原主後來不願意吃朱蓮音的飯，實在餓得受不了了時才會到她這裡吃一口，是以朱蓮音才有此一問。

封上上道：「這次我和他們斷絕關係了，以後不吃那邊的飯，也不睡那邊的屋了。」

「斷絕關係？」朱蓮音吃了一驚。「怎麼鬧到斷絕關係了？」

「在那邊我吃不飽，封天保還讓我跟他去殺豬，我不願意，他就讓我滾，然後我就滾了唄。」

「妳這丫頭——」

封上上以為朱蓮音要說自己太衝動了呢，結果就聽她道：「總算是開竅了！幹得好！以前我講那麼多遍妳都不聽，整天任勞任怨，累死累活還討不著好，傻得很，現在可算是敢反抗了。」

「妳那個娘也不是東西，哪有讓一個嬌滴滴的姑娘家去殺豬的，整天就想著討好丈夫，連自己親生的孩子都不顧了，當娘的怎能這麼糊塗？」

這下子輪到封上上驚訝了。這老人家思想這麼前衛？這個時代不是講究百善孝為先嗎？要是擱在別人身上，肯定會指責自己不懂事，再怎麼樣也不能丟下親娘自己跑了啊。

說到這裡，原主的記憶中有一部分是關於朱蓮音的生平，據說她其實是大戶人家的庶女，頗受父親疼愛，教養很好，卻遭主母偷偷賣了，輾轉流落到這裡，被獵戶出身的爺爺救了下來。兩人產生感情，並成了親，可惜的是爺爺早逝，留下奶奶孤單一人多年。

有這樣的過往，就能理解朱蓮音的想法為何這麼開明了。

朱蓮音繼續說道：「妳不要怕，不回去就不回去，在這裡住，以後讓奶奶養妳。」

封上上笑了。「奶奶，我知道爺爺給您留下了不少錢，但也不用這麼財大氣粗的吧？」

「妳這丫頭還打趣起我來了。」朱蓮音不禁嗔怪了一句，又道：「不過妳現在的性子活潑多了，還是這樣比較好，以後可要開開心心地過日子，誰都不能委屈妳。」

「行，以後我都開心。」封上上感動得不得了。

這個奶奶讓她想起了外婆，她的外婆也是這樣心疼她，讓她每天都要開心。沒想到失去了外婆，在這個時空又遇到一個對自己好的奶奶。

其實她還是幸運的。

談話間，鍋裡的麵條好了，滿滿的一大盆，中間還打了顆雞蛋，既好看又香，看得封上上眼熱不已。

「快吃吧，知道妳胃口大，不夠的話還有。」朱蓮音慈愛地看著她。

封上上應了一聲，埋頭苦吃起來，不一會兒就將一大盆麵吃進了肚子裡。

這一次，她終於吃了個飽，覺得自己又活過來了。

吃完飯，封上上不讓朱蓮音動手，自己將碗刷乾淨，又拿起水桶去村口的水井打水，將朱蓮音家裡的水缸裝滿。

朱蓮音看封上上一刻不停地忙，帶著笑意的眼中又流露出一絲疼惜。

這個孩子多好啊，既漂亮又能幹，心地還善良，那家人怎麼就不知道珍惜呢，把好好的姑娘家給糟蹋成這樣，轉眼都快二十歲了還沒人問親，這可如何是好啊……

朱蓮音愁得頭髮都快掉了。

幹完活，封上上打算繼續去縣衙試試，便跟朱蓮音道：「奶奶，我去縣裡找點活幹。」

朱蓮音一愣，繼而搖頭道：「妳這丫頭想什麼呢，縣裡的活哪有那麼好幹的，村裡的男人都只能去碼頭上扛包，妳一個姑娘家能找到什麼活？就安心住在奶奶這裡，平常幫忙打打水、砍砍柴就行，其他的不要擔心。」

封上上笑著上前攬住她的肩膀晃了晃。「年紀輕輕的要您一個老人家養，我的臉皮可沒那麼厚。放心，我就是去看看而已，要是真的找不到活，就回來讓您養。」

朱蓮音看她下定了決心，知道這丫頭是不想白吃她的飯，心裡要強著呢。這麼一想，便囑咐道：「那妳可要答應奶奶，不能去大戶人家當下人，那地方不是妳能待的，進去就不容易出來了。」

「我知道，我可不給人家當下人。」

「還有，千萬不能簽賣身契，別管人家說什麼，絕對不能答應，一旦簽了賣身契，一輩子就被別人拿捏住了，知道嗎？」

「奶奶安心吧，我可沒那麼傻。」

「好，妳記著就行，奶奶不攔妳，要是找不到活就立刻回來。」朱蓮音轉身去廚房烙了幾個餅，用乾淨的布裝起來讓封上上帶著中午吃。

封上上接過烙餅，忍不住抱了抱朱蓮音，然後轉身出門。

今天跟昨天的情況一樣，那兩個衙役依然不讓封上上進去，所以她只能像昨天一般坐在衙門旁邊的路上，再次等待起來。這次一樣等到了下午都沒見到人，眼看太陽又快下山了，她鬱悶得將頭靠在膝蓋上，連聲暗嘆。

人家穿越女主角不都是各種偶遇帥哥跟貴人嗎，怎麼到了她這裡，卻是特地等一個人都等不到呢？

她該不會在不知情的情況下穿成了什麼炮灰吧？

就在封上上腦子裡天馬行空起來時，眼前的地面突然籠罩了一層陰影，似是被什麼擋住了光線，她愣愣地抬起頭，下一秒就看到一張俊美無雙的臉。

那張臉如皎皎明月散發光芒、像玉石一樣清冷，一雙清澈的眸子似星星閃耀、如漩渦般深邃，饒是在現代見慣了帥哥的她，也忍不住看愣了。

怎麼會有這麼好看的男人，這得要多美的女人才配得上啊？

「妳怎麼在這兒？」

低沈溫潤的嗓音將封上上飄飛的思緒瞬間拉了回來，她趕忙揮開亂七八糟的想法，站起來拍拍身上的灰塵，先給他福了一禮，這才道：「民女在這裡等候大人您。」

「等我？」

「民女昨天就來等您了，不過沒見著，今天終於見到了。」

「何事？」

「民女想來衙門謀個差事。」

應青雲微愣，他後面的一干人等也露出了驚訝的表情，但他很快就恢復了淡然，認真問道：「妳想謀什麼差事？」

封上上笑了，笑得很是純良，純良中帶著老實。「大人，民女想來衙門當個仵作，您看成嗎？」

應青雲還沒應聲，站在他身後的仵作老頭張大承就震驚地跳起了腳。「簡直胡鬧！哪有女子當仵作的?!」

封上上一個眼神都沒給張大承，只是滿懷期待地望著應青雲，等待他的答覆。

應青雲倒是沒有張大承那麼激動，他若有所思地看了封上上一會兒，半晌後才道：「妳先跟我進去，此事稍後再議。」

應青雲說完便轉身快步往衙門裡走，腳步略急，看樣子似乎有什麼重要的事情要處理。

封上上二話不說跟著他一起進門，一行人直奔議事廳而去。

待應青雲坐定，吳為就上前稟報道：「大人，卑職已經帶著兄弟們四下詢問，告示也張貼了不少，但至今未有人家上報女眷失蹤。」

應青雲說道：「之前報失蹤的那些人家問過了嗎？」

吳為嘆了口氣。「都詢問過了，但只剩骨頭，他們實在辨認不出。」

應青雲沈吟片刻，又看向張大承，吩咐道：「再仔細驗一次，看看有沒有其他線索。」

「大人，這……」張大承滿臉為難。「卑職已經驗過好幾遍了，但屍體如今只剩白骨，除了能看出皆是妙齡女子，剩下的真看不出，就是再驗也是同樣的結果。」

「白骨驗不出來，那具剛發現的也驗不出來？」

張大承搖頭。「大人，屍體毀損得太厲害了，壓根兒看不出原本的面貌，身上也沒什麼特徵，實在看不出身分，只能靠丟失女兒的人家自己來報案了。」

吳為道：「可整個西和縣那麼多戶人家，找起來談何容易，更何況那女屍有可能不是咱們這裡的人，找起來就更難了。再說，有的人家不重視女兒，女兒失蹤了也不報案，總不能一戶一戶地上門去問吧，那找到猴年馬月也找不出來啊。」

如今這世道，失蹤的女子不在少數，再加上看不出死者生前的樣貌，找起來無異於大海撈針。

應青雲垂眸，議事廳內的氣氛一時凝重起來。

此時，在旁邊聽出大概情況的封上上突然開口道：「大人，民女能去看看屍體嗎？」

眾人一愣，同時向她看去。

應青雲詢問。「妳想驗屍？」

封上上點點頭。「也許民女能幫上一點忙也說不定。」

張大承方才就黑了一半的臉這下徹底黑了，不高興地說道：「妳又不是衙門的仵作，哪能隨便驗屍，當咱們衙門是什麼地方！」

封上上不卑不亢地道：「多個人檢驗，說不定能找出更多線索。早日破案，對衙門是有利之事，就算我什麼都驗不出，衙門也不會有什麼損害，您何至於如此不滿？」

張大承一噎，一時竟找不出話來反駁。

這時應青雲道：「驗屍房就在隔壁，妳去驗。」

「是，民女謝過大人。」封上上微微一笑。她想得果然沒錯，這位年輕的知縣大人一點都不迂腐，這樣的上司最討人喜歡了——

嗯，她尤其喜歡。

大人都開口答應了，張大承再不滿也只能硬生生忍著，憋著氣跟著一起去隔壁的驗屍房。他倒要看看這個黃毛丫頭能驗出個什麼不同來，難不成還能讓死人復活？

驗屍房中擺放著九具蓋著白布的屍身，整個房間瀰漫著一股屬於屍體的腐臭味，許多衙役第一時間屏住了呼吸才沒當場暈倒。

封上上面不改色地走上前去，捏住離自己最近的一具屍身上的白布，眼睛眨都沒眨便一把掀開白布，露出下面森森的白骨來，隨後蹲下仔細察看，還用纖細的手指觸摸白骨的每一個角落。

她的表情既認真又虔誠，好像在對待什麼珍貴的寶貝似的。

看到這一幕，眾人都不禁頭皮發麻。

封上上將前八具屍骨都仔細勘驗了一遍，來到最後一具前面時，剛準備掀開白布，便被吳為給叫住了。「封姑娘，我先給您準備個面罩，再點些蒼朮、熏點醋吧。」

有時候屍體腐爛嚴重，味道大，仵作驗屍時會點蒼朮、熏醋去味，吳為想到這具屍體的模樣，心想待會兒封上上的臉色不會太好看，還是提前做些準備比較好。

「謝謝吳捕頭，不過我不需要這些，聞習慣了。」封上上禮貌地拒絕。

她從事法醫這一行差不多十年，期間不知道見過多少屍體，這點味道還難不住她，更重要的是，她從小就跟著外婆在殯儀館工作，見過的死人無數，真不懼這些。

聞習慣了？吳為覺得這話蹊蹺得緊，她一個十幾歲的鄉下小姑娘到哪兒聞屍體聞習慣了？難不成是聞死豬聞的？

還不待吳為再問，封上上便一把掀開最後一具屍身上的白布。由於動作令人猝不及防，屍體的慘烈模樣就這般毫無預兆地顯露在場所有人的眼中。

離得最近的吳為下意識地捂住口鼻往後退了幾步，憑藉強大的忍耐力才沒吐出來，但其他人就沒辦法了，兩個年紀較輕的小衙役當場奔出驗屍房跑到外面吐了出來。

那持續不斷的嘔吐聲，讓大家的臉色更難看了。

應青雲倒是讓人意想不到，見到毀損如此嚴重的屍體，依舊面不改色地看著，一點嫌棄與驚恐之色都未顯露。

封上上細細打量著屍體，只見死者身上全無衣物遮掩，皮膚滿布傷痕、血肉模糊，這倒沒什麼，最讓人受不住的便是屍體腹部鼓脹，屍綠從此處開始蔓延，臉上更是傷痕累累、皮肉綻開，就像一團爛肉，壓根兒看不出原本的半分容貌。

然而封上上卻沒有感覺，就像在看一塊豬肉般，她一邊驗屍、一邊道：「大人可方便告訴民女此案的情況？如果能知道案情，說不定會找到更多線索。」

應青雲點頭，示意吳為向封上上說明。

吳為便仔細說了起來。「這些屍體都是在城外二十里的一處破廟找到的，發現者是一個書生，他來此準備考試，不料半路上馬車壞了，又逢大雨，不得已在破廟將就一夜。

「因夜裡冷，那書生縮到了佛像後面，無意中觸碰了一處機關，察覺佛像後有一處通道，那通道直通地下，盡頭有一處暗室，暗室裡有白骨數具，還有一具新鮮的屍體，那書生嚇破了膽，連夜跑來縣衙報案。」

封上上有點疑惑。「根據這些屍體的白骨化程度，可以推測那處破廟藏屍不少年了，為何至今才有人發現那個暗室？機關若真這麼難找，那書生也不會那麼容易發現吧？」

吳為道：「封姑娘有所不知，那破廟地處偏僻，又破舊得很，且有鬧鬼的傳聞。據說經常有女子的哭泣聲從裡面傳來，很是陰森，本地人都知道，所以誰也不敢靠近，也就只有外地人不知情才會進去。不過，那廟實在太破爛了，一般情況下連外地人也不去，也就那書生運氣不好給碰上了，現在他還在發燒，下不了床呢。」

原來如此。

封上上了解過情況，也驗完屍，便開始說自己的結論。「這裡一共九具屍身，從骨齡判斷，死者均是十五到二十五歲之間的年輕女子。因屍體已白骨化，故而無法判斷身分，但根據白骨化程度，可以看出這些死者的死亡時間上存在先後順序，且都死於五年之內。」

說著，封上上指向其中一具屍骨。「其餘屍身暫時看不出什麼，但這個死者有點特殊，她的無名指比中指長許多，與一般人不太一樣，而且她的右手曾經骨折過，這一點很可能是找出她身分的關鍵。」

應青雲讚賞地看了她一眼，忙讓文書記下來，之前張大承便沒發現這點，要不是她重驗一遍，這麼重要的線索就錯失了。

張大承悄悄用袖子擦了擦汗。

不過僅僅知道無名指比中指長、右手曾經骨折並沒有什麼用處，茫茫人海，僅憑這兩點不可能找出死者的身分，所以，想要找尋有用的線索，唯有從最後一具屍體上著手。

第八章　妙手解難

封上上走到最後一具屍體邊，對眾人道：「幸好，這具屍體還是新鮮的，可以得到很多線索。死者腹部鼓脹，右下腹皮膚呈現屍綠，且屍僵出現緩解現象，結合現在的天氣判斷，死者死亡時間約十二個時辰，也就是說，她是在昨天申時左右遇害的。

「死者身上有多處傷痕，皆為刀傷，且創口外翻，有噴濺狀血漬，肌肉創口處邊緣皮膚內捲，創口顯著裂開，乃是明顯的生活反應，是典型的生前傷，也就是說，凶手是在死者活著的狀態下連砍幾十刀，最終導致她死亡。由此可見，凶手十分殘忍暴戾，對死者充滿憎恨，在屍體上洩憤。」

眾人聽得目瞪口呆，腦海中不由得浮現出凶手拿著刀拚命砍人的畫面，血液到處噴濺，死者痛苦慘叫，然而凶手依舊不斷揮刀，死者慢慢地沒了聲息。

大家不約而同地打了個寒顫——殘忍，太殘忍了。

不過，在場的人對封上上皆刮目相看，她驗出來的可比張大承驗出的訊息豐富得多，若她說的都是真的，那她豈不是比張大承還厲害？

衙役們偷偷地瞥向張大承，張大承被看得臉色僵硬。是，他承認這姑娘得出的結論比他多、比他細，但那又如何，難不成知道凶手活活砍死了這些人，就能得知凶手的身分？

於是張大承毫不客氣地問封上上。「那妳能看出凶手是誰嗎？」

封上上並沒有因為他的態度而生氣，她搖搖頭，如實道：「只根據這些，暫時判斷不了凶手是誰，要找出凶手，需要查清死者的身分。」

張大承撇了撇嘴。「妳倒說得容易，死者面目全非，壓根兒看不清面貌，怎麼可能查到死者是誰，莫非要在縣內一家一家詢問有沒有人失蹤？若真是這樣，那估計得等到猴年馬月了，還破什麼案子？」

應青雲原本在看屍體，聽聞張大承這話，抬頭看了他一下，這一眼淡淡的，卻讓張大承一個激靈，嘴裡剩下的話頓時硬生生地嚥了下去。

封上上沒發現這點，自顧自地說道：「死者的身分也不是毫無頭緒，至少目前我可以確定，死者並非農家女子，很有可能是煙花之地出身的。」

「什麼?!」

此話一出，所有人皆是驚訝又懷疑，不明白她何出此言。

應青雲問道：「何以看出？」

封上上走到屍體旁蹲下，舉起死者的手，用帕子小心地擦拭其手指，這才道：「大人請看，死者留了纖長的指甲，上面還塗了鮮紅的蔻丹，不光是手指甲，腳指甲同樣塗了。」

眾人仔細一看，還真是如此。雖然死者手上有傷，但相對較少，能清楚地看到指甲上塗了紅色的蔻丹，可以想見生前這雙手腳何等嬌豔誘人。

封上上又說：「如果是農家女子或普通家庭的女子，平時要幹活，怎麼會養這麼長的指甲，又怎麼會塗如此鮮豔的蔻丹呢？」

大夥兒瞬間恍然大悟。是啊，一般女子很少留這麼長又漂亮的指甲，這可不利於幹活，他們家中的姊妹、媳婦都不塗這玩意兒的，不然會被罵不正經。

封上上指著死者身上傷痕較少的一塊皮肉，繼續道：「除了指甲，大家還可以看看死者的皮膚，這皮膚十分白嫩細軟，需要精心養護才行；另外，死者的雙手、雙足並無一點繭子，這說明死者沒幹過粗活，普通人家的姑娘就是再受寵，也不可能會這樣。」

這下子，所有人都默默點頭。

他們之前怎麼就沒發現呢？這姑娘真是好利的眼、好細的心。

此時，吳為問道：「那您怎麼判斷出是煙花之地的女子呢？也可能是富貴人家的姑娘啊！」

封上上沒急著說明，而是伸手將死者翻了過去，露出屍體赤裸的後背，指著臀部及背部幾處道：「死者正面的傷較多，背面相對較少，因此可以從這裡看出較多死者生前的情況。你們仔細看，死者的臀部與背部有多處條狀傷痕，這些傷痕新舊不一，明顯是積年累月所形成，所以不是凶手造成的，而是死者本身就有，想必你們都認得出來，這是鞭痕。」

幾個衙役光是看屍體一眼就要吐了，自然不會發現隱藏在血肉模糊下的細微傷痕，經封上上這麼一說，大家湊過去一看，發現這些傷痕的確是用鞭子抽出來的。

封上上又指了指另外幾處。「除了鞭痕，死者身上還有許多細微的燙傷，這些燙傷呈圓形，並不是開水燙傷的，倒更像是……」

不待封上上說出口，一個小衙役就叫了起來。「是滴蠟！」

「哦——」大夥兒意味深長地看著這名小衙役。

小衙役立刻紅了臉，支支吾吾地道：「我、我可沒幹過這事啊，我、我就是以前被滴蠟燙傷過，疤痕就是這樣的。」

「哦——」在場眾人再次喊了一聲。

身為男人都明白，小衙役說的「這事」指的是什麼。行房時，有些男人會用鞭子抽打女人的皮膚，甚至會往她們身上滴蠟，利用對方的疼痛喊叫提升興奮感與刺激感。

煙花之地最常見到這類手段，對待青樓裡的女子，少有男人會憐香惜玉，都是怎麼高興怎麼來。

封上上倒是沒在意男人之間的那些揶揄，面不改色地道：「不錯，確實是滴蠟，死者身上有多處鞭痕和滴蠟疤痕，甚至連私處都有，要是富貴人家的太太、小姐或姨娘，會被如此不尊重地對待嗎？」

說完，她又添了一句。「當然，也不排除一些男子有特殊癖好，專愛在房裡折磨自己的女人。」

「咳——」

在場的男人不自在地咳了咳，封上上一個姑娘家卻一點都不在意，說起這事，平淡得好像在談論今天的天氣一般，略微尷尬的男人們跟她一比，反而顯得格外不淡定。

不過，這姑娘還未出閣吧，說起男女房事竟如此平靜，真的正常嗎？

封上上毫不覺得自己不正常，繼續說著自己的推測。「另外，若真是富貴人家出身的女子，突然間消失，除非有特殊原因，否則不可能不報案，所以我覺得是青樓女子的可能性更大一點。」

為了取悅男人，青樓女子從小便會嬌養出一身細皮嫩肉，手腳塗蔻丹更是尋常，而那些鞭痕和滴蠟疤痕，便是恩客們在床上的變態手段。

應青雲全程沒插嘴，只是不動聲色地打量著封上上，眼裡除了讚賞，還有些許疑惑。一個農家女為何會驗屍之法，又為何如此擅長推理？

吳為已經完全對封上上折服了，撫掌讚嘆道：「我覺得姑娘說得很有道理，普通女子消失了應當有人報案，但青樓女子就不一定了。」

封上上點點頭，說道：「毫無疑問，這些死者應該是被同一人所殺，假若我的推測無誤，凶手殺了這麼多姑娘，至今卻沒被人發現，很大的可能便是凶手先把她們從青樓中買走，再痛下殺手，這樣誰都不會追究她們的去向與下場。」

應青雲不禁微微頷首。

吳為高興地說道：「那我們去煙花之地追查被買走的姑娘，不就很快能查出死者的身分了？」

看吳為太過興奮，應青雲出聲問道：「你可知城中有多少煙花之地？」

吳為的笑容稍稍一滯，搖頭。「不知道。」

西和縣城中，除了擺在明面上的窯子，還有不少暗窯子，大大小小加起來起碼好幾百家。

「那你可知每家青樓一年會買賣多少姑娘？」

「嗯……不知道。」吳為吶吶道，但想來這個數字不會少。

應青雲再問：「就算查清了所有被買賣的姑娘，你能一一找到她們的去處？」

吳為臉上的喜色徹底消失不見。「……不能。」

誰知道那些姑娘被帶去哪兒了，說不定途中又轉手了好幾次呢。

張大承縮著脖子，小聲嘀咕道：「這樣一來，就算推斷出死者是青樓女子，還是破不了案啊，除非能看出死者的容貌，拿著畫像一一去青樓詢問。」

然而這是不可能的事，被砍了這麼多刀，就是死者的親生父母見了，也認不出來啊。

眾人都不說話了。這案子的困難程度超乎想像，算是他們辦差這麼多年來最複雜的，之前的知縣大人遇到這種難案都是隨便查一查，查不出什麼就拖著，拖著拖著就沒了下文，所以他們根本不知道接下來要怎麼辦。

吳為建議道：「大人，不然卑職去問問城中是否有大夫擅長處理傷口，看能否讓死者的面部平整些，好看出一些生前的樣貌。」

應青雲搖搖頭。「刀傷需要敷藥，再讓傷口慢慢長好，但人已死，傷口只會腐爛，不可能再癒合。」

「這倒是。」吳為撓撓頭，這下是徹底沒辦法了。

在一片靜默中，封上上默默舉起了手，輕聲說道：「大人，民女可以試試。」

此話一出，一道道目光似探照燈般齊刷刷向她照去，有驚訝的、質疑的、茫然的、懷疑的。

吳為一臉呆滯地問道：「封姑娘說什麼？您可以試試什麼？」

封上上說道：「我可以試試恢復死者生前的容貌。」

「啊……」吳為張著嘴，一時之間不知道說什麼好，他分不清封上上是不是在開玩笑。

張大承最為不信。「臉被砍了那麼多刀，有的地方骨頭都被砍爛了，怎麼可能恢復？妳可別在大人面前信口開河！」

封上上聳聳肩。「是不是信口開河，試試不就知道了。」

「要是把屍體弄壞了怎麼辦？說不定原本的線索也被妳弄沒了。」

「這麼說您還能找出其他線索？如果能，那就當我沒說。」

「妳……」張大承發現這姑娘特別會嗆人。

此時，應青雲開口問道：「妳當真能恢復她的容貌？」

封上上很謙虛地說：「民女盡力試試。」

她嘴裡說試試，不過心裡還是很有把握的。雖然她從事法醫工作，但她的外婆當了一輩子的大體修復師，技術十分精湛。小時候沒其他人能帶她，外婆又要工作養家，所以從她還不會走路的時候，外婆就帶著她一起去殯儀館工作。

也不知道是神經粗還是年紀小，封上上看到那些面目全非的死者時，竟然絲毫不覺得害怕，反而很有興味地偷看外婆為他們修補、化妝，還時不時提出自己的建議。

外婆看封上上有興趣，便不再刻意讓她迴避，反而有意無意地教她一些技術，等到她十五歲的時候，她的大體修復術已經青出於藍而勝於藍，就連殯儀館的主管都強烈建議她畢業後直接去殯儀館上班。

不過，後來封上上去學了法醫，讓那些主管們大呼可惜。

殯儀館裡許多死者並非自然死亡，封上上見過形形色色的死狀，臉部情況比這具屍體更糟的也不少，但這些人最終會在大體修復師手中逐漸恢復生前的模樣，給死者的家屬最後的安慰。

所以，這具屍體要恢復生前的容貌並不難，只是需要花些時間跟技巧。

應青雲定定地看了封上上好一會兒，才點頭道：「好，那妳試試。」

封上上朝他淡淡一笑，但沒急著動手，反而眼珠子一轉，笑著問道：「大人，如果民女真能恢復死者的樣貌，有獎賞嗎？」

應青雲問：「妳想要什麼獎賞？」

封上上立刻打蛇隨棍上。「大人，如果民女能恢復死者的樣貌，您就聘民女為衙門的正式仵作，成嗎？」

這姑娘膽子可真大……這是所有人此刻的心聲。

大家默不作聲地望著應青雲，看他是答應還是不答應。

應青雲思索了一陣子，眼中閃過一抹笑意。「如果妳真能恢復，那便依妳。」

這大人真是太好說話了！封上上笑得露出門牙，喊道：「大人英明！謝謝大人！」

應青雲的嘴角微不可察地揚了揚。

封上上瞬間渾身有勁，高聲道：「大人，麻煩找人拿點清水、酒、薄刀、縫合針線還有魚膠過來，哦對了，還有胭脂水粉。」

雖然不明白她要這些東西做什麼用，但應青雲沒多問，立刻吩咐衙役去準備。

不一會兒衙役就拿了封上上需要的所有物品過來，她瞄了一眼，心裡暗暗搖了搖頭。

一般縫合傷口時應該使用羊腸線，再不濟也應該用桑皮線，最早出現的傷口縫合線便是桑皮線。在她那個時空，隋唐時期已發明了用桑皮線縫合腸管和皮膚的方法，並廣泛應用於臨床，取得了良好效果。

《醫心方》卷十八〈治金瘡腸斷方第七〉裡，曾引《葛氏方》：「若腸已斷者方：以桑皮細線縫合，雞熱血塗之，乃令入」，說的便是桑皮線縫合之術。

桑皮線是古代技術所能提取出的最佳縫合線，然而這個時空還沒有這東西，只能用普通的線代替。

封上上先用清水仔細洗去死者臉上的血跡以及其他污漬，露出底下翻飛的皮肉，然後穿針引線，將皮肉對齊，用針線一一縫合。

素手纖纖、動作靈活，抬手落手間猶如仕女繡花，嫻熟沈穩、賞心悅目——當然，前提是忽略她縫的東西是死人的臉。

在場的人一個個瞪大雙眸，親眼看著封上上將死人的臉皮當作衣服般縫合，除了震驚，再無其他感受。

第一次看見人的皮膚能如此縫合……這姑娘真是奇人！

這還沒完，接下來，封上上竟然拿著刀剝離皮膚組織，露出下面變形的骨頭，將那些骨頭一點點重新拼接，用絲線還有魚膠固定黏合，使變形的骨頭恢復原狀。

眾人的下巴差點驚掉了。

應青雲眸光微亮，看著封上上的眼神帶著掩飾不住的激賞。他忍不住想，既然能用這樣的辦法恢復死者破裂的骨頭，那是否也能復原活人受傷的骨頭呢？另外，人受了傷之後，傷口是否能用針線縫合？

封上上並不知道自己的舉動一下子激發了應青雲的靈感，讓他在不知不覺間窺探到傷口縫合術和骨頭修復術的一角。

時間一點點過去，夜幕降臨，屋內點起了燈火，直到此時大夥兒才驚覺天已經黑了，他們就這麼站著看了幾個時辰，非但不覺得累，反而越看越來勁。

應青雲吩咐人多點了幾盞燈移到封上上周圍，方便她進行修復。

封上上全程沒抬頭看一眼，更沒停下來歇息一秒鐘，直到屍體臉上最後的一道傷口被縫合，將線剪斷後，她這才長吁一口氣，抬起頭轉了轉痠痛不已的脖子。

「好了？」應青雲輕聲問道，語氣中帶了點唯恐嚇到她的小心和溫柔。

封上上這才想起自己身邊還有許多人，環顧了四周，發現大家都瞪大眼睛看著自己，眼神讓人有點頭皮發麻。

怎麼了嗎？

其實大家不是在瞪她，只是單純被她的修復技術嚇到了。他們全程見證了奇蹟，一個面目全非的人在她手下恢復了原有的輪廓，簡直像是在變戲法，要不是親眼所見，真的會以為自己在作夢。

然而，後面還有更神奇的。

「還沒好。」只見封上上拿起放在一邊的胭脂水粉，開始為死者上妝。

她縫合出來的傷口很平整細密，線也儘量縫得不那麼明顯，但屍體臉上的傷實在太多，再加上膚色青紫灰敗，死者雖然已經有了人樣，但還是不太好認，需要透過化妝進一步讓死者恢復生前的容貌。

封上上先用妝粉混合面脂融合成跟人體膚色差不多的液體粉霜，用小刷子一點一點刷在縫合的傷口上，讓縫合線與膚色融為一體，直到看不清明顯的縫合線才停手，待這個步驟全部完成，再用妝粉全臉上一遍，遮蓋原本的青紫灰敗之色，同時均勻膚色，恢復本來該有的面色，最後再根據死者隱約可見的眉形輪廓，用青黛描繪加深。

想到死者的身分可能是青樓女子，日常肯定多以濃妝示人，所以封上上又為她上了個全妝，口脂、眼影、眼線一個不落。

原本無法辨認的臉龐漸漸恢復了正常的模樣，如果不湊近細看，甚至還會覺得這人氣色不錯，挺好看的。

「好了！」封上上拍拍手，起身讓開，讓死者的面容顯露在其他人眼前。

第九章　如願以償

「嘶——」眾人的抽氣聲此起彼伏地響起。

就連應青雲都難得地怔住了。他愣愣地看了死者的面容好一會兒，眼中閃過一絲異彩，似激動，似驚嘆，更似讚賞。

「這、這……」張大承盯著死者的臉，徹底說不出話了。此刻他的言語完全被震驚所淹沒，眼前的一切打破了他幾十年來的認知，讓他頭腦空白，總覺得現在是在作夢。

那些衙役們的情況跟張大承差不多，一個個張大著嘴。

愣怔過後，吳為的雙眼發光，豎起大拇指道：「封姑娘，您的手真是神了，在下佩服得五體投地。要不是這屍體是在下帶人親自運回來的，都要以為這女子是睡著了呢。」

「哪裡哪裡。」封上上謙虛地擺擺手，這才對應青雲道：「大人，您可以找個技術精湛的畫師照這容貌畫幾張畫像，然後去各個青樓詢問，若死者真是青樓女子，相信很快就能查出她的身分。」

應青雲點頭，對封上上道：「辛苦了。」

封上上明顯感覺到這位大人語氣中的溫和，原先他那骨子裡的疏離感微微褪去，看樣子是對自己的工作表現很滿意。

滿意就好，這樣她就能大方要求他履行承諾了。

封上上眨巴著滴溜溜的大眼睛，問：「大人，不知道您剛剛說的話還算數嗎？」

應青雲頷首道：「明日起，妳就是衙門的正式仵作，月銀和張仵作同等。」

好耶！封上上忍不住笑得跟朵花似的。「謝謝大人！」

應青雲輕輕「嗯」了一聲，下一秒便轉移視線，邁開步子朝外走。

「大人！」封上上看他走了，連忙追出去叫住他。

應青雲轉頭看過來，眼睫微抬，無聲詢問她有什麼事。

封上上一向挺厚的臉皮此刻有點紅，她硬著頭皮開口道：「那個……大人，能不能預支一個月的月銀啊？」

提出這個請求也是迫不得已，誰讓她實在阮囊羞澀，一分錢都拿不出來，以後好歹也算是公職人員了，總不能還穿得破破爛爛的吧，她的鞋都快裂開，露出五根腳趾了。

應青雲在封上上身上掃了一眼後便什麼都明白了，沒多說什麼，只從隨身的荷包中掏出一塊碎銀遞給她。

「謝謝大人。」封上上接過，朝他福了一禮，真心實意地謝道。

這位年輕的大人可真不錯，她運氣好，一來就碰上這麼好的頂頭上司，要是換成以前那個，別說自己進不了衙門的大門了，還會被打板子呢。

「大人，接下來沒什麼事了，民女就先回家嘍？」明日才正式上工，此刻封上上就當自己還是普通百姓，並未改變稱呼。

應青雲看了外面已經黑透的天一眼，轉頭叫來自己的隨身小廝雲澤，吩咐道：「備馬車，送封姑娘回去。」

雲澤應了一聲，立刻出門準備。

「謝謝大人，大人您真是太好了。」封上上並未拒絕。天色這麼黑，自己走那麼遠的路返村的確不方便，倒不是怕有壞人，而是她怕自己的鞋支撐不到村裡就報廢了，到時候只能光著腳走路，太苦了。

封上上除了嘴上感謝應青雲之外，也暗暗決定以後一定盡心盡力查案，讓他多多積攢政績，好早日離開西和縣這窮鄉僻壤之地，步步高陞。

根據原主的記憶，上一位知縣大人拚命斂財，把老百姓弄得苦不堪言，自己則是荷包富得流油，三年的時間一到就拍拍屁股升上去了，留下個爛攤子給現在這位大人。

這位大人看樣子是個清官，清官代表沒錢，沒錢就無法往上面打點，無法往上面打點就表示升職艱難，那就只有實打實靠政績說話了。

然而，既然他的頭腦這麼靈光，應該有得是好去處，也不曉得是沒背景還是得罪了人，不然怎麼會這麼慘，被發配來西和縣當知縣呢？要知道，西和縣地處西南，出了名的貧窮偏僻，可民風卻是剽悍，且地方豪紳與官府的關係錯綜複雜，頗難管理。不僅如此，此地每年的犯罪率排全大魏第一，是聖上的心頭刺。

聖上一直想把西南這個區域管理好，奈何誰都知道這是個苦差事，官員們全不願往這地方跑，聖上只好從中榜的進士中選人到此處任職，但新科進士不乏有錢、有勢、有人脈者，這些人早早打點，最後都被安排到有前途的位置上去了，也就沒錢、沒背景還得罪了人的，才會這麼倒楣被扔到這裡。

顯然，眼前這位大人就屬於後面這一類人。嘖嘖，真可憐啊。

回到村中，時辰已經不早了，但朱蓮音家卻還亮著燈。聽到院子裡的動靜，她連忙打開門迎了出來，看到封上上返家，她不禁重重地鬆了口氣。

朱蓮音上上下下打量起了封上上，生怕她有個什麼不好。「妳這孩子，怎麼這麼晚才回來？我都擔心死了！」

「有事耽誤了所以才這麼晚，倒是您年紀大了，不能熬夜，為什麼要等我？」

「妳不回來我不放心。餓了吧？我鍋裡給妳熱著吃食呢。」朱蓮音把鍋裡熱著的飯菜端上桌——兩個饅頭、一碗雜糧粥、一盤白菜，還有一碗蒸蛋。

封上上看得眼酸，摟住朱蓮音，在她的肩膀上蹭了蹭，輕輕道：「謝謝您。」

「好了好了，快吃飯吧。」朱蓮音拍了拍她的頭，眼裡滿是慈愛。

「妳今兒個找到活了嗎？」見封上上吃起了飯，朱蓮音終於忍不住問了，手上還拿著一件衣服縫著。

「找到了，明天就正式當值。哎呀，奶奶，大晚上的別動針線了，傷眼睛。」

「馬上就做好了。」朱蓮音最關心的還是封上上的工作。「妳找到什麼活計了？」

封上上自然不可能說自己去當仵作了，一來老人家肯定接受不了這個職業，二來原主壓根兒沒學過任何驗屍的手段，說出來反倒解釋不清，便道：「衙門裡的仵作太忙了，缺個助手，我就去給他打打下手。」

「什麼？仵作?!」饒是開明如朱蓮音也是嚇了一跳，針差點扎到手。「妳一個姑娘家怎麼能去幹這種活呢？那可是要跟死人打交道的！」

封上上不以為意地道：「我就是打打下手，又不碰死人，您也知道我平時見慣了死豬和血什麼的，膽子大嘛。」

跟朱蓮音撒謊，封上上實在有點過意不去，但為了順利地去上班，只能這麼做了。

朱蓮音滿臉愁容。「死豬和死人哪能一樣啊，天天接觸死人這種事要是傳了出去，妳的名聲怎麼辦？哪個小夥子敢來娶妳喲……」

得，原來這位奶奶是惦記她的婚事呢，生怕她嫁不出去。

為了安撫她，封上上只好從另一個角度進行勸說。「奶奶，這活雖然不好聽，但好處還是不少的。那可是官府的活，我以後便是衙門的人了，還跟知縣大人說得上話，以後那家人要是再想來欺負我、找我麻煩，可得掂量掂量了，您說是不是？」

「這……」朱蓮音明顯猶豫了。

「奶奶，您是知道封家人的，再加上我娘那性子……要是我沒個靠山，我可反抗不了。」

朱蓮音活到這麼大歲數了，有些事看得比封上上明白，她其實一直擔心董涓耳根子軟，一味聽丈夫的話，將來在封上上的婚事上動手腳。自古以來婚姻都是父母作主，要是封天保真的隨便給封上上找個男人，她怎麼反抗得了？就是她這個老太婆，也沒資格反對。

要是真能跟知縣大人說得上話，那封上上就不會被封家在婚事上坑害了，比起嫁給歪瓜劣棗，在衙門裡給仵作打打下手，似乎還能接受。

「那、那妳去吧。」朱蓮音最終同意了。

她心想，說不定封上上在衙門裡待得久了，那邊的官吏會看上她，畢竟這孩子長得可是實打實的好看，就是地主家的小姐也比不過。

一想到未來封上上可能跟官吏成婚，朱蓮音內心的擔憂散去了大半，轉而高興起來，暗暗決定以後要好好給這丫頭打扮打扮，讓她多吃些飯、長胖點，現在還是太瘦了。

「來，上丫頭，妳試試這衣服大小怎麼樣。」朱蓮音咬斷線，將衣服展開來給她看。

封上上一愣。「奶奶是在給我做衣服？」

「這是我年輕時的衣服，料子佳，保存得也好，還有七成新呢。我這老婆子帶不到地下去，放著多浪費，就想著改好給妳穿，以後妳可是要到衙門裡幹活的，不能穿得不像樣子。」

朱蓮音以前就想把衣服改給封上上穿，但那時候她立不起來，就算給了，回去肯定也會被封小靈搶走，所以她便一直收著，如今這丫頭厲害起來了，她就敢給了。

雖然是朱蓮音年少時穿的，但款式卻一點都不顯老，顏色鮮亮不說，料子也柔軟，足以想見當初她丈夫是多麼疼她，才會捨得花錢買這麼好的衣服。

封上上突然理解朱蓮音為何不願意再嫁，既然已經遇到了最好的那個人，又怎麼可能再去將就其他人呢？

「謝謝奶奶。」封上上沒有推辭，接過衣服之後，從兜裡掏出自己從應青雲那兒拿到的銀子塞到她手裡。「奶奶，這是我提前預支的工錢，您收著，算是我的伙食費。您別推辭，要是您不收，那我也不能要您的東西。」

「好好好，奶奶收著。」朱蓮音笑咪咪地接過錢，心裡卻想著都給封上上攢下來，以後好當嫁妝。

第二天，封上上早早到了衙門，剛跨進大門，迎面就撞見吳為從裡面匆匆忙忙跑出來，要不是她讓得快，兩人準得撞在一起。

封上上問道：「吳捕頭，你這是急著去哪兒呀？」

吳為正準備回答，卻在抬頭的瞬間卡住了，愣愣地看著封上上，一時忘了自己要說什麼。

今天的封上上格外不同，換下了補丁疊補丁、灰溜溜的破衣服，一身淺粉色如意散花裙，往日隨意捆綁的頭髮梳起垂鬟分髾髻，紅色的絲帶從髮間垂下，模樣俏麗，原本就姣好的面容現在更是讓人移不開眼。

雖然吳為沒有別的心思，但也驚豔了一瞬才回過神來，笑著道：「封姑娘這一打扮，真的差點讓人認不出來。」

封上上有點不自在地摸了摸自己的頭髮。臨走前朱蓮音非要幫她梳個髮髻，說漂亮衣服就得配好看的髮型，要不是她攔著，朱蓮音還要把她年輕時的頭飾一股腦兒地往她腦袋上安，弄得她好像不是來幹活，而是來選美的。

「吳捕頭，看你匆匆忙忙的，是要去哪兒？」封上上注意到他手裡拿著一疊畫。

「哦，死者的畫像已經畫好了，我正準備帶著其他人去青樓裡詢問呢。」

「這麼快就畫好了？我能看看嗎？」

吳為將手裡的畫遞給她，只瞧一眼，封上上就忍不住「哇」了一聲。「好厲害的畫技！畫得與真人一般無二，你們一大早從哪兒找來這麼厲害的畫師啊？」

聞言，吳為笑了起來。「這可不是畫師畫的，是咱們大人親自畫的。」

應青雲畫的？

封上上「嘖嘖」兩聲，忍不住腹誹，怎麼什麼優點都往一個人身上集中了呢？不光長得那麼好看，還在比大學考試都難的科舉考試中成功擠過獨木橋，甚至連畫技都這麼厲害，也太得老天爺賞識了吧！

吳為十分自豪，誇道：「咱們大人的確厲害，不僅是畫畫，讀書也厲害，聽說還是聖上欽點的榜眼呢，學問沒得說。」

榜眼？封上上搖了搖頭。「我覺得不該是榜眼，應該點為探花的。」

吳為疑惑。「為什麼是探花？探花是第三名，榜眼是第二名啊，探花可不如榜眼呢。」

封上上一臉肯定地說道：「自古以來探花都是美男子，聖上選的都是殿試上最好看那個，咱們大人的臉認第二就沒人敢認第一，要是比臉，他肯定不會輸的！」

「這麼一說好像是啊，您說——」吳為正附和著，下一瞬便生生止住了話，既尷尬又忐忑地望著封上上身側。

封上上心裡「咯噔」一下，暗道不好。慢慢地轉過頭去，就見剛剛她嘴裡的比臉第一名正站在她身旁，用那雙燦若星辰的眼睛靜靜望著她，那張臉沒什麼表情，看不出此刻是個什麼心情。

還是裝死吧！封上上打定了主意，若無其事地道：「哈哈，大人早安啊。」

應青雲點了點頭，將視線從她身上收回，對吳為道：「不是要去青樓詢問？」

「對對對，卑職這就去、這就去。」吳為忙不迭地跑了。

封上上覺得吳為這人不太厚道，跑得也忒快了，留她獨自面對尷尬現場。

此時此刻，她腦子裡只有一句話：千穿萬穿，馬屁不穿。於是她決定用馬屁來補救一下。「大人，剛剛卑職看到您畫的畫了，畫得跟真人一樣，大人的畫技真是厲害，您要是不當官，絕對能成為一代大家！」

應青雲抿了抿唇，一時之間竟不知怎麼應對如此誇張又直白的馬屁，乾脆邁開步子往裡走，轉移話題道：「邱蕊案已審理完畢，判秋後問斬。」

封上上一愣，再無開玩笑的心思。

殺人償命天經地義，邱蕊罪有應得，可留下的人日子卻不會好過。她想到沈家那兩個孩子，這件事恐怕要伴隨她們一生，也不知道以後會有什麼影響。

有了畫像，找尋死者身分就變得容易許多，還沒到晌午，一個小衙役就跑來道：「封姑娘，查到死者身分了！」

封上上趕忙放下手中的案情紀錄，忍不住激動起來。「這麼快就找到了?!」

「是啊，沒想到這麼快就能找到了，真被封姑娘給說中，死者是青樓女子沒錯，您太厲害了！」小衙役看封上上的眼神滿是崇拜。「多虧封姑娘恢復了死者的容貌，我們拿著畫像一家一家去問，問到一家叫芙蓉閣的青樓時，那老鴇一眼就認了出來，說是她們閣裡的姑娘，吳捕頭已經把那老鴇帶了回來，大人正要問話呢，讓您過去旁聽。」

封上上跟著小衙役一起前往應青雲辦公的書房，書房中，吳為正在向應青雲稟報查詢結果，看到她來了，佩服地向她拱拱手。「不出封姑娘所料，那老鴇看到畫像就認了出來，還說畫上的人跟死者本人有八分像，您的修復術真是令人五體投地。」

聞言，封上上謙虛地擺了擺手，又來了一波小馬屁。「哪裡哪裡，多虧了咱們大人畫技好，畫得跟真人一模一樣。」

嗯，身在官場，必須隨時抓住機會捧一捧上司，日子才會好過。

「是是是，咱們大人的畫技確實出神入化。」吳為立刻順勢跟著拍馬屁，心想這封姑娘有前途，不光技術過人，還深諳迎合之道。

一直低著頭看卷軸的應青雲抬起頭，淡淡地看了封上上一眼，封上上隨即朝他露出一個諂媚的微笑。

應青雲一時無語。他轉開眸子，對吳為道：「將那老鴇帶進來問話。」

吳為應下，將在外面候著的老鴇給帶進書房。

老鴇名叫春芳，四十來歲，身材微胖，一身紅衣格外扎眼，臉上塗著厚厚的妝，壓根兒看不清原本的面貌。

芙蓉閣算是城中頗有等級的青樓，春芳平時見慣了達官貴人，這會兒看到應青雲倒也不怎麼怕，反而眼睛一亮，在心裡暗道好俊俏的郎君，要是去了她們樓裡，只怕姑娘們錢都不要了，搶著伺候他呢。

內心這麼想著，春芳面上倒是不顯，恭恭敬敬地給應青雲行了個禮，才道：「民婦拜見大人，不知道大人找咱們樓裡的姑娘有什麼事？」

應青雲拿起畫像問道：「這是妳樓裡的姑娘？」

「正是，這是咱們樓裡的姑娘，叫虹影，不過前不久已經被一位恩客給贖走了。」

恩客？這一點與封上上的猜測又對上了，死者是先被人買走然後才被殺害的。

吳為再次用眼神稱讚了一下封上上，同時默默振奮起來，不用說，那恩客就是殺死虹影的凶手，破案就在眼前！

應青雲問：「誰人贖走虹影？」

「民婦只知道那人姓王，是個茶商，不是本地人，是從外面來這裡收購茶葉的，他到芙蓉閣的第一天就看上了虹影，後來便一直是虹影伺候他。大概是虹影伺候得好，他也實在喜歡虹影，便從民婦這裡贖走了她，說要帶回家當姨娘。」

說完，春芳覺得不對，疑惑地問：「大人，是不是虹影出了什麼事情？」

第十章　破廟勘查

應青雲也沒隱瞞。「虹影死了。」

「什麼?!」春芳震驚得瞪大眼睛，喃喃道：「死了？怎麼會死了呢？她走的時候還很高興的，那王老闆也很喜歡她啊，怎麼會……」

應青雲道：「現在要找到這位王姓茶商，才能弄清楚虹影的死因，妳知道王姓茶商此刻在何處嗎？」

春芳遲疑地說：「民婦不清楚，按照咱們樓裡的規矩，除非客人主動說，否則絕不打聽他們的私事。王老闆帶走虹影之後就沒再來過樓裡，所以如今人在哪裡，民婦完全不知。」

「那妳可知他是在城中何處落腳？」

「這點民婦也不曉得，王老闆沒說，我們也未刻意打聽，只知道他暫時住在一家客棧裡。」

「他老家在何處？」

春芳還是不知。「聽口音只知道是北方的，但沒聽他提過家鄉何處。」

眾人臉色不由得沈了下來。什麼訊息都沒有，如何追查？

封上上為古代的風塵女子感到悲哀，在他人眼中，她們只怕是一件可以隨意買賣的貨物，有錢就能帶走，沒人在意她們去了何方，也沒人關心她們以後過得如何。

吳為忍不住道：「大人，凶手肯定是這位王姓茶商，他若不是心虛，怎麼會什麼都不透露呢？更何況虹影是被他帶走的，人在他眼皮子底下，難不成會是別人害的？」

要是被別人害死的，那王姓茶商可是好端端失去了一個花錢贖回來的姑娘，不可能不報案。

應青雲沒說話，皺眉思索著什麼。

想到跟凶手有關的訊息全無，吳為覺得頗為棘手，皺眉道：「此人身分不詳，落腳地不清，如今行蹤也不明，連這茶商的身分說不定也是假的，不好查啊，而且他殺了人後肯定早早就跑了，想抓到恐怕有難度。」

若這人身分也有異，想在城中好幾十家客棧中尋找一位不知真假的茶商，真不是容易的事。

應青雲自然明白其中難度，遂命春芳仔細描述王姓茶商的相貌、聲音。

春芳聽吳為說那王老闆是凶手，想到他竟然殺了虹影，心中發怵，不敢有絲毫隱瞞，努力描述起來。「那人身材高大，身高……身高大概跟這位捕頭差不多，方臉、濃眉大眼，鼻子跟鼻孔都大，嘴唇倒是平常……哦，兩隻耳朵還有點招風耳。」

應青雲認真聽著，然後取來紙筆，蘸墨畫了起來。

封上上不動聲色地往書桌前挪了挪，伸頭往桌上的畫紙看去，就見應青雲下筆俐落，幾筆勾勒出一個人臉輪廓，細細添上幾筆，五官隨即躍然紙上，不一會兒，一個維妙維肖的頭像便在畫紙上呈現，濃眉大眼、方臉、招風耳，跟春芳描述的一般無二。

好厲害的畫技！

這不就是現代刑事偵查手段中的嫌犯素描畫師嗎？只不過很多人會用電腦畫，而應青雲是徒手畫，卻一點都不比電腦畫得差。

要不是場合不對，封上上都想真心實意地再吹幾波彩虹屁了。

畫完之後，應青雲將畫像遞給春芳看。「有何不像的地方，可以指出來。」

「有幾分像了。」春芳驚奇地看著畫像，仔細回憶了一下王老闆的樣子，補充道：「不過……眉毛還要粗一些，向上微挑，鼻梁再高一點點，嘴唇要……」

在春芳的描述中，應青雲一點一點更改畫像，改了好幾遍，直到春芳激動地點頭道：「對對對，就是這個樣子，那人就長這樣！」

應青雲點頭，繼續拿筆作畫，一連畫了好幾張才停手，接著將畫像交給吳為，吩咐道：「帶人拿著畫像去各個客棧中詢問，看是否有人見過他。」

「太好了，就算那人身分跟姓氏有假，有了這畫像，他也跑不掉了。」吳為興奮得很，拿著畫便匆匆忙忙要帶人去幹活，走的時候順便將春芳也帶了出去，一時之間書房內只剩下應青雲和封上上兩人。

封上上沒急著走，皺眉問道：「大人，您覺得這王姓茶商就是凶手嗎？」

應青雲停頓了片刻才道：「依照目前的線索來看，是他。」

封上上點頭，確實，按照現有的線索判斷，凶手就是這個人，只是她有些地方想不通。破廟裡發現多具女子屍體，她們死因相同，死亡時間有先後上的差異，最早的受害者甚至死於五年前。凶手是同一人這點毋庸置疑，但若這王姓茶商真是凶手，豈不是說明他每隔一段時間就會在西和縣殺一名女子，然後拋屍城外的破廟嗎？這麼做的原因是什麼？

一般凶手不會冒著風險跑到人生地不熟的地方連續做案，若王姓茶商是凶手，要麼撒了謊，他並非外地人，而是本地人，要麼就是他與此地有什麼特殊的淵源，導致他每隔一段時間就要跑來西和縣找尋女子動手。

還有，凶手為何要殺那些女子？又為何選擇那間破廟行凶呢？凶手這麼做絕不會是無緣無故心血來潮，一定有原因。

現在還不知道到底能不能找到那王姓茶商，弄清楚以上種種原因，可說是破案的關鍵。思及此，封上上道：「大人，卑職想去那間破廟看看，說不定能發現一些線索。」

雖然封上上看過案情紀錄，也聽過吳為描述，但還是沒有親自去現場察看來得直接。

應青雲沒怎麼猶豫就點頭答應，喚來雲澤備好馬車，便帶著封上上等人直奔城外的破廟而去。

到了目的地，封上上發現這座破廟真如吳為當初描述的一般荒涼，屋頂破損、牆體歪斜，好像隨時會傾倒，再加上周圍杳無人煙、雜草叢生，要是晚上來的話，肯定陰森到讓人害怕，怪不得沒人往這裡來。

封上上跟著應青雲進了破廟，在荒廢的佛像後面看到一個入口，這便是進出地下室的唯一路徑。

她沒急著進去，反而蹲下身子在入口四周仔細看看摸摸，不過這裡除了灰塵和一些雜亂的腳印，並無其他不對勁。

「怎麼了？」應青雲開口問道。

「沒什麼。」封上上搖搖頭，起身跟在應青雲後面進入地下室。

封上上身後的衙役們也隨他們一道走了下去。

一進去，便有一股混雜著血腥味和腐臭味的噁心味道撲面而來，幾人屏了好一會兒呼吸才稍稍適應。

此處靠近地面的地方有窄小的窗戶，光線微弱，封上上抬頭打量周遭，這裡的空間並不大，有一尊引人注目的巨大佛像，除此之外什麼多餘的東西都沒有，顯得十分空曠。那尊佛像栩栩如生，慈眉善目、嘴角帶笑，但一想到在這微笑的佛像前發生了什麼事，就讓人毛骨悚然。

佛像前擺著一排用過的蠟燭，衙役們用火摺子將這些蠟燭一一點燃，昏暗的空間一下子亮了起來，也方便封上上觀察這裡。

首先映入眼簾的是地上的大片血跡，已看不出地面原先的顏色，甚至佛像上也噴濺了許多血跡，慈悲的佛祖見證著一幕幕殺戮，光想就令人不舒服。

佛像前還散落著許多麻繩，新舊不一，最舊的麻繩腐爛嚴重，看得出時間已久，不用問，在場的人都知道這些麻繩是用來幹什麼的。

「大人，地上的血跡多集中在佛像前，而佛像上噴濺的血跡也最多，這說明凶手是在佛像前對死者下手。」封上上又指了指入口處。「卑職剛剛察看了入口，入口窄小，周圍除了腳印，並無血跡之類的痕跡，結合這裡的情況，可以判定凶手是直接將死者帶到佛像前殺害的。」

應青雲點頭，他之前便來這裡察看過，對於她說的情況早已明瞭。

「凶手為何將人帶到這地方殺死呢？這裡有什麼特殊的意義嗎？」封上上盯著佛像，喃喃自語道：「除了荒涼無人便於拋屍之外，唯一有的就是佛像了，而凶手將人帶到佛像底下殺死，是故意讓佛祖看著她們死去嗎？」

佛祖象徵慈悲，正常人不會在佛像前造殺孽，可凶手偏偏反其道而行，在佛像前殺人，肯定不是祈求佛祖保佑，倒像是……

像是猜測到封上上心中所想一般，應青雲開口道：「懺悔。」

對，懺悔。

封上上腦中瞬間靈光大閃。「凶手對死者充滿憤恨，故意在佛像前殘忍殺害死者，卑職猜測凶手定然認為死者罪大惡極，必須在佛像前接受懲罰，才要在此處行凶。」

應青雲點點頭，認可這一猜測。

想通了這點，封上上開心了一會兒，又繼續喃喃道：「那麼，這些女子為何會讓凶手如此憎恨呢？」

應青雲說道：「據老鴇所言，虹影八歲被親生父母賣入青樓，從此在青樓中長大，很少外出，也鮮少與外界接觸，不太可能與外人有深仇大恨；至於青樓內，都是些女子之間的小爭端，不會走到殺人這個地步。」

「對，青樓女子足不出戶，不太可能與人結下深仇大恨。」封上上沈吟半晌，突然拍了拍掌道：「既然凶手不是跟虹影這個人有仇，甚至是隨意找尋殺害的對象，那就只有一種可能，便是凶手是跟虹影的『身分』有仇，他厭惡虹影的『身分』。」

應青雲抬頭，眼中精光一閃。「他厭惡青樓女子。」

「對！」封上上點頭。「所以卑職懷疑其他那些受害者全是青樓女子。」

說到這裡，她的雙眸突然亮起，急迫地說：「大人，其實咱們有辦法驗證這個猜測是否屬實。您還記得卑職勘驗其中一副白骨時說的話嗎？」

應青雲也想到了什麼，應道：「其中一位死者的右手曾經骨折過。」

「是的。」封上上略微激動。「卑職仔細察看過那具屍體右臂上的骨折，受傷時間大概在兩年前，可以去青樓詢問是否有被贖走的姑娘當時右手骨折過，骨折不算常事，查問起來應該不難。如果真的有這樣的姑娘，那麼就能確定凶手的殺害目標便是青樓女子，也能找到更多關於凶手的訊息。」

應青雲一向平靜的臉上難得出現興奮的神情，立刻安排人手去青樓詢問，然後便帶著封上上返回縣衙。

剛回縣衙，吳為正好從外面匆匆地趕了回來，向應青雲稟報。「大人，找到了！」

封上上和應青雲同時精神一振，便聽吳為道：「我們根據畫像去客棧一家一家詢問，終於在城中的悅來客棧問到了。掌櫃的一看畫像就認出來，說這人就住在他們客棧，叫王祝生，的確是個茶商，帶了好幾輛馬車，裡面都是各地收來的茶葉。」

聞言，封上上不禁和應青雲對視一眼，都有些出乎意料。這人竟然真的姓王，也確實是個茶商，甚至還有幾馬車的茶葉，到底是他偽裝得太到位，還是這就是他的真實身分呢？

吳為繼續道：「據掌櫃的說，王祝生幾天前的確帶回一個貌美的女子，卑職將虹影的畫像給掌櫃的辨認，確定是虹影。」

應青雲問：「那人呢？」

「跑了！」吳為皺眉道：「掌櫃的說王祝生昨天一大早就退房出了城，卑職已經讓人快馬加鞭沿著出城的路追去了，但不知道能不能追到。」

吳為越發肯定王祝生就是凶手，不然他急急忙忙跑什麼，肯定是心虛！這下子想抓到他就難了，任誰殺了人之後都會迅速逃離，這麼長時間早不知道跑哪兒去了，怎麼可能讓人追到呢？

應青雲斂眸沈思了片刻，道：「西和縣毗鄰西城門，要快速離開唯有走西城門，出城後只有一條主道，下一個最近的州府便是岳陽府，他要是入岳陽府的話，一天半的時間應該剛好到達。你分兩路人馬，一路順著主道往西追，一路去岳陽府詢問，王祝生隨身攜帶這麼多茶葉，守城之人應該會有印象。」

「是！」吳為立刻領命而去，儘管這是苦差事，但他面色依舊如常，行動也相當快速。吳為算是看出來了，新來的大人是個好官，是真正能為老百姓做事的人，跟著這樣的人可不能偷懶，認認真真、勤勤懇懇辦差最重要。他回頭得提醒兄弟們都打起精神，可不能再跟之前一樣懶散了。

衙役們全員出動，接下來要做的就是等消息。

暫時沒自己什麼事，封上上捂著肚子朝外面看了看天色，估算著現在大概是下午兩點多了。她從早上一直忙到現在都沒吃東西，實在餓到不行，而且胃部開始隱隱作痛，再不吃飯，胃病又要犯了。

不過，上司還在兢兢業業地埋頭苦幹，自己大搖大擺地跑出去吃飯，肯定不是一個好下屬該幹的事。

於是，封上上清了清嗓子，由內而外地散發出對上司的關心。「大人，您從早上到現在一口水都沒喝，肯定餓了吧？這樣下去會傷胃，要不卑職去幫您買點吃的回來墊墊肚子？」

應青雲從案卷中抬起頭，看了封上上一眼，又瞧了瞧外面的天色，將手上的案卷放下，起身往門外走。

封上上眨巴眨巴著眼睛，一時之間不明白他這是什麼意思。

見她還傻站在室內，應青雲回頭。「還不跟上？」

「啊？」封上上下意識地跟上，直到走出衙門才試探地問道：「大人，咱們這是要出去？」

「嗯。」應青雲淡淡應了一聲，其他的什麼都沒說。

封上上內心忍不住哀號。這位大人怎麼回事，她就透露出了那麼一點想吃飯的心思，難不成就被他看穿了，還要帶著她出去辦差？

她悄悄地瞅了對方勁瘦的腰和扁平的腹部一眼，猜不透他現在餓是不餓。

這人跟她一樣忙到現在沒吃飯，如今還要出去辦事，也太拚了吧，難不成經常這樣廢寢忘食，所以腰才這麼細？可要是經常不吃飯，個子怎麼又這麼高呢？

在封上上亂七八糟的思緒中，應青雲突然停下了腳步，封上上急忙停住腳，抬頭一看，發現他們正停在一家麵館門前，此刻雖已過了飯點，但麵館裡還是傳來極為誘人的香味，那是高湯的氣味，十分純正。

封上上一陣竊喜，忍著嘴角上揚的衝動，努力壓抑著體內的激動問道：「大人，咱們是來這裡吃麵嗎？」

應青雲瞥了她偷偷嚥口水的模樣一眼，覺得有點好笑，率先邁開步子走進去，封上上立刻咧起嘴屁顛顛地跟了上去。

過了飯點，店裡沒人，連小二也去休息了。掌櫃的正在櫃檯後打算盤，看到客人進來，連忙熱情地走出來招呼兩人坐下，上了一壺水之後才問道：「兩位客人想吃點什麼？咱們店裡什麼麵都有。」

應青雲對封上上道：「想吃什麼就點。」

封上上嘻嘻一笑，正準備喚應青雲大人，但想到他身穿常服，又在外面，不好暴露身分，趕忙將嘴裡的稱呼嚥了下去，只歪頭笑問：「少爺，您這是要請奴婢吃飯嗎？」

應青雲豈不明白封上上的用心，他端起杯子喝了口水，這才輕聲道：「今天辛苦了。」

原來是看她辛苦了要請她吃飯啊！封上上樂開了花，當下就小聲拍起了彩虹屁。「少爺，您不光對人好，還疼惜奴婢，好主子說的就是您這樣的，有您當咱們的一家之主，真是應府之幸、奴婢之福啊！」

饒是應青雲向來淡定，此刻也被這誇張的馬屁弄得起了雞皮疙瘩，忍不住道：「閉嘴，吃飯。」

「好咧！」封上上不客氣了，迅速對掌櫃的道：「麻煩來一碗陽春麵，嗯……再加一碗蔥油拌麵。」

掌櫃的正要應下，就見這位漂亮的姑娘轉頭問旁邊俊美的公子。「奴婢點好了，您吃什麼？」

掌櫃的低低叫了一聲，心想原來剛剛那兩碗麵都是這姑娘替自己點的？這麼瘦弱的姑娘，哪能吃掉兩碗麵呢？

這位掌櫃是個實誠的人，不希望食物被浪費，便委婉提醒道：「姑娘，咱們家的麵出了名的量大，一般漢子吃一碗就飽了，您點兩碗是不是有點多？」

「不多不多，掌櫃的放心吧，我能吃完。」封上上摸了摸鼻子，心想要不是不好意思讓頂頭上司破費，她能吃上四、五碗，這兩碗麵進她的肚子，也就頂個五分飽而已。

應青雲對掌櫃的道：「就按她說的上吧，另外再加一份青菜麵。」

掌櫃的見兩人這麼說，不再多言，轉身進去廚房差人準備。

第十一章 登門撒潑

「大人，咱們以後中午都在哪裡吃啊？」等掌櫃的一離開，封上上立刻改回原來的稱呼。

其實她早就想問這個問題了。民以食為天，不論在哪裡上班，吃飯都是很重要的事，一個月就那麼點月銀，要是天天在外面吃，可要變成月光族了——這就是社畜的悲哀。

應青雲回道：「縣衙有公廚，會提供大家一頓午飯，之前的廚娘這幾天家裡有事不在，明天就回來了。」

「真的啊？」封上上眼睛都亮了，嘴巴不受控制地咧開。「那明天中午不就能吃上公廚的飯了嗎，太好了！」

應青雲略微驚訝地看了她一眼，第一次見到有人因為能吃公廚的飯這麼高興的。公廚的飯很好吃嗎？他怎麼覺得普通而已。

談話間，掌櫃的端了三碗麵上來，其中兩碗給封上上，一碗給應青雲。

這家的麵果然實惠，麵碗猶如湯缽，有封上上兩張臉那麼大，滿滿一盆的麵加湯，真是毫不含糊，怪不得掌櫃的說漢子吃一碗就飽。

不光實惠，這家的麵還很香，聞起來就讓人口水直流，強烈的飢餓感讓封上上顧不得矜持，也考慮不了什麼形象，拿起筷子就大快朵頤起來。

麵條有勁、湯汁濃郁、鮮香可口，吃進胃裡熨貼極了，封上上整個人埋首在麵碗中吃得頭也不抬，直到將整碗麵吃下肚，這才滿足地嘆了口氣。

她抬起頭看向坐在對面的應青雲，見他正慢條斯理地挑起一筷子麵送進嘴中，細嚼慢嚥，過程中不發出丁點聲音，姿態優雅，對比起她的吃相，更顯得賞心悅目。

封上上不由得嘆服，在飢餓的情況下，美食當前還能如此舉止有度，真不是一般人，哪像她，就是個俗人。

如此想著，封上上挪開面前的空碗，端來另一碗麵繼續進攻，很快就將第二碗麵也吃進了肚子裡。她意猶未盡地摸摸自己的肚子，感覺還能再來兩碗，但畢竟是上司請客，她實在不好意思開這個口。算了，忍忍吧，晚上回去再吃。

此時應青雲也吃完了麵，他將筷子放下，看向封上上那猶未饜足的眼神，便招手將掌櫃的叫來，道：「再來兩碗麵。」

掌櫃的愣住了，看了封上上面前兩個巨大的空碗一眼，猶豫地問道：「客官，這……真的還要再來兩碗？」

不光是掌櫃的，就連封上上都有點懵，心想難不成這位頂頭上司沒吃飽，他跟自己一樣能吃？

應青雲回道：「掌櫃的放心，吃得了，你上麵就是。」

「好……好吧。」掌櫃的收起臉上的驚訝，轉身往廚房走，心想真是人不可貌相，沒想到今兒個遇到了兩個能吃的，看著那麼瘦，怎麼就吃得這麼多呢？

兩碗麵很快端了過來，掌櫃的正遲疑著不知道要把麵往哪一位面前放的時候，應青雲就朝封上上的方向微抬下巴，道：「給這位姑娘。」

掌櫃的端著盤子的手一顫，差點將麵碗給砸了。

封上上睫毛一顫。「大——少爺，您是給奴婢點的麵？」

應青雲說：「妳不是沒吃飽？」

封上上眨了眨眼，不明白他是怎麼看出自己沒吃飽的，她好像沒露出什麼「飢渴」的表情吧？

掌櫃的終於確定兩碗麵都是給姑娘的，他按捺住不敢相信的心情，將麵碗放到封上上面前，假裝平靜地走回櫃檯，可再也無心算帳，忍不住悄悄看向封上上，想看看這位苗條的小姑娘是不是真能再吃下兩碗麵。

封上上聞著麵香，在形象和美食之間猶豫了一下，最終還是覺得填飽肚子比較重要，於是再度拿起筷子，朝應青雲感激地笑了笑，小聲道：「謝謝大人，那卑職就不客氣啦。」

說完，封上上重新投入自己的用餐大業中，花了一炷香的工夫將兩碗麵全吃進了肚子裡，連麵湯都喝得乾乾淨淨，這才放下筷子，露出滿足的微笑。

來這裡這麼多天，就屬今天吃得最飽也最開心，封上上看向應青雲時就覺得他整個人在發光，比之前更傻了。「大人，卑職吃飽了，咱們走吧。」
應青雲瞥了她面前空空如也的那些麵碗一眼，嘴角微不可察地往上翹了翹，從錢袋中拿出二十五文錢遞給目瞪口呆的掌櫃，在掌櫃懷疑人生的目光中帶著封上上離開了。

兩人剛回到衙門，不出一盞茶的工夫，之前派去青樓查問的衙役便回來報信了，還帶回一位婦人，是一間名為「紅館」的青樓的老鴇，名叫秋香。
「大人，這位老鴇說她的館中有位姑娘兩年前摔斷了右手，後來被人贖走了。」
應青雲對秋香道：「將那位姑娘的情況具體說一說。」
秋香不知發生了何事，頗為忐忑不安，戰戰兢兢地行禮一拜之後，便老實回答。「樓裡有個叫千紅的姑娘，兩年前因為跟另一個姑娘鬧口角，推搡時不小心從樓梯上摔了下來，右手臂摔斷了，請了大夫來看，整整休養了半年才好。
「因為半年沒接客，她手裡的客人都被其他姑娘分走了，再加上年紀不輕，生意一直不怎麼好，後來她哄住了一位恩客，由那人替她贖身。民婦心想她繼續待在樓裡也沒前途，便放了她的身契，讓她跟那恩客離開，之後便再也不知她的消息了。」
封上上用食指點唇，思索了起來。如果千紅跟虹影一樣，剛一被贖走就被殺害的話，那死亡時間正好對得上。
「千紅姑娘的無名指是不是比中指長？」她在驗屍時便發現了這個特徵，一般人都是中指最長，但有極少數人的無名指與中指一般長，甚至長於中指，千紅恰巧就是這類人。

秋香一聽這話就點了頭。「對，千紅的無名指比中指長，民婦帶過那麼多姑娘，就見過這麼一個，所以記得很清楚。」

封上上與應青雲對視一眼，兩人都確定了，那具右手骨折的屍骨的確是千紅，同時也驗證了她的猜測，凶手殺的應當全是青樓女子，而且是被贖走的人。

應青雲又問：「那恩客是什麼人？」

秋香回道：「是個外地商人，好像是做布疋還是糧食生意的，民婦記不太清了，只知道家底不算太厚實。其實咱們樓不大，樓裡的姑娘也找不到太有錢的主，基本上都是被小商人贖走的。」

「那商人姓名為何？戶籍在哪兒？家何在？在本地有房產或鋪面嗎？」

可惜，接下來不論問什麼，秋香皆是一問三不知，對於她們這一行，只要給得起錢，老鴇哪管恩客是幹什麼的、家在哪裡。

與其說是贖身，不如說是買賣，那些恩客給錢拿走姑娘的身契，從此姑娘便是恩客的私有物了，沒人會多管閒事。

從秋香嘴裡問不出什麼，應青雲只好拿出王祝生的畫像。「是這人贖走千紅嗎？」

秋香端詳著畫像，瞇起眼仔細地回想，半晌後不確定地說：「不是，民婦好像沒見過這人，他應該沒來過紅館，要是來過，民婦應當記得。」

「妳再仔細想想，真的不是這個人嗎？」

秋香又思索了一下，這次很確定地說道：「真的不是這個人贖走千紅。」

竟然不是同一人贖走的？

封上上和應青雲不約而同地微微皺眉。假設秋香所言不差，那殺害虹影和千紅的很可能根本不是同一人，這與他們的推斷相悖。

案情到了這裡似乎又複雜起來，兩人一時之間沒有頭緒，一切只能寄望在找到王祝生上。

待秋香離開之後，封上上忍不住嘆氣道：「要是咱們大魏的賣身契約轉讓制度能嚴格一點就好了，但凡涉及人口買賣、身契轉讓，都要去官府登記備案，就不會出現這種失蹤或被害也沒人知道的情況，也能輕易找到贖人的是誰。」

可惜的是，當下人口買賣盛行，且身契轉讓制度鬆散，身契在私人間流轉，壓根兒不須經過官府登記造冊。

應青雲聞言斂眸不語，看不清神情為何，但不知怎麼回事，封上上就是能感覺到他的心情不是很好。

她以為他在為案子憂心，安慰道：「大人，其實咱們已經得到很多訊息了，第一，基本可以確定凶手的下手對象是青樓女子；第二，這些女子都是被外地商人贖走後才遇害的；第三，帶走虹影和千紅的並不是同一個人。」

應青雲抬頭，身上已無剛剛的沈鬱氣息，彷彿那只是封上上的錯覺，他道：「一切還得等吳為追到王祝生再說。」

說完，他又對封上上道：「暫時沒什麼事了，讓雲澤送妳回去。」

之前是因為太晚了才讓人送的，這次天色還亮，封上上怎麼好意思讓人送，趕忙擺手。「大人，不用了，時辰尚早，卑職走回去就行。」

應青雲道：「路長人少，並不安全。」

封上上張了張嘴，本想說自己力氣大，不用顧慮安全問題，但話到嘴邊轉了一圈又默默地嚥了下去。在新上司面前，她還是維持一下柔弱的形象吧，不然她又要和一群男人當兄弟了。

想當初在市刑警大隊，一堆大老爺們剛開始見到她的時候，以為她是個軟妹子，對她別提有多斯文、多溫柔了，經常噓寒問暖，體貼得不得了！可後來她的大力女本性暴露之後，那些男人從此把她當成兄弟，連講黃色笑話都要問她好不好笑，有時還非拉著她去拳擊場打架，弄得她越來越陽剛。嗯，從此以後，她要當個淑女。

「那就謝謝大人了。」封上上接受了這份好意。

馬車跑起來比走路快得多，半個多時辰便到了柳下村，封上上心想自己又被雲澤送回家，便客氣道：「雲澤，你到我家喝杯水歇會兒再回去吧。」

雲澤正要回絕，可視線掃過遠處時，瞬間一愣，忙指著朱蓮音家門口道：「封姑娘，您看看那邊是不是您家，出什麼事了？」

封上上轉頭一看，此刻家門口圍了一堆人，壓根兒看不到發生了什麼事，她一驚，顧不得雲澤，跳下馬車就往那邊跑。

推開圍觀的人擠到內圈，封上上就見大門口一躺一坐兩個老太太，躺著的壓根兒不管地上髒，不停地捂著胸口翻滾，邊翻滾、邊號哭。「我可憐的女兒啊，就這樣被人害了，我這個老太婆要白髮人送黑髮人，老天爺啊，您開開眼吧——」

坐著的那個老太太也鬧得很厲害，她一邊蹬腿、一邊用手拍地，一把鼻涕、一把淚的。「我兒媳婦秋後就要問斬了，剩下我家大莊還有兩個孩子可怎麼活啊——這封家丫頭的心眼怎麼這麼壞呢，存心要弄得我們家破人亡啊——」

兩個老太太身後站了不少人，全跟著一起聲討封上上。

封上上一下便明白了這些人的身分，都是沈家人以及邱蕊的娘家人，邱蕊被判了秋後問斬，他們便來找她麻煩了。

朱蓮音擋在大門口，手裡拿著根鐵鍬，氣得滿臉通紅，指著眾人罵道：「你們好不講道理，是邱蕊自己喪心病狂殺了親生女兒，官府判她殺頭罪，關我們上上什麼事！你們就是存心想訛人吧！」

邱蕊的娘向萍哭聲頓時放大，哭訴道：「要不是她多管閒事，我女兒能被發現？她又不是故意的，反正三丫都死了，就算我女兒給她賠命，三丫也活不過來了，為何還要拉我女兒去死？封上上這個臭丫頭簡直是吃飽了撐著沒事幹！不是她，我女兒如今還好好地在家！」

「妳、妳怎麼說得出這樣不要臉的話來?!」朱蓮音被這無恥的話氣得往後一個踉蹌，被門檻一絆，差點摔倒，幸好被封上上及時扶住了。

朱蓮音見是封上上回來了，立刻推著她往門內走。「丫頭妳回屋裡去，這裡奶奶來處理。」

「奶奶，我自己來就行，您別擔心，倒是您，人這麼多，小心給傷著了，快回屋去吧。」

「妳這個黑心肝的死丫頭終於回來了，我老太婆跟妳拚了——」

「可別跑啊，看老太婆好好料理妳！」

兩個老太太見到正主，立刻不哭不鬧了，從地上爬起來朝封上上衝去，準備撓她個滿臉花。

封上上眼神一冷，隨手將靠牆的一根扁擔拿起來，雙手輕輕一掰，只聽到清脆的「喀嚓」一聲，棍子應聲斷成兩截。

在眾人目瞪口呆的反應中，封上上用扁擔指著兩人道：「妳倆要是撞上來，見了血就是自找的，我可不負責。」

兩個老太太步伐齊齊一頓，被封上上的狠戾嚇得不敢上前，但又不好意思認慫，乾脆繼續往地上一躺一坐，胡攪蠻纏道——

「哎喲喂，老太婆我活不下去了，害了我女兒，現在還想害我這個老的啊，沒天理了啊——」

「我兒媳婦沒了，日子也過不下去了，妳乾脆打殺我們一家好了，讓我們到地下團圓去！」

封上上冷道：「跑到我這裡鬧什麼？三丫的確是邱蕊所殺，是律法叛她死刑而不是我，妳們要是覺得委屈，那就跟知縣大人說理去吧。」

「妳妳妳——」

兩人被說得噎住。她們怎麼敢去找知縣大人的碴呢？

此時，一個大概三十多歲的婦人上前語重心長地道：「三丫已經死了，我妹妹是有錯，但她絕對不是故意的，事情已經發生了，非讓我妹妹去償命有什麼好處？更何況我妹妹要是不在了，大丫跟二丫誰來照顧？她們長大以後怎麼說親？大莊一個人怎麼過日子？妳說得簡單，這是毀了一個家妳知不知道！」

封上上直視這婦人。「這話妳該去找知縣大人說，說不定他覺得妳說得有道理，就把邱蕊給放回來了呢。」

婦人被這話一噎，暗恨封上上伶牙俐齒，咬牙道：「要不是妳非把官府的人找來，要不是妳非亂動三丫的屍體，我妹妹能變成現在這樣？妳為什麼這麼狠心呢？大莊家現在家破人亡了，妳不負責?!」

封上上笑了。「我負責？你們想要我怎麼負責？」

沈大莊的娘呂秀立刻道：「兩個孩子以後沒人照顧，我們家大莊沒了媳婦，這要是再娶一個，不需要錢嗎？妳怎麼也得賠個二十兩銀子給我們家！」

向萍也跟著道：「我們家就這樣沒了女兒，我老了就少一個人照顧，妳也得賠我們二十兩！」

封上上總算知道他們是來幹什麼的了，這哪裡是為了女兒跟兒媳婦出氣，分明就是想從她身上訛錢，真是極品。

她這人最討厭跟極品扯皮，轉身直接往縣衙的方向走。「既然你們覺得我該賠錢，那我現在就去縣衙問問知縣大人，這錢我該不該給。」

兩夥人頓時一驚。他們當然知道這錢要不得，哪裡敢去找知縣大人說，到時候說不定還得挨板子。

呂秀急忙對跟著一起過來的二兒子沈二樑說道：「快，快攔住她，今天要是不賠錢，就不准她出這個村！」

沈二樑連忙伸手去拽封上上，但還沒碰上她的手臂，便感到手臂一痛，面容瞬間扭曲。

「妳、妳放開我——」

聞言，封上上非但不放，反而捏著他的手臂，惡狠狠地扭了一下。

「啊啊啊——疼疼疼——」沈二樑的臉瞬間疼得慘白，一邊抽氣、一邊使勁掙扎，可饒是他幹慣了力氣活，手勁大，卻怎麼也掙脫不開。

「妳快放開我兒子！」呂秀以及其他沈家人趕忙上前拉封上上，但不論怎麼拉，都撼動不了她分毫。

眾人不由得大驚。

之前村裡人只知道封上上有力氣，不然也不能跟著她爹一起殺豬，但大多數時候這丫頭都是一副垂頭畏縮的樣子，看起來很好欺負，所以大家對她有蠻力這個特點沒什麼特別的感覺，此刻終於見識到她力氣大到什麼程度了。

「娘啊，我手臂要斷了——」沈二樑疼得眼淚、鼻涕齊流，很是骯髒。

封上上噁心極了，生怕他的眼淚和鼻涕甩到自己手上，這才嫌棄地鬆開了手，沈二樑當即一個腿軟癱到地上，抱著手直打滾。

封上上冷眼掃了周圍的人一圈。「誰還想跟我動手？」

誰敢啊……大夥兒都默默地退後一步，看她的眼神又驚又懼。

眼看壓根兒拿不下封上上，呂秀眼尖地瞅到了站在一邊偷看的董涓，立刻撲上去拽住她手臂。「董涓，瞧瞧妳生的好女兒，禍害了我的兒媳婦，現在竟然還打我們，妳這個當娘的是怎麼管教的?!今兒個妳必須給我個說法！」

第十二章　追查嫌犯

董涓臉色一白，直搖頭。「不，我、我什麼都不知道，您放開我——」

「妳女兒幹了這麼大的虧心事，妳必須負責，不然我就去找封屠戶說理去，怎麼說她都叫他一聲爹，子不教，父之過，他得給我們賠錢！」

董涓被這話嚇得一抖，生怕他們真去找封天保要說法，不由得驚恐地看向封上上，聲音略帶懇求。「上上，妳、妳給她們道個歉吧——」

封上上沈下臉，咬了咬後槽牙，上前去將呂秀抓著董涓的手臂拿開，冷冷地對董涓道：「還不快走！」

董涓猶豫了一下子，最終還是跑了。

眼看董涓跑了，呂秀和向萍氣惱之下，乾脆直接往朱蓮音家門口一坐，向萍哭道：「要是不給個說法，我們就不走了，妳要是想逃，除非把我們打死！」

說完便嗚嗚哭了起來，邊哭邊唱，活像是在給朱蓮音家哭喪一般，很是晦氣。

封上上被她們這一招噁心到了，偏偏又不能像對待沈二樑一樣對待兩個老的，不然傷了哪兒就真要賠錢了，她可賠不起。

這麼一想，封上上更憋屈了。

在人群之外，目睹了整個過程的雲澤從封上上的「大發神威」中勉強回過神，知道她奈何不了兩個老太太，便走上前小聲問：「封姑娘，需要我找大人來幫忙解決這件事嗎？」

他看得出來，封上上是有大才的人，他家大人十分惜才、愛才，一定會幫忙解決的。

封上上沒想到雲澤還沒走，搖了搖頭，道：「不用了，我能解決，她們頂多撒潑，不敢幹別的，要賴著不走就隨她們，你別跟大人說這事，這幾天大家都忙著查案，就別給大人添麻煩了。」

雲澤點了點頭沒再多說，只不過回去之後還是跟應青雲提起此事。

呂秀和向萍是狠角色，兩人打定主意無賴到底，一直待在朱蓮音家門口又哭又嚎的，直到家家戶戶都熄燈休息了也不肯走，最後還是夜裡的蚊蟲太多，咬得兩人受不了，這才灰溜溜地離開了。

然而，這兩人鬥志相當高昂，第二天又起了個大早，天還黑沈沈的便坐在門口唱起了戲，吵得人腦瓜子都疼。

封上上差點被她們的毅力給感動了，這兩位老太太要是能拿出這股起早摸黑、不怕苦、不怕難的勁頭讀書，說不定能成為女狀元。

朱蓮音氣得飯都吃不下了。「這兩個人存心磨著妳，磨到妳心煩了願意賠錢了為止，忒不要臉了！」

封上上拿了一個饅頭遞給她，安慰道：「奶奶您就當聽曲了，天天有人給您唱曲，多熱鬧啊，可千萬別為這事上火，該吃就吃、該喝就喝，別跟她們起衝突。」

「那就任她們這樣鬧？」

「放心吧，過幾天我就會解決這件事。」她打算等青樓女子殺人案了結之後，請吳為等衙役們帶著刀過來轉一圈，好好嚇嚇她們，老百姓都怕官，到時候她們就不敢再耍無賴了。

朱蓮音聽了她的打算，總算鬆了口氣，也吃得下飯了。

吃完早飯，封上上收拾好就準備去衙門，路過大門的時候還停下來跟兩位老太太聊了兩句。「妳們的唱腔不太行，好好練練啊。」

呂秀跟向萍差點被她這話給氣到昏倒。

封上上朝她們乖巧地揮了揮手，說了句「晚點見」，這才邁著六親不認的步伐出了門。

結果她還沒走幾步就看到村口處行來一隊人馬，馬上之人皆是衙役打扮，身戴佩刀、氣勢凜然，後面還有一輛馬車，沿路的村民們都看呆了。

可封上上壓根兒不認識這些人，唯一的熟面孔就是領頭的雲澤。

封上上愣愣地問道：「雲澤，你們這是……」

雲澤朝封上上眨了眨眼，示意她不要說話，然後將視線投向坐在門口呆愣住的呂秀與向萍，清清嗓子，畢恭畢敬地大聲道：「封姑娘，案子有了進展，小的奉知縣大人的命令，特來接您前去縣衙。」

封上上一臉問號。

雲澤又看了兩個老太太一眼。「封姑娘，您現在是衙門的重要人物，少了您可不行，您快收拾收拾，跟我們一起去縣衙吧。」

說完這話，他像是才發現坐在門口的呂秀與向萍般，疑惑地問道：「兩位老人家一大早坐在這裡幹什麼？難道是有什麼冤屈不成？有什麼事可以說，我們帶妳們去見知縣大人，咱們大人最是公正，容不得有半點無賴之事，要是發現的話，絕對打得人半年不能下床，再關上個三年五載。」

封上上差點笑出聲來。之前都沒發現，這雲澤可真是個戲精，應青雲那般冷情的人，身邊怎麼就跟了個如此活潑的小廝？

呂秀跟向萍原本見到這麼一堆衙役就嚇得不知所措了，瞧為首之人還跟封上上很親近的樣子，甚至說她是衙門的重要人物，哪還敢再撒潑耍賴啊，忙不迭地站起身來，嘴裡說著「沒事沒事」，腳下生風般地跑了。

等人走了，封上上才徹底笑了出來，邊笑邊對雲澤和後面幾位「衙役們」抱拳感謝。

前往縣衙的路上，封上上悄悄問雲澤。「你把事情跟大人說了？」

雲澤點點頭。「封姑娘是為了衙門的案子才惹上這禍事的，大人知道以後就叫我帶人來處理。只不過吳捕頭他們正忙著，抽不開身，所以經過大人同意後，我就找了一些人假扮衙役來嚇嚇她們，經過此事，想必那些人不敢再來找您麻煩了。」

難怪她認不得這些人，原來是假扮的。

封上上很感動。「大人真是個大好人。」

應青雲對手底下的人真不賴，性子雖冷，但心腸卻是溫暖得很。

「對了，你剛剛說案子有進展了，是隨口說說的，還是真的有進展？」

「這件事情我可不會瞎說，是真的有進展了，吳捕頭他們追上了王祝生。」

「真的？」封上上既驚訝又驚喜，原本她以為不會那麼順利的。

「我也驚訝呢，王祝生害了人不是得逃得快一點嗎，結果竟然慢悠悠地走，很快就被追上了。說不定他是篤定自己做得天衣無縫，認定咱們查不出死者的身分，更查不到他身上，所以才有恃無恐。可他沒想到封姑娘有本事將死者的面容給恢復，成功查出死者身分，又順藤摸瓜找到了他。」

封上上沒接話，雖然事情似乎就像是雲澤所說的那樣，但她內心總有股不太對勁的感覺。

吳為已在一盞茶工夫之前將人給帶了回來，應青雲正在審問，封上上不動聲色地進了審問室，站在一邊旁聽。

王祝生驚慌難定，正努力地解釋道：「真的跟草民無關啊，草民的確贖了虹影準備帶回雲州家中當個、當個……姨娘，誰知道出發前一天竟然找不到她的人，她隨身帶的衣物和首飾等值錢東西都不見了，明顯是有預謀偷跑的。

「草民沒宣揚，悄悄找了一圈都沒找到人，後來因為生氣就沒找了，草民自認倒楣，便沒宣揚這事，可哪知道她會、她會……

「大人，草民說的都是實話，草民是正經商人，哪裡敢殺人啊？要是不喜歡，隨意打發了就是，怎麼可能殺人呢，大人，您要相信草民！」

封上上沒想到王祝生會這麼說，若他沒說謊，那凶手豈不是另有其人？

應青雲面容冷峻、眼神銳利。「你確定句句屬實，絕無隱瞞？要是後面查出你有隱瞞之處，休怪本官嚴懲。」

「草、草民……」王祝生額上出了汗，抬頭看了應青雲一眼，又飛快低下頭，他臉上閃過一絲掙扎，最終老實道：「草、草民的確說了點謊，草民家有悍妻，壓根兒不許草民納妾，草民帶虹影回去其實不是做姨娘，是、是準備藏在外面當外室……

「本打算等回了家再跟虹影說清楚，可那天喝了點酒不小心說溜嘴，讓虹影提前知道了，虹影很不高興，跟草民拌了幾句嘴。草民心想一個青樓女子竟如此不識趣，打算冷一冷她，所以當晚就沒跟她同睡，誰知第二天起來她就不見了，她肯定是不想當外室，所以偷跑了。」

王祝生跪著膝行幾步，急切道：「大人，除了這點說謊之外，其他的絕對句句屬實，不敢有半點隱瞞，大人可以問問草民隨行之人，他們都知道的！」

應青雲讓吳為將王祝生的隨行者都叫來分開審問，甚至動用了威嚇手段，最後得出的結論就如王祝生所說。王祝生確實是第一次來西和縣，也就是說，紅館的千紅跟王祝生沒有半分關係。

原以為抓到王祝生案子就能破了，卻沒想到事情變得更複雜，眾人一下子沒了頭緒。

以為能破案的吳為此刻蔫了，苦惱地說：「什麼審問手段都用了，這些人的說辭都一樣，看來王祝生說的是真話，說不定是虹影逃跑之後在外面遇到了真正的凶手，然後被殘忍殺害了。」

應青雲斂眸沈思片刻後，搖頭否定道：「虹影乃是賤籍，且身契還在王祝生手上，一個女子沒有路引和戶籍，又沒有謀生手段，貿然孤身離開會是什麼下場，可想而知。虹影在紅塵中打滾多年，頭腦定不簡單，要是沒有絕對的保障，她是不可能草率離去的。」

封上上十分贊同這話。「卑職覺得大人說得很有道理，虹影並不傻，她之所以跟著王祝生離開，就是想要後半輩子衣食無憂、有所依靠，她不滿於當外室，但不會因為不想當外室就貿然逃跑。」

吳為恍然大悟，一拍腦袋道：「對啊，我怎麼連這個都沒想到，瞧我這腦子，一個風塵女子身契在別人手上，又是賤籍，怎麼敢逃跑嘛！不過……若她不是逃跑，那好好的為什麼要離開？」

「虹影顯然不是被人擄走，而是自願離開的。」封上上很肯定這一點。「當天晚上虹影左右房間都住了人，要是被擄走，不可能不驚動旁人，也不可能把值錢的東西都帶走，只有自願離開才說得通。

「至於原因，就需要我們想想了。」封上上看著吳為，拋出一個問題。「假如你是虹影，突然得知王祝生帶自己回去並不是進府當正經妾室，而是當外室，但你卻沒有身契，又無謀生手段，什麼情況下你會決定離開呢？」

吳為順著她的思路一想，沈吟道：「有沒有可能這虹影之前就有個相好的，出來之後便跟那人私奔了？」

「老鴇說虹影並沒有相好的。」封上上搖了搖頭。「若她真有相好之人，本來就沒打算跟王祝生回家，又為何會在得知王祝生要讓她當外室之後那麼生氣，甚至還跟他爭吵呢？」

「再者，虹影要是心中有人，為何不早早跟對方離開？就算那人沒錢贖她，但虹影在樓裡待了這麼多年，早該存夠贖身的錢了，要是真想跟相愛之人好好過日子，就不會讓自己的身契捏在別人手中，所以跟相好的私奔這情況不太可能。」

「嗯……」吳為答不上來。

吳為點點頭，不禁暗道自己的腦子果然不太行。

此時衙役六子突然舉了舉手，說道：「我想到了！如果我是虹影的話，肯定是有一個比王祝生更好的人出現，表示會給我更好的生活，我才願意拋下王祝生離開。」

「聰明！」封上上讚賞地看了六子一眼道：「我也贊同這個說法，能讓一個青樓女子拋棄恩客，除非出現一個更好的男人，能提供她更有保障的生活。」
六子不禁驕傲地挺了挺胸。
安靜了一陣子的應青雲此時開口道：「虹影這麼多年才遇到一個願意替她贖身之人，可偏偏這麼巧，在她被贖之後又出現了一個更好的人看上她，並表示願意帶她走？」
在場眾人都不信有這個巧合，要是虹影真有如此魅力，早就被贖走了。
應青雲繼續道：「可見，此人是在虹影被贖身後盯上了她，這人許以她更優渥的生活，甚至許了她姨娘或正室夫人的地位，虹影動了心，自願跟他離開。」
封上上問道：「那麼，凶手為何會知道虹影被贖身之事，並立刻找上她？」
凶手專挑青樓中被贖身的女子下手，可是整個城裡那麼多家青樓跟姑娘，範圍如此廣泛，凶手如何這麼快得知消息並迅速下手？
眾人順著她的話陷入沈思，卻怎麼都想不通凶手有什麼手段能得知此事，此人總不會在每個煙花之地都有眼線，哪一天、哪一家少了哪個姑娘都能立刻知道吧？
應青雲早就有了答案，說道：「這人一定跟王祝生有過接觸，準確地說，他和王祝生這類贖走了青樓女子的人都接觸過，而且他的外在條件一定不比王祝生差。」
這答案與封上上心中所想不謀而合，她不由得在心裡為應青雲點了個讚。
這個人真的很敏銳，腦子甚至轉得比她都快。她是因為在重案組工作多年，長時間接觸案件，又跟著刑警們一起接受過專業的培訓才有了如今的推理能力，但應青雲一個剛剛才踏入官場的讀書人卻如此厲害，不得不說，聰明人就是聰明人。

接下來，便是再次提審王祝生。

應青雲問王祝生。「你贖走虹影之後，可有人知道你為她贖身之事？或者，你是否帶虹影去公開場合露過面？」

王祝生立刻點了點頭。「草民替虹影贖身後第二天，正好趕上此地舉辦的商行聚會，據說大家都會帶一、兩名女子前去，草民便帶著虹影出席。」

應青雲眸光一動。「從商行聚會回來當晚，虹影是否便質問你外室之事？」

「正是。」王祝生忙不迭地點頭。「草民也納悶呢，她怎麼會突然跑來問這件事，難不成是誰跟她說了什麼？可草民當時酒喝得有點多，也沒細想，一時說溜了嘴，結果第二天人就不見了。」

應青雲和封上上對視了一眼，兩人都在心中暗道一聲「果然」。

凶手，就是拐走虹影之人。

應青雲是從外地來的，不太了解商行聚會之事，便向吳為詢問。

吳為作為本地人，且在衙門當值十幾年，對這種事很清楚，馬上答道：「大人，商行聚會是西和縣的傳統，一開始是由本地有名的布莊黎記組織起來的，他們廣邀各路商人，藉此促成各莊生意，甚受商戶們喜愛，後來便一年年沿襲下來。現在基本上每幾個月就會舉行一場，場地不定，一般是輪流在各家的莊子上舉行。」

應青雲的目光不由得一深，腦海中浮現出整個事件的脈絡——

死者都是被贖身的青樓女子，而贖走她們的全是商人，商人們來到此地後為了拓展人脈、發展生意，參加了本地的商會活動，且帶著剛剛贖身的女子前往。凶手就在這商行聚會之中，一得知這些女子被贖身，便找機會接近她們，言語利誘，讓這些女子動心，心甘情願跟著他離開，然後再痛下殺手。

「吳為，立刻帶人去調查這次與會人員的名單，排除第一次參加商行聚會之人，再排除外在條件不好的，將剩下的名單呈上來。」

「是！」再次找到破案的方向，吳為尤為振奮，迅速帶著人馬前去調查。

吳為辦事的效率很高，不出半天時間就把名單拿了回來。

根據名單顯示，參加這次商行聚會者將近五百人，去掉應青雲要求的條件，剩下三十八人，其中二十六個是本地富商，其他十二個跟王祝生一樣，是從外地來本地做生意的。

這三十八人便是嫌疑人，凶手很可能就在這三十八人之中。

三十八人，說多不多，說少也不少，要從這些人當中準確找到凶手，不是容易的事情。光是把這些人一個個帶回衙門審問，就需要不少時間，更何況他們沒有任何證據，凶手完全能矢口否認自己做過的事情。

應青雲眉頭微皺，拿過寫著這三十八人訊息的紙張細細察看，不知道在想些什麼。

封上上悄悄將頭湊過去，想看清楚紙上寫的內容。

應青雲見狀，沒怪她不講規矩，反而把紙張微微往旁邊挪了一挪，方便她看。

封上上無聲笑了笑，跟他一道察看起了上面的內容，發現紙上寫的都是些很基本的訊息，除了姓名、籍貫、是否婚配、子女幾名以及從事何種生意之外，便沒了。

這些訊息太少，根本看不出什麼，要想縮小凶手的範圍，還須從案情本身著手。

第十三章　集中目標

沈吟了片刻，封上上出聲道：「大人，卑職有些關於凶手的推斷，也許能幫助縮小凶手的範圍。」

「妳說。」應青雲從紙張中抬頭，清澈的眼神落到她身上。

封上上說起自己的推測。「目前知道身分的兩個受害者都是青樓女子，假使所有被害者都如這兩位姑娘一般，那麼凶手的目標便是被贖身的女子，凶手對此類女子抱著極大的憎恨，為何？要知道，這世上沒有毫無根源的恨意，這一定與凶手自身的經歷有關。」

應青雲贊同地頷首，示意她繼續說。

封上上便繼續道：「卑職覺得，凶手一定受過此類女子的傷害，所以才會如此仇恨她們，專挑她們下手。」

應青雲若有所思，開口道：「煙花女子大多自小就被買入青樓，在樓中接受調教，平時有專人看管，不得輕易出青樓，跟外界的聯繫甚少，且她們向來習慣討好他人，能不得罪人就不得罪人，為何會與凶手有如此大的過節呢？」

封上上接道：「所以需要好好想想，此類女子是怎麼得罪凶手的。」

她看向吳為，問道：「吳捕頭，假設是你，在什麼情況下會被一個你贖身的煙花女子傷害呢？」

吳為正聚精會神地聽著他們兩人你一言、我一語地推斷，沒想到會被突然拉入這場頭腦風暴中，他愣了一愣，趕忙挺直背脊，心想這麼重要的問題一定要好好回答。

他絞盡腦汁將自己代入角色中，思考著自己如何才會被傷害，好半晌才靈光一閃道：「我知道了，我對一名青樓女子有了感情，替她贖身，可她卻與我逢場作戲，嫌棄我不夠有錢，最後攀上一個有錢的老爺，跟人回家當姨娘去了，從此我傷心欲絕，也恨透了這類女子。」

「我覺得這個推測很有道理。」封上上誇讚道，樂得吳為咧嘴笑了起來，莫名感覺很自豪。

封上上又看向腦子比較靈活的六子，問：「六子，你覺得呢？」

見封上上主動問自己，六子既歡喜又緊張，臉都紅了，也跟吳為一樣挺了一下背脊，努力想像自己是一個青樓恩客，道：「如果是我、是我的話……嗯……我覺得有可能是我真心喜歡上了一個青樓女子，散盡家財為她贖身，但贖身後她卻不安分，給我戴了綠帽子！綠帽子，男人的恥辱！」

封上上不由得朝六子豎了根大拇指，這小子腦子的確挺靈活的，推測的情況很有可能，也很符合常理。

又被誇了，六子嘿嘿一笑，耳根子都紅了。

封上上看向應青雲，笑問：「大人，您還有要補充的嗎？」

「有。」應青雲道：「他們所說的都是建立在凶手是男子，且跟受害者有直接的情感糾紛的情況下，但也不排除凶手是女子，或者其他與受害者沒有直接感情糾紛的人，像是父輩跟青樓女子有所牽扯，調查時不能忽略這點。」

「不愧是大人，厲害！」封上上覺得這個推論很有道理，順口又拍了一句馬屁。

應青雲朝她看去，好像在無聲地說：閉嘴。

在這樣的眼神之下，封上上不自在地摸了摸鼻子，趕快轉移話題。「上面所說的情況都有可能，所以我們要詳細調查一下這三十八個人的背景，找出其中跟青樓女子有仇的人，進一步縮小範圍，然後再帶回來審問，我想，符合條件的應該不多。」

吳為立刻接話。「大人，卑職現在就帶人去查。」

應青雲看看天色，已過午時，再看向吳為等人狼狽勞累的模樣，便道：「此事需要一定的時間，急不得，你們先吃午飯，吃完再去調查。」

聞言，吳為與衙役們感動不已。他們連續跑了許多天，都沒怎麼吃好，今兒個又是從早跑到現在，早就餓壞了，但辦案要緊，誰也不好意思提吃飯的事，原本還以為又要餓著肚子去辦案，沒想到大人還惦記這點，這讓吳為對應青雲的認可又多了一分。

聽到吃午飯，作為一個成功的大胃王，封上上也是心裡一喜——其實她早就餓了。

縣衙的廚娘回來了，今兒個做好了飯，眾人還沒進飯堂就聞到一股飯菜香，封上上吸了吸鼻子，出聲道：「鯽魚燉豆腐、白菜豬肉燉粉條、炒茄子。」

衙役們對視一眼，哈哈笑了起來。

封上上不明所以。「你們笑什麼？」

「沒什麼，以後您就知道了。」吳為失笑道：「封姑娘您這鼻子可太靈了，做什麼菜都被您給聞了出來。」

封上上嘿嘿一笑，作為一個道地的吃貨，動手不行，但對美食的嗅覺還是沒問題的。

走進飯堂，只見裡面擺了幾張八仙桌，每張桌上都有三道菜，封上上湊近一看，果然是剛剛猜的三道菜，她可一點都沒聞錯。

「好香啊……」她毫不吝嗇自己的誇獎。「看來咱們的廚娘手藝很好，以後有口福了。」

吳為等衙役扯了扯嘴角，嘆了口氣，用一種「妳以後就會明白」的眼神看了封上上一眼，看得她摸不著頭緒。

這什麼眼神？這飯菜的確挺不錯的啊。

在封上上納悶之時，大夥兒已經三三兩兩地坐好。衙役們之前便在飯堂吃飯，習慣了之前的坐法，各自和關係好的待在一起，唯有剛上任的應青雲主僕和剛來的封上上落了單。

當然，衙役們也不敢和應青雲坐在一起。

本來應青雲作為一縣之主，可以在小廚房單獨煮東西來吃的，但他沒有家眷，伺候的小廝也就雲澤這麼一個，便未勞師動眾地在後院開伙，而是帶著雲澤跟著眾人一起用飯。

他一點都沒有知縣大人的架子，弄得衙役們既高興又惶恐，對他尊敬的同時卻也不敢過分親近。他們悄悄地朝封上上擠眉弄眼，示意她去跟知縣大人坐一桌。

封上上倒是不怕應青雲，但不是很想跟他一起坐。他吃起飯來太優雅了，一舉一動賞心悅目，跟他坐在一起吃飯，會弄得自己像個餓死鬼。

雖然上次已經在他面前展示過自己的飯量了，可是封上上並不想再秀一遍，整個人站在原地，猶豫著該往哪邊坐才好。

雲澤見封上上站著沒動，主動抬手招呼道：「封姑娘，快來坐下啊。」

封上上只好認命地走過去就座，本來她還有點小矜持，但很快就被飯菜的香氣給征服了。

方廚娘做的菜聞著香，吃起來也很不錯，加上封上上本來就餓了，吃著吃著便恢復了本色，三下五除二吃完一碗飯，隨即屁顛顛地跟在衙役們身後去飯桶裡再盛一碗。

雲澤吃了一驚，瞅了眼她細得兩隻手就能圈起來的腰，感嘆道：「沒想到您瘦巴巴的，卻挺能吃啊。」

一般姑娘家一頓能吃兩大碗的可不多，何況縣衙為了照顧飯量大的衙役們，用的都是大陶碗，一個頂普通人家的碗三個，連他一個大男人也是吃一碗就飽了。

封上上尷尬地笑了笑，道：「我吃得慢，你們吃完了先走，我慢慢吃。」

雲澤朝應青雲那邊看了一下，見他沒發話，便道：「我們等您一會兒就是了，也不差這一時。」

封上上可不希望他們兩個看自己「橫掃千軍」。「我吃飯真的很慢，最起碼還要一炷香的工夫，你們還是先走吧。」

「嗯？我看您吃得不是挺快的嗎？」雲澤疑惑不解，瞅了她僅剩的半碗飯一眼，心想半碗飯能用掉一炷香時間？

封上上瞥向應青雲，瞧他不開口，也沒有要離開的意思，只好放棄勸說，默默加快自己吃飯的速度，吃完第二碗後又去盛了第三碗，順便將桌上剩下的菜都給掃光了，這才擦擦自己的嘴，起身道：「我吃飽了，咱們走吧。」

雲澤的眼珠子差點瞪出眼眶，封上上選擇忽視他的眼神。

一直走到前衙，雲澤才終於從震驚中回過神來，問道：「封姑娘，您這麼能吃，怎麼還這麼瘦？吃的飯都去哪兒了？難道您是那種吃不胖的人？」

封上上搖頭。「不是，我這麼瘦是餓來的，之前在家都吃不飽，以後我肯定會長肉。」

雲澤下意識問道：「您家不是殺豬的嗎，怎麼會吃不飽？」

「你肯定不知道我娘是再嫁的，而我是我娘帶到封家的拖油瓶，拖油瓶哪能有好日子過。」封上上倒是沒有什麼家醜不可外揚的思想，反正她說的是事實，這種事也沒什麼好隱瞞的。

「啊——」雲澤腦海裡頓時浮現出一個小姑娘被繼父虐待，吃不飽、穿不暖的模樣，不由得心生同情，怪不得她這麼能吃，肯定是小時候餓慘了，於是道：「那您以後多吃點，咱們的飯堂管飽的。」

「哈，今天那飯桶都被我刮了個乾淨，方廚娘差點就瞪我了。」封上上想到她去盛第三碗飯時方廚娘那見了鬼的表情就想笑。

想當初她剛進市刑警大隊的時候，食堂的打飯阿姨見她那麼苗條，以為她吃不了多少，只盛一勺飯給她，弄得她一餐至少去添了九、十次飯，食堂阿姨都傻眼了，沒想到這個情景今日會再現。

「哈哈哈——」雲澤被逗笑了，就連應青雲的嘴角都微微地往上翹了翹。

吳為帶著人連續調查了三天，第四天時將調查結果呈給了應青雲。他沒日沒夜地忙，此刻臉上的鬍子沒刮，眼下一片青黑，身上也散發著淡淡的臭味，瞧著很是邋遢。

不光是吳為，他手底下的衙役們一個個都是這副模樣，但他們的眼睛卻在發亮，瞧著很是興奮，因為終於找到了嫌疑人。

吳為稟報道：「大人，這三十八人一一調查過了，其中跟青樓女子有過過節的只有兩人，其中一個是振威鏢局的當家，叫叢玉河，今年四十二歲，這人年輕的時候喜歡過一個青樓女子，不惜和父母決裂也要娶她，父母都被氣病了，為此與他斷絕關係。

「不想這女子對他根本沒有真心，他被騙光了全部身家，成為別人眼中的一大笑柄。後來他做起了押鏢生意，這才慢慢發家，但從此之後這人格外厭惡這類女子，從不進青樓楚館。」

聽到這裡，所有人都不禁一陣同情，這經歷擱在誰身上，誰都得憎惡青樓女子。

吳為繼續說道：「還有一個是河西藥材鋪的當家，叫裴墨，今年二十五歲，未婚未育，算是青年才俊。裴墨這人不光擅長辨識藥材，醫術也不錯，城中不少人都喜歡找他看病。他很心善，非常照顧窮困老百姓，常常不收看診費，還免費贈藥，大家提起他來都讚不絕口，說他是小菩薩。」

他的語氣中滿是對裴墨的讚賞。

封上上好奇問道：「這人為何會與青樓女子有仇？」

吳為又道：「這跟他本人沒關係，據說多年前裴墨的父親裴欽看上了一個青樓女子，非要替她贖身，納回家當姨娘後更是寵愛有加，為此冷落了髮妻，也就是裴墨的母親李倩，後來甚至還要把那女人抬為平妻，與李倩平起平坐。

「李倩出身書香世家，哪裡受得了這侮辱，乾脆自請下堂，裴墨也跟著她一起離開裴家，從此以後就與其父斷了來往，獨自帶著母親過活，這家藥材鋪也是他自己一手建立起來的。三年前，李倩過世了。」

應青雲問道：「那裴欽和那個姨娘現在如何？」

吳為嘆了口氣，語氣頗為唏噓。「裴欽在原配自請下堂後沒兩年就中風了，躺在床上不能自理，幾年後就去了；至於那姨娘，見沒了靠山，早早收拾東西跑了，現在不知道去了哪兒。」

應青雲又問：「為何突然中風？」按理說那時裴欽正值壯年，很少有人在這個年紀中風的。

「嗯……」吳為撓了撓頭，猶豫地看了封上上一眼，不知道這話該不該當著姑娘家的面說出來。

封上上見狀，挑了挑眉。「吳捕頭是顧忌我是個姑娘家不好說？難不成……他是馬上風？」

「咳——」吳為差點被自己的口水嗆死。

其他衙役們全都尷尬到不行，就連應青雲也忍不住用拳頭抵了抵嘴，輕咳一聲。

封上上無辜地眨眨眼，她好像也沒說什麼誇張的話吧。「我這是猜對了？」

吳為順了順自己的呼吸，點點頭。「是。」

「哦——」封上上長長喊了一聲。這可真是個不光彩的死法啊……她搖搖頭，語重心長地對在場的男人道：「所以說，男人可不能太好色，有風險啊。」

「咳咳咳！」吳為剛緩和的臉色又不自在起來，下意識地澄清道：「我家裡就一個妻子，沒別人。」

封上上立刻朝他豎起了大拇指。

應青雲嘴角微勾，很快又恢復嚴肅之色，將話題轉了回來。「吳為，速去將叢玉河與裴墨帶回來審問。」

吳為領命而去，不出一炷香的工夫便將兩人帶了回來。

應青雲選擇先審問叢玉河。

叢玉河生得人高馬大，一身肌肉，皮膚黝黑、方臉厚唇，不笑的時候一臉凶煞，是那種不說話就能嚇哭小孩子的長相，形象倒是跟他的職業很符合。

莫名其妙被帶到衙門審問，叢玉河的心情很不好，一見到應青雲便率先道：「大人，草民做人一向安分守己，為何把草民叫來?!」

應青雲道：「找你來自然是有事要問你，本官不會冤枉任何一個好人，也不會放過任何一個壞人，只要老實回答本官的問題即可。」

叢玉河皺了皺眉，半晌後洩氣地說：「大人您要問什麼只管問，草民知無不言就是。」

應青雲點頭。「好，本官問你，本月初六那天，你是否參加了商行聚會？」

「去了，只要有空，草民基本上都去。」叢玉河點頭道：「商行聚會裡有許多外地來的商戶，他們經常要找鏢局押貨，草民去商行聚會的目的就是談生意。」

應青雲問道：「那你是否認識一個叫王祝生的茶商？」

叢玉河想了想才回道：「有點印象，他跟草民交談了幾句，因為他自己帶了保鑣跟馬車運貨，不需要我們鏢局，所以並未深交。」

應青雲又問：「那你是否記得他身邊帶著的女子？」

叢玉河搖了搖頭。「不記得，咱們男人談生意，向來沒女人什麼事。」

應青雲試探道：「這麼說，你沒有同那女子有過任何交集？」

叢玉河猛地抬高音量道：「那當然，別人的女人能有什麼交集？草民可不是那種人。」

應青雲淡淡道：「那是名青樓女子，參加完商行聚會後便跟人跑了，我們懷疑是聚會上有人看上她，後來拐走了她。」

他故意沒說虹影已經死了的事。

叢玉河先是挑了挑眉，繼而撇撇嘴道：「一個妓女罷了，難不成草民看得上？草民還嫌髒了自己的眼呢。」

見他眼中帶著濃濃的不屑，應青雲問：「聽說你厭惡青樓女子，可有此事？」

叢玉河臉色一沈，冷哼一聲，神色滿是嘲諷，惡狠狠道：「那些妓女都不是什麼好玩意兒！」

他這強烈的憎恨從何而來，眾人都心知肚明。

「看來你對青樓女子抱著很大的成見。」應青雲用手敲了敲桌面，面無表情地道：「你如此憎惡她們，本官懷疑你因為看不慣此類女子，故意騙走她戲耍，甚至玩弄她以洩心頭之恨。」

「大人！」叢玉河臉色一變，激動道：「別冤枉草民，草民是厭惡妓女，但不會無聊到去幹這種事，草民嫌噁心都來不及了，不會花時間跟這樣的女子周旋。大人要是不信，可以去草民家搜，要是能搜到那女子，草民任憑您處置。」

應青雲說道：「這麼說來，商行聚會那天你全程都未和那女子接觸？可有辦法證明？」

叢玉河很肯定地說：「那天草民除了如廁，皆在大廳與其他人談事情，在場的人皆能為草民證明，草民如廁時也有小廝跟著，從來沒跟那個妓女有過接觸，您可以去問草民的小廝。」

應青雲讓人將那小廝帶來審問，小廝的說法跟叢玉河一致。「咱們家老爺一向潔身自好，聚會那天沒跟任何女子說過話，更不會跟一個青樓女子接觸，他最是討厭那樣的人，連正眼都懶得給。」

這說法不知是事前商量好的，還是事實的確如此。

之後應青雲又叫來叢玉河的妻子岳嬌詢問，岳嬌證明，虹影失蹤當晚叢玉河都睡在她身邊，從未離開過。

叢玉河的證詞沒有絲毫破綻，應青雲便讓衙役先將人押下去看守，又提審了裴墨。

第十四章 有跡可循

跟叢玉河的外表相比，裴墨完全是相反的類型，他玉樹臨風、溫文爾雅、眼神柔和，且面容和善、嘴角常帶笑意，讓人一見就很有好感，下意識地想跟他親近，無法將他和殺人這種事聯繫在一起，似乎光是想像，都是對他的褻瀆。

當被問及是否認識虹影時，裴墨搖了搖頭，神情溫和。「草民對大人說的這位姑娘並無印象，草民去這樣的商行聚會不為玩樂，只想結交一些外地的藥材商。有些藥材咱們這裡的土壤不適合生長，草民想看看能不能從外地商人那裡收購，至於其他人，草民不曾結交，更不要提那些人身邊的女子了。」

說完，他稍稍抬頭，帶著些疑惑問道：「不知大人詢問這位姑娘所為何事？要是大人告訴草民的話，說不定草民能為大人提供一點消息。」

應青雲說了跟剛剛同樣的話。「這位姑娘是一位王姓茶商從青樓中贖走的，準備帶回家當姨娘，不料參加完聚會後便跟人跑了，我們懷疑帶走這姑娘的是參加聚會的人，利用商行聚會之便，以言語誘拐她。」

裴墨微微瞪大眼睛，有點驚訝的樣子，而後才道：「原來是這樣，但草民真不曾與她有過交集，草民只在聚會上待了一炷香的時間，期間全程都在大廳中與人交談，其他藥材商可以作證。後來草民沒找到想要的藥材，便早早離開了，莊子上的守門人可以證明這點。」

應青雲聽罷，給六子使了個眼色，六子會過意，立刻帶人去找裴墨交代的藥材商以及莊子上的守門人，然後繼續問道：「你為何孤身前去，身邊連一個小廝都不帶？」

「大人，草民從小便習慣凡事自己做，所以這麼多年從來沒用過丫鬟或小廝，再加上家裡就草民一人，平時都在藥材鋪後方的院子生活，不需要人伺候，只有一對老夫妻替草民看門、打掃環境而已。」

「聚會當晚，你在何處？」

「在家中睡覺。」

「聚會第二天呢？」

「第二天草民上山採藥去了。」

「可有誰能證明？」

「大人，草民尚未娶妻，家中只有那對老夫妻，老人家熬不了夜，時間一到草民就讓他們去歇息了，還真找不到人替草民證明。」

說完，裴墨朝應青雲拱拱手，道：「大人，草民在本地就一處院子，大人若是有所懷疑，可以去草民的住處搜查，看看草民是不是將那位姑娘帶回家藏起來了。」

應青雲對這話不置可否，突然換了個話題道：「聽說你與你父親早早斷絕了關係，獨自帶著母親過活？」

裴墨抿了抿唇，微微嘆息一聲，道：「想必大人也知道草民家的事情，草民的父親糊塗，寵妾滅妻，讓母親遭受諸多委屈，草民當時年輕氣盛，看不慣父親的所作所為，便與他斷絕關係，帶著母親過自己的日子。」

應青雲問道：「那你現在原諒你父親了？」

裴墨苦笑著搖搖頭。「他那樣的人，草民這輩子都無法原諒，但也說不上恨了，畢竟人死如燈滅，再計較這些又有什麼意義呢，不如就當是個陌生人吧。」

應青雲點點頭，又問：「想必你對你父親寵愛的那位姨娘也心懷怨恨吧？」

裴墨沒有半點迴避，實話實說。「當初肯定是怨恨的，但這麼多年過去，恨意已漸漸消散，更何況明瞭事理之後一想，要是草民的父親不昏聵，事情也不至於如此，換個女人，他照樣能寵妾滅妻，錯並不在女人身上。」

應青雲笑笑。「你倒是看得通透。」

裴墨跟著淡淡一笑，朝他拱了拱手。

「你母親為何故去？」

聞言，裴墨的情緒肉眼可見地低落下來。「家母的身子骨兒一直不太好，各種小毛病不斷，年紀越大身體越差，三年前便已油盡燈枯。」

應青雲點了點頭。

很快的，六子就將與裴墨接觸過的藥材商以及商行聚會莊子上的守門人給帶了回來，他們的說辭與裴墨一致，都能證明他不曾在商行聚會上與虹影接觸，並且早早地離開了莊子。

一番審問下來，沒發現任何線索。

吳為皺眉不解道：「這兩個人都能證明自己沒接觸過虹影，到底是有人說謊，還是咱們推斷錯了？」

封上上搖頭。「王祝生說參加商行聚會當晚虹影突然質問他當外室之事，這說明聚會上肯定有人跟虹影說了什麼，所以凶手十之八九就在參加聚會的人之中。況且凶手手段殘忍，不可能與青樓女子無冤無仇，所以我堅信咱們的方向沒錯。」

吳為想想也是，於是道：「大人，卑職覺得叢玉河的嫌疑很大，他是個鏢師，力氣大，有武功在身，能輕鬆殺人，而且他那麼憎恨青樓女子，很有做案動機。」

封上上反問道：「吳捕頭，你覺得裴墨沒嫌疑？」

吳為撓了撓頭，如實說出自己的想法。「本案凶手殘忍暴戾，肯定是個精神不太正常的人，不可能是像裴墨這麼溫和善良的人吧？再說了，雖然他父親當年因為一個青樓女子寵妾滅妻，但他們母子倆後來過得很好，應該不至於這麼仇恨青樓女子。說真的，這年頭大戶人家寵妾滅妻的事情可不少，要是因為這就去殺人，那殺人犯都得滿街跑了。」

應青雲沒說什麼，朝吳為招招手，等吳為湊過去，便在他耳邊小聲囑咐了一番。

吳為詫異地瞪大了眼睛，不明白大人為什麼要如此吩咐自己，但他不敢問，這位新上任的大人聰穎異常，肯定有他的道理。

等吳為帶人匆匆離去，一時就只剩封上上和應青雲兩人，封上上這才開口問道：「大人，您是懷疑裴墨嗎？」

應青雲反問道：「妳不也懷疑他？」

「嗯？」封上上眨了眨眼。「您怎麼知道卑職懷疑他？卑職好像什麼都沒說吧。」

應青雲並未回答，逕自往書房走。

封上上趕忙跟在他後面。「好吧，卑職是懷疑裴墨。他多次出現在商行聚會中，又與青樓女子有恩怨，身邊沒有小廝跟著，還獨身一人居住，況且虹影失蹤那天晚上他沒有不在場證明，哪怕他表現得再無害，這麼多巧合撞在一起，就不能算是偶然了。

「況且，最重要的一點是，虹影在聚會第二天下午到傍晚時分死亡，人卻是在聚會當天晚上失蹤，這中間足足有一整夜加上將近一個白天的時間，期間裴墨一直未出現在人前過。」

應青雲微微頷首。

封上上問道：「大人您呢？為什麼也懷疑他？」

應青雲邊走邊道：「反應。我刻意沒說虹影被殺死之事，只說她被誘拐跟人跑了，若是真凶，肯定知道我說的是假話。當時叢玉河和裴墨的反應，妳還記得嗎？」

封上上眼睛一亮，她就知道當時應青雲不說虹影被殺之事是有目的的，就跟她想的一樣，是為了試探。

「叢玉河的反應，一開始是微微驚訝，然後便是『跟我無關』的漫不經心，要是卑職，肯定也會如此反應。至於裴墨，雖然也表現出了驚訝，但第一反應卻是眉頭微挑，眼神一愣，這是典型的『疑惑』與『出乎意料』的表現，雖然只是一瞬間，但還是表露了出來。正常人聽到一個女子跟別人跑了，為何會疑惑甚至出乎意料呢？所以，有問題。」

應青雲回頭讚賞地看了封上上一眼。他的確察覺出裴墨的反應有異，卻說不出具體不對勁在哪兒，沒想到封上上能在瞬間將一個人的情緒分析得這麼透澈，這一點，他自嘆不如。

「的確，裴墨的反應不太對。」

「那大人，您剛剛是不是讓吳為去深入調查裴墨？」

應青雲頷首。「不錯，我吩咐吳為詳細調查他們母子這些年來的生活。就像吳為說的，裴墨與他母親後來過得很安寧幸福，他的父親反而早早死去，這種情況下，不太可能讓一個人懷抱如此深的恨意，甚至深刻到令他性格扭曲。

「我想，其中一定還有我們不知道的事情，這也許是刺激裴墨的原因，也是讓他如此憎恨青樓女子的原由。另外，裴墨今年二十有五，正常男子在這個年紀不說孩子都能跑了，最起碼已經娶妻，但裴墨至今仍孤身一人，這點也頗為奇怪。」

封上上贊同地點點頭，隨即看了看他，好奇地笑問：「可是大人，您好像只比裴墨小一歲吧，不也是孤家寡人一個嗎？難不成，您也有什麼不能成親的理由？」

這下應青雲不說話了，逕自在書桌前坐下，提筆在紙上寫著什麼。

封上上只是打趣，並非想打探他的隱私，所以十分識趣地沒有追問，而是繼續探討案情。「還有一點，相較於性格火爆、長相普通且已有家室的叢玉河，女子顯然更青睞長相俊秀、溫文爾雅且尚未婚配的裴墨。要是叢玉河誘拐女子，那女子可能還有顧慮，不敢輕易答應；要是裴墨出馬，絕對不出三句話便能令女子心動，沒辦法，女人嘛，就是愛看臉。」

聽到最後一句話，應青雲挑了挑眉，並未多言。

之後幾天，吳為陸續從外面帶回了三個人。

第一位是個老大夫，姓劉，吳為查到這位劉大夫多年前曾為裴墨的母親瞧過病。

應青雲要這位劉大夫詳細地說明當年的情況。

歷時已久，劉大夫許多事情記不清了，但因為裴墨與父親斷絕關係一事在當年頗受人非議，所以劉大夫還算有印象。「那時裴墨還是個半大的小子，有一天跑來找草民為他娘看病，去了才知道他娘病得不輕，應該是一時受不了裴墨他爹的所作所為，所以有點魔怔。」

「魔怔？具體怎麼回事？」

「就跟失心瘋一般，一個人自言自語的，時而咬牙切齒，時而罵罵咧咧，時而又發狠詛咒。」

「那你可記得他娘都說了些什麼？」

「還能罵些什麼，罵裴墨那爹還有那個女人唄，罵的最多的就是什麼『賤女人去死』，其他的草民不太好說出口。不過後來可能漸漸放下了，她的病情好轉，再也沒找草民看過病。」

應青雲神色凝重起來。「你怎麼知道她好了？」

劉大夫解釋道：「後來草民遇過裴墨，問起他娘的情形，他親口對草民說他娘的病好了，而且也沒見他再找過其他大夫看病。」

封上上聞言，不禁有點懷疑。到底是裴墨的娘好了，還是他自己開始醫治他娘？

其他的事情劉大夫一問三不知，應青雲便讓他走了。

第二位是個四十多歲的婦人，姓蔣，平時給一些有需要的人家幹活，像是洗衣、掃院子、做飯等，過去曾在裴墨家幹過活。

蔣大嬸道：「少爺找民婦去伺候夫人，夫人那時病得很重，時常發瘋，需要能控制得住她的人照顧，正好民婦力氣大，所以少爺就選了民婦。」

「那後來呢？他娘的瘋病好了嗎？」

蔣大嬸搖搖頭。「好沒好民婦不知道，在那裡幹了一年，少爺就辭退了民婦，當時民婦還以為自己哪裡做得不好，後來才知道少爺有孝心，打算親自照顧夫人，民婦走的時候他還多給了民婦一個月月銀，真真是心善。」

「那後來妳可否聽說過他再找其他人伺候？」

蔣大嬸搖頭。「這民婦哪能知道呢。」

眼看蔣婆子知道的也有限，再問不出什麼，應青雲便讓她離開，讓吳為將第三位帶過來。

第三位是個滿頭白髮的婆子，姓謝，大約六十多歲，背駝得厲害，眼睛也看不太清了，不過腦子還算清明。她是當年在裴家伺候的老人，對那邊的事情知之甚多，裴墨的父親過世之後便被遣散，不過那時謝婆子錢也攢夠了，便回老家過起了日子。

當年在裴家伺候的老人死的死、散的散，能找到的就謝婆子一人，還是吳為花費了頗大工夫才輾轉找到的。也是運氣好，謝婆子前些年都不在本地，是今年才跟著當貨郎的兒子回來這邊的。

一被問及當年的事情，謝婆子下意識一驚，垂眼看著地面，戰戰兢兢地問：「大人問這個幹什麼？」

應青雲聲音冷冽。「妳只要如實回答即可，要是有所隱瞞，休怪本官降罪。」

謝婆子一驚，身體瑟縮了一下，不敢再多問，顫著聲道：「當年……當年老爺從青樓贖回一個妓女當妾，夫人原不同意，奈何拗不過老爺，只好接納她。文姨娘頗受老爺寵愛，經常在老爺身邊吹枕頭風，弄得老爺對夫人不滿，經常訓斥夫人和少爺，還不再進夫人的房了。

「後來……後來文姨娘生了個兒子，就更不把夫人與少爺放在眼裡，甚至想當正房太太。老爺也是糊塗，竟然鬆口了，要把文姨娘抬成平妻，跟夫人平起平坐，更把管家權交給文姨娘，夫人受不了這侮辱，便自請下堂。」

應青雲問道：「便是因為這事，裴墨才要跟他父親斷絕關係的？沒有其他的事情了？」

「這……」謝婆子猶豫了起來。

應青雲迅速捕捉到她的遲疑，嚴肅道：「不要有任何隱瞞，把妳知道的都照實說出來！」

「是，大人。」謝婆子誠惶誠恐道：「當時還發生了一些事，文姨娘要讓自己的兒子繼承家業，想除掉少爺這唯一的嫡子，因此偷偷地給少爺下了藥。少爺在床上昏迷了好幾天，夫人都快哭斷氣了，但不知為何，老爺只請了個江湖游醫來為少爺醫治，等少爺醒了之後，老爺就再沒給他找過大夫了。

「文姨娘哭哭啼啼一番，老爺就心軟了，只罰她跪了半天，這件事就算過去了。我們這些下人都覺得心寒，更別提夫人和少爺了，民婦總覺得是因為此事，夫人才下定決心自請下堂的。

「後來少爺就與老爺斷絕關係了，帶著夫人離開。老爺也是心狠，竟然就真的不管他們娘兒倆了，少爺可是他的親兒子啊！」

應青雲直覺這裡面有蹊蹺，緊接著問道：「妳可知文姨娘給裴墨下的是什麼藥？」

謝婆子搖搖頭。「這個民婦真的不清楚，老爺半點口風都不透露，也不讓下人議論，大家都不知道具體是怎麼回事，只知道少爺被下了藥。」

封上上不禁咬住下唇，一顆心狂跳。如果裴墨真是凶手，那麼這可能跟他的心態變化有關。心理變態的形成都有原因，許多皆從重大變故和嚴重刺激開始。

那到底……是什麼藥呢？

謝婆子走後，應青雲問吳為。「目前在裴墨家的那兩個老人家問過了嗎？」

吳為道：「卑職去問了，但兩人年紀都已不小，那老伯平時就看看門、掃掃院子，阿婆就打掃環境、洗洗衣服，問起裴墨私人的情況，他們基本上什麼都不知道。」

應青雲看向一直沒說話的封上上。「妳有什麼想法？」

封上上立刻將自己的猜測說了出來。「大人，卑職覺得裴墨的嫌疑更大了，他身邊沒人伺候，家裡就兩個什麼也不知道的老伯和阿婆，他做什麼都沒人知道，另外……」

應青雲抬起頭，聽她繼續道：「一個半大的孩子，小時候受到姨娘的嚴重迫害，父親卻不替自己作主；和父親斷絕關係後帶著母親獨自過活，母親瘋瘋癲癲，嘴裡不停地訴說著仇恨與殺戮，在孩子小小的心靈裡種下了仇恨的種子，常年在這種環境下生長，仇恨的種子很容易發芽壯大，直到讓人心理扭曲。」

封上上點了點自己的下巴，又道：「卑職覺得，裴墨的心理扭曲，很可能是從被下藥開始的，他母親的瘋狂也極可能起因於此。就是不知當時文姨娘到底給他下了什麼藥，才會造成如此大的影響。」

應青雲沈吟道：「當時裴家找的是江湖游醫，如今不可能尋到此人，知情者只剩裴墨以及文姨娘，文姨娘不知身在何處，裴墨本人不會主動說明，就算逼著他講，說出來的也不一定是真話。」

封上上當然知道這點，但有了懷疑的對象，他們就可以倒推，因為——

「任何犯罪都有跡可循，世上沒有完美的犯罪。」她說道。

「沒有完美的犯罪……」應青雲在嘴裡細細咀嚼了一遍這句話，眼睛微亮，道：「不錯，不存在毫無破綻的犯罪，但凡發生過，總有跡可循。」

第十五章　抽絲剝繭

封上上道：「對，所以我們可以倒推，要是裴墨真是凶手，那麼他一定在商行聚會上接觸了虹影，並用言語誘拐過她。裴墨說自己全程沒接觸過虹影，且提前離開了莊子，既然有人為他作證，那麼就只有一個可能——裴墨離開莊子之後又找機會返回，並且瞞著所有人。」

應青雲像是想到了什麼，馬上道：「莊子的後門。」

「沒錯，莊子的後門。裴墨在離開之後很可能並未返家，而是偷偷繞去了莊子的後門，神不知、鬼不覺地溜進去，與虹影有了接觸。」

應青雲環抱雙臂，沈吟道：「但是，這種莊子的後門也有專人看守，不是什麼人都能進去。」

封上上說道：「要是因為臨時有事而離開了一會兒，誰又會知道呢？」

聞言，應青雲決定帶著封上上等人親自去莊子一趟。

這次舉辦聚會的莊子是由本地米商齊忠林提供的，位於城郊，裡面就一對受雇的老夫妻與他們兩個兒子居住，一家人常年看守著莊子。

看門的老伯說商行聚會那天由他把守大門，而守後門的則是他的小兒子二鵬。

應青雲將二鵬叫來問話，問道：「那天你一直守著後門嗎？」

二鵬點頭，小心翼翼地說：「老爺說不能讓沒有請帖的人進門，也不能讓附近的村民偷溜進去，讓草民看好門，草民一直等到賓客們都走了才離開的。」

「那天你是否在後門處看到什麼可疑的人？」

二鵬搖頭。「沒有，基本上只有附近村子裡的幾個小孩過來玩，被草民趕走了，其他沒什麼，那天大家都是從正門進出的。」

「你那天真的全程都在嗎？一刻都沒離開過？」

「除了去方便，草民一刻都沒離開過，而且草民去方便時都會把後門鎖上，後門不遠處就有一個茅房，草民在茅房裡能看到甚至聽到門口的動靜，不會放人進去的。」

應青雲跟著二鵬去了後門處，果然如他所說，不遠處就是個茅房，從茅房裡一伸頭就能看到後門的情況，不太可能有人趁著二鵬如廁的空隙偷溜進門。

一想到這是唯一的突破口了，應青雲再次確認。「你再好好想想，除了上茅房，你真的一次都不曾離開過嗎？」

「真的沒——」二鵬的話戛然而止，他像是突然想起了什麼，一拍自己的腦袋道：「草民想起來了，中間曾離開過一次，因為聽到圍牆那邊有動靜，草民過去察看，發現有人從圍牆外往裡扔石子，草民懷疑是附近的孩子故意搗亂，就出去準備趕走他們，誰知一出去卻什麼人影都沒看到，草民找了好一會兒都沒收穫，就回去了。」

調虎離山！

封上上雙眸一亮，和應青雲對視一眼，兩人都激動起來——看來他們的猜測沒錯。

有了這個訊息，封上上不由得在腦子裡演練起了那天的情景——

那天，裴墨製造動靜將二鵬引走，乘機進了莊子，等在女眷的必經之路上，趁虹影落單時跟她搭話，先是告訴虹影跟著王祝生回家沒好下場，讓虹影心生懷疑，然後再表明自己對她一見如故，想帶她回家。

虹影心動，卻不完全相信，裴墨便說給她兩天時間好好考慮考慮，要是決定了，可以去找他。虹影回去後詢問王祝生，王祝生喝多了酒，一不小心說出實話，虹影大為失望，又想起裴墨來，便決定離開王祝生，以後跟著裴墨。

這樣一來，一切都說得通了，然而現在的問題是，沒有證據能證明從後門溜進去的那個人就是裴墨，要怎麼做才能抓到裴墨的紕漏呢？

上了馬車之後，看封上上皺眉不語的樣子，應青雲以為她是在為沒證據而煩惱，不由得安慰道：「妳不是說過，沒有完美的犯罪，若裴墨真的殺了人，那定然會留下馬腳。」

封上上一愣，明白他在安慰自己，笑了，點著頭道：「對！一定會留下馬腳。」

她伸出兩根手指，先壓下去一根，道：「現在有兩個突破點。第一，衣服。虹影死的時候被扒光了，卻沒在破廟裡發現衣服，衣服去了哪裡？凶手亂刀砍死虹影，噴濺出來的大量血液一定弄得他滿身都是，他不可能穿著滿身是血的衣服趕馬車回城，所以肯定換了衣服和鞋子。」

「看來，我們需要去拜訪一下裴墨家那兩個老人家。」應青雲立刻讓車伕改變路線，直接去藥材鋪。

這對老夫妻並不知道發生了什麼事，打從自家少爺莫名其妙被衙門的人帶走後就再也沒回來，兩人心裡正沒著落呢，看到知縣大人登門拜訪，更擔心了。

雖然惶恐害怕，但名叫杜弦的老伯還是壯著膽子問道：「大、大人，少爺呢？好好的怎麼把人給抓走了？少爺可是好人啊。」

應青雲正要說話，封上上就搶著開口道：「我們有一宗案子需要你們家少爺配合作證，今天來就是問你們一些問題，只要好好回答，早日查清案子，他就能回來了。」

「原來是這樣啊，那你們只管問，我們一定仔細回答。」杜弦答道。

杜弦的妻子鄭瑛也鬆了口氣，兩人決定知無不言、言無不盡。

應青雲轉頭看向封上上，抿了抿唇，見狀，封上上朝他眨巴了兩下眼睛。

哄騙老人家這種事，應青雲這人肯定做不來，要是讓他們知道衙門在抓裴墨的小辮子，說不定會不配合，她這麼說，兩個老人家才會積極配合調查——善意的謊言嘛。

應青雲沒多說什麼，轉過頭去問兩個老人家。「本月初七那天，你們家少爺去哪兒了？」

「初七……初七……」

兩人年紀大了，一時之間想不起來。

封上上提醒。「就是你們家少爺去參加商行聚會的第二天，記得嗎？」

「哦哦，民婦想起來了。」鄭瑛拍了一下手。「那天少爺一大早就去採藥了，到晚上才回來呢。」

應青雲問道：「他那天是否在外面換過衣服？」

「有有有。」鄭瑛負責內務，平時洗衣服、洗鞋子等事都由她來，這點她知道得很清楚。「那天少爺上山採藥，衣服刮破了，少爺不好衣衫不整地回來，就換了一套。」

「你們家少爺平時出去都會多備一套衣服？」

鄭瑛點頭道：「少爺經常刮破衣服，所以會在馬車裡備一套。」

封上上不禁拍了一下掌，對上了！

應青雲又問：「那刮破的衣服呢？」

鄭瑛回道：「少爺說衣服破得太厲害了，補好也不能穿，就扔在了山裡。」

應青雲眼神一沈，這一切真的不能再稱之為巧合了。

封上上在一旁插嘴問道：「那鞋子呢？鞋子總不可能也換了一雙，然後把舊的扔了吧？」

壞件衣服算是合情合理，要是連鞋子也壞了，那就說不過去了。這個時候的鞋子可都是手工製作，耐磨得很，不可能出去採個藥就壞了。

鄭瑛搖頭道：「鞋子倒是沒丟。」

封上上眼睛一亮。「那雙鞋子呢？現在在哪兒？」

鄭瑛疑惑道：「你們要看鞋子？」

老夫妻有點摸不著頭緒，不明白怎麼盡問些衣服跟鞋子的事情，這跟什麼案子有關？但兩人不敢多問，生怕惹知縣大人不高興。

應青雲出聲道：「煩勞帶我們去看看。」

鄭瑛連忙帶著他們往裡走，邊走邊道：「少爺的衣服與鞋子都放在單獨的房間裡，他的鞋子都是民婦親手做的，每一雙民婦都清楚。」

一行人來到一間更衣室，鄭瑛一推開門，就見裡面有許多架子，架子上工工整整地擺放著鞋子和各種衣物，室內還放著熏爐，散發出淡淡的香味。

鄭瑛走到放鞋的那排架子前，目光朝鞋子掃視一圈，突然發出一聲疑惑的「咦——」。

封上上心裡一個「咯噔」。「怎麼了？鞋子呢？」

鄭瑛又仔細看了一遍，一頭霧水地說：「民婦明明記得鞋子就放在這裡啊？當時少爺還說鞋子不髒，讓民婦不用洗呢，怎麼現在不見了？少爺離開這裡的那天穿的也不是那雙鞋，怎麼就不在這裡呢？」

封上上問：「是不是一雙全黑的鞋？」

鄭瑛先是點點頭，接著疑惑地問道：「是黑色的沒錯，姑娘您怎麼知道的？」

要讓鞋子上沾了血卻看不出來，只有黑色的鞋子才能做到——不過這話封上上沒說出來。

她看了應青雲一眼，應青雲也回視她，兩人心知肚明，那雙鞋子一定被裴墨悄悄處理掉了。

應青雲眉色沈凝，眉宇間籠罩了一層陰影。

封上上又問鄭瑛。「婆婆，你們家少爺是不是經常像這樣扔衣服、丟鞋子啊？」

「也不算經常吧……」鄭瑛遲疑著說：「少爺上山採藥時容易刮破衣服，有時候刮得太厲害，少爺就扔了。」

「那鞋子呢？像這樣莫名其妙不見了的事情發生過幾回了？」

「這……今年也就不見了這一雙，去年……去年丟得有點多，好像是兩雙還三雙來著，民婦記不清了，估計是少爺帶出去忘了拿回來吧，像少爺這樣的大男人，對衣物等事難免粗心大意。」

封上上在心裡冷笑。呵呵，他才不是粗心大意，而是太細心了！

她走到一邊，朝應青雲招了招手，應青雲頓了頓，緩步朝她走去。

封上上踮起腳，在他耳邊小聲道：「大人，那雙鞋子肯定不知道被他扔去了哪裡，現在只能從第二點入手了。」

她說話時的熱氣撲到自己耳邊，有點癢，應青雲不太自在，微微往後退了退。

封上上以為應青雲是不習慣跟人靠這麼近，也沒再跟他耳語，而是用更小的聲音道：「根據傷口的形狀來看，凶器不是普通的菜刀，也不是幹農活用的鐮刀和柴刀，而是鋒利的砍刀，長約十寸，寬約兩寸，這樣的刀是不允許老百姓私有的，所以他一定會將這刀藏好，不示於人前。」

這個時代鐵器、刀具管得嚴，普通百姓家裡，一戶只允許有一把菜刀跟一把鐮刀，頂多再加一把柴刀，而且全都要造冊登記，想隨時打一把刀來用，那是不可能的。

應青雲「嗯」了一聲。「他做案會用上這把刀，但犯案前都是在商行聚會上臨時起意，所以刀一定是近身收藏，方便隨時拿到，同時又不會被別人發現。」

封上上連連點頭。「沒錯，所以他要麼藏在那間破廟裡，要麼藏在家中，要麼藏在他的馬車上。」

藥材鋪裡人來人往，且有眾多學徒與雜役，刀是不可能藏在那裡的。

應青雲說道：「破廟中已搜查過，並沒有砍刀。」

封上上道：「那就只有家中和馬車上了。」

應青雲立刻叫來衙役，讓他們分為兩隊，一隊去搜查裴墨的馬車，另一隊搜查這間院子。

看衙役們搜起了家，兩個老人家都發現不對勁，急得眼淚快掉了下來，杜弦道：「怎麼了啊各位官爺，為什麼要搜院子，我家少爺到底怎麼了？」

封上上勸道：「兩位老人家，還是站遠一點比較好，小心誤傷了。這件事跟你們無關，等案子偵破，你們自然就知道了。」

看封上上柔柔弱弱的，像是很好說話，鄭瑛大著膽子抓住她的衣袖，驚慌地說：「姑娘，你們是不是搞錯了？我家少爺可是好人啊，他心地特別好，經常看病不收錢，他這樣心善的人不可能做壞事，你們可不能冤枉他啊！」

「唉……」封上上實在不忍心破壞鄭瑛心目中對裴墨的好印象。

就在這時，吳為匆匆跑了過來，手上還用布包著一把刀，臉色很難看。「大人，找到了！裴墨的馬車底下竟然有個暗格，非常隱秘，要不是卑職來來回回搜了好幾遍，差點無法發現，這把砍刀便是在暗格裡找到的。」

兩個老人家被這把砍刀嚇了一跳，不明白馬車裡怎麼藏了這麼大一把刀，他們少爺斯斯文文的一個人，怎麼會藏刀呢？

應青雲小心地將刀接過來，只見刀身長十寸，寬約兩寸，跟封上上推測的一般無二，刀身光亮，厚重而鋒利，刀柄呈暗木色，其上遍布花紋，花紋的紋路凹槽裡似乎有一種常年積累的暗色物質，乍一看讓人以為是泥垢。

應青雲盯著這些「泥垢」看了很久，然後將刀柄小心地送到封上上眼前。

封上上會過意，仔細觀察了一下，又找來一根細針慢慢地將紋路裡的「泥垢」刮出來，放到一條白色的帕子上，不一會兒就形成了一小堆暗黑色的粉末。

要來一碗水後，封上上將這些粉末溶於水中，水很快就變成紅色，她低頭聞了一會兒，便說道：「是血。」

衙門的人聞言，精神為之一振。

應青雲快步往外走。「回去，再審裴墨！」

裴墨被關在牢中過了幾天，除了下巴長出鬍渣、人瘦了幾分之外，整個人依舊溫潤，嘴角微彎，彷彿身處何地都不能影響他。

看著笑容柔和的裴墨，吳為只覺得毛骨悚然，第一次體會到什麼叫「人不可貌相」，虧他之前對這人那麼有好感，覺得兇手一定不是他，結果呢？活生生被打臉！

應青雲開門見山道：「裴墨，你還不肯承認是你殺了虹影等人？」

裴墨無奈嘆道：「大人，您肯定弄錯了，草民從未殺過人。草民連虹影是誰都不清楚，為何要殺她？至於其他人，草民更是聞所未聞。大人，還望您仔細調查，還草民一個清白。」

應青雲直直逼視著他，眼神冷厲如刀。「那本官問你，商行聚會第二天，你自稱出門採藥，結果回來後卻換了一套衣服，還將衣服直接丟掉，這是為何？」

裴墨解釋道：「草民採藥時衣服被刮出了很大一道口子，用不著縫補，便扔了。採藥損壞衣服是常事，所以草民隨身都攜帶一套新衣，免得衣衫不整地出入城門，大人，這不奇怪吧？」

應青雲點點頭。「不奇怪，但你當天穿出去的鞋子呢？難道也丟了？」

裴墨無辜地眨眨眼。「鞋子自然不會丟，草民穿了回去，就放在家裡啊。」

「我們已經去過你家，你那天穿的鞋子不見了，這怎麼解釋？」

裴墨驚訝。「不見了？不可能啊，好好的鞋子怎麼會不見了呢，草民當天明明穿回家了啊。」

看他滿臉無辜的樣子，應青雲「呵」了一聲。「你不知道？那本官來告訴你鞋子哪兒去了！當天你在破廟中殺了人，血跡濺得滿身都是，所以當場換了一身新衣，舊衣則直接扔掉了。

「然而，扔掉鞋子會引起懷疑，你便穿回家裡，因為鞋子是全黑色的，就算沾了血跡，不仔細看也看不出來，但要是一直放在那裡，遲早會被你家的老僕發現，所以你故意讓她別清洗，第二天出門時帶走了鞋子，乘機扔掉。」

「什麼破廟？什麼血跡？」裴墨一臉茫然又無助，同時伴隨著被誤會的委屈。「大人，您說的這些草民半分不知情，那天草民真的是去採藥了，回來時採了一整背簍的藥呢，哪來的什麼殺人？大人，為何您非要將罪名往草民身上安呢？」

應青雲微微一笑，笑容卻沒有絲毫暖意。「不承認？好，那你能解釋解釋為什麼你的馬車裡會有個暗格，暗格中藏有一把砍刀嗎？不要告訴本官，你不知道你的馬車裡有暗格，也不知道暗格裡有刀。」

說著，他將那把刀擺到裴墨眼前，讓他看個清楚。

裴墨瞳孔一縮，快速地低下頭，似乎是在仔細地觀察面前的刀，過了一會兒才抬頭，說道：「這刀的確是草民的，因為草民經常出入深山採藥，山上猛獸眾多，擔心會遇到野獸，所以帶著把刀防身。」

「是嗎？且不說你熟知山上的路況，根本不會往有野獸的地方採藥，你採藥時隨身已帶著鐮刀和柴刀，這兩樣還不夠防身？為何要特地再帶一把刀？不嫌累贅？」

應青雲重重拍了一下桌子，突然提高了音量。「既然是為了防身，又為何要那麼隱秘地藏起來？而刀柄的凹槽中，又為何會有血?!」

裴墨的頭垂得更低了，視線死死地鎖定那把刀，似乎是被應青雲的語氣嚇到一般。「多帶把刀就多一分安全，並不累贅；會藏進暗格，是因這刀太過鋒利，隨意放在馬車裡的話，怕會無意中傷人。至於大人您說的血，是因為偶爾在山上遇到野兔等物，想打打牙祭，用了這刀，這才沾上了血。」

第十六章　破案妙招

在這個時代，沒有高科技分析儀器，僅憑這麼一點粉末溶於水中，能看出是血就不錯了，自然辨別不了是人血還是動物血，裴墨懂醫，知道這一點。

這話說得合情合理、合乎邏輯，誰也無法反駁。

吳為恨得牙癢癢的，裴墨到現在還在狡辯，可惜大人不讓刑訊逼供，不然非讓他嚐嚐厲害，看他還嘴硬不。

應青雲倒沒有吳為這麼氣憤，表情依舊從容，他淡淡問道：「這麼說來，你堅決不承認自己殺害了那些青樓女子？」

「當然，草民為何要殺害她們？雖然草民的父親曾因為一個青樓女子傷害了母親，但都過去許多年了，草民的父親也已經過世，難道草民會因為這點而記恨青樓女子一輩子嗎？」

應青雲笑笑。「若只因為這點，確實不至於，但是……如果你的母親恨這種女人入骨，天天在你耳邊詛咒她們去死，讓你一定要報仇，你還不恨嗎？」

裴墨瞳孔微縮，垂在身側的手微不可察地攥成了拳頭，嘴角扯了扯。「大人您在說什麼，草民聽不懂。」

應青雲的眼神銳利地直視著他，一字一頓地道：「又如果，當年那個青樓女子不光想逼走你母親，甚至還殘忍地給你下了藥，讓你一輩子再也無法人道，無法擁有自己的孩子，更無緣繼承家業，無論怎麼醫治都看不到希望，你還能不恨嗎?!」

除了封上上，在場的人全部臉色驟變，驚訝地望著裴墨。

裴墨猛然抬頭，嘴角的那抹笑意突然間消失，像是烏雲覆蓋了天空，他的神情徹底沈鬱，陰沈的視線直直地朝應青雲射去。

這樣的表情和他一貫展示給人的形象完全不同，再不復翩翩公子的模樣，像是剝去了和善的外皮，露出最真實的自我——陰鬱、可怕、駭人，吳為等人都被他這突變嚇了一跳。

封上上卻鬆了一口氣。變態的外表再和善也是偽裝出來的，再堅硬美麗的外殼都擋不住內裡的脆弱，只要準確地找到其死穴，用力一戳，那便是案情的突破口。

現在，他們就找到了裴墨的死穴。

身為現場唯一一個女子，尤其還是年輕漂亮的姑娘，封上上有義務重擊這個死穴、擴大突破口，所以她決定適時補上一刀——

她露出鄙夷的神色看著裴墨，像是在看什麼噁心的東西般，用驚訝又不屑的語氣說道：「啊——原來你不能人道啊！怪不得這麼大年紀了還沒娶媳婦呢，大家都說你潔身自好，誰能想到是因為你無能呢？也是，你這樣的娶了媳婦也只能看不能碰，多糟蹋人！咱們女人啊，可不能嫁給這種中看不中用的男人，不然一輩子就毀了。」

應青雲靜靜看著她補刀，吳為等人則是心想：過分了啊，這話簡直比直接要了男人的命還狠！

果然，裴墨的額角青筋直跳，臉色陰沉得像是能滴出水一般，陰狠的目光從應青雲轉移到封上上身上，被他這麼毒蛇盯上獵物般地瞧著，膽子小一點的可會被嚇哭。

然而封上上像是沒看見這樣的眼神一般，下一秒又憐憫地說道：「唉，不過這不能怪你，你也不想不能人道是吧？想想你也怪可憐的，經此一遭，以後全縣、全府乃至全天下的人都知道你有這個缺陷，以後出去可怎麼見人喲——

「喜歡你的姑娘們要是知道了，以後肯定離你遠遠的，看到你就覺得悲哀。還有啊，大家就喜歡嚼舌根，從此以後你走到哪裡都要被人說不能人道，這樣的日子真是光想都要命哦，要是我啊，這輩子都不想出門了。」

她這麼左一句不能人道、右一句可憐，加上滿臉的同情，頓時像是一把尖刀狠狠地戳進裴墨的心臟裡，鮮血淋漓。

在場所有男人聽著都替裴墨難受，他們此刻都只有一個念頭——以後千萬不能得罪封姑娘，不然她那張嘴能誅心殺人！

死死捂了多年的秘密被戳破，還被一個女子當眾侮辱，是個人都不能忍，更何況心理本就不正常的變態呢。變態要是能好好控制住自己，就不會成為連續殺人犯了。

裴墨的理智線徹底斷裂，他的眼睛紅得像是要滴血，如同野獸盯上獵物一般死死地瞪著封上上。「賤女人，妳這個賤女人！妳該死——」

「呀，你這樣子好嚇人哦，你殺那些青樓女子的時候是不是就是這麼凶啊？」封上上縮了縮脖子，害怕地往應青雲身後躲去，只露出一個腦袋來。

應青雲回頭看了她一眼，無奈地搖了搖頭。

封上上怯怯又無辜地看著裴墨道：「要怪就怪那個讓你不能人道的女人好了，殺其他人幹什麼，人家也沒招你惹你，她們都是無辜的。你不能因為自己有殘缺，就把帳算在所有青樓女子身上吧？」

「你閉嘴！」裴墨大喝一聲，像是一頭發狂的野獸，只剩下宣洩的本能。「她們都該死！這些女人沒一個好東西！她們天生就是賤，不配活在這個世上！」

封上上從應青雲身後走出來。「所以你承認是你殺了她們？」

也許是知道自己接下來要面臨的處境比死還讓人不能忍受，裴墨突然呵呵笑了起來，笑得讓人頭皮發麻。

他笑了好一會兒才停下來，全無偽裝和抵抗地承認。「對，是我殺的，我要殺死這些勾引男人的賤女人，讓她們再也不能去害別人！」

封上上嘆了口氣，靜靜地退開，接下來就沒她什麼事了。

應青雲問道：「你一共殺了多少人？」

提起這個，裴墨的情緒立刻好轉起來，笑著說道：「九個。」

「最早的一個是誰？」

「第一個啊……」裴墨嘴角勾起，搖了搖頭。「叫小桃兒，是萬春樓裡有名的頭牌呢，可惜啊……」

應青雲問道：「可惜什麼？」

「可惜是個蠢貨。」裴墨撣了撣衣襬，乾脆一屁股坐在地上，擺了個最放鬆的姿勢。吳為正要動手讓他跪好，卻被應青雲抬手阻止了。

見狀，裴墨笑意加深，手肘杵在膝頭，以手支撐住下巴，嘴角挑起嗜血的笑意道：「我去參加商行聚會，有個藥材商與我相談甚歡，他從青樓裡贖了個妓女，要帶回家當姨娘。那賤人仗著自己有幾分姿色，不停地撒嬌賣癡，讓人倒盡了胃口，偏偏她還覺得自己魅力無邊，趁著我去如廁時偷偷跟出來，想勾搭我，呸！

「吃著碗裡的還看著碗外的，這樣的女人活在世上就是浪費糧食，所以我順著她的意思答應下來，讓她晚上偷偷跑來找我，說等風頭過去了就娶她為妻，結果這女人竟然就這麼信了，照著我說的去做。」

應青雲又問：「然後呢？」

「然後你們不是都知道了？」裴墨攤了攤手，顯得很愉悅。「這種罪孽深重的女人在佛祖面前懺悔著死去，才是最好的歸宿。」

在場眾人都忍不住罵了一句「瘋子」。

他的確是個瘋子，一個五年間連殺九人的瘋子。殺人在他眼裡不是罪惡，反而成了贖罪，他在其中尋找快感，讓殺人變成一場遊戲。

案件真相大白，九具屍骨都是青樓女子，她們被贖走後都去參加了商行聚會上被裴墨相中。

裴墨先是在這些女子面前狀似無意、實則有意地展示了他的相貌、財富以及無妻無妾的優點，吸引住她們的注意後，提前離席，再從後門偷偷進入莊子，在女眷的必經之路製造偶遇，表示自己對對方一見傾心，願意帶她回家，一輩子只疼愛她一人。

想到如此優秀的男人看上自己，這些女子便迷失了自我，最終心甘情願地跟他走，然後在滿心歡喜中陷入這輩子最黑暗的地獄。

虹影也一樣，自以為她是裴墨心中特殊的那一位，卻不知她只是他眾多獵物中的一個罷了。

案子正式宣告破案，連續忙碌了多天的衙役們歡呼雀躍，眾人雖然疲倦，但眼神中滿是興奮。這是他們在衙門當差以來破的最大案子，從前可都是來一天、混一天，哪能想到有本事抓到這樣凶殘的殺人犯呢？

日子真是不一樣了啊！

吳為卻顧不上高興，有個問題他從剛剛審問時就憋在心裡了，難受到不行，這會兒終於忍不住問了出來。「大人，您怎麼知道裴墨當年被下了那種藥，現在不能人道了呢？」

當年裴家請的是江湖游醫，現在壓根兒找不到人，在裴家伺候的老人都一無所知，大人怎麼可能知道這些呢？

應青雲握拳抵在唇邊輕咳一聲，用眼神示意他看封上上。「這個問題你該問封姑娘。」

吳為疑惑地看向封上上，等著她解惑。

封上上聳了聳肩，道：「猜的。」

吳為一愣，眼睛都瞪大了。「猜的？封姑娘別逗人了。」

「我可沒逗你啊，真是猜的。」她將雙手背在身後，邊走邊道：「當年裴墨被下藥，裴家只請了江湖游醫，並將病情瞞得密不透風，這說明裴家不想讓人知道裴墨得了什麼病，這種病肯定難以啟齒，甚至會損及家族顏面。

「在裴墨離家後，他父親竟然真的不管這個兒子了，就算再不喜歡他，那也是能為家族傳宗接代的兒子，正常情況下不至於這般，這表示裴墨的病讓他父親決定放棄他。

「所以我就想，什麼病會這麼嚴重，必須死死捂著不讓人知道呢？什麼病能讓親爹放棄不管？又是什麼病，會讓裴墨二十好幾的人了，既不娶妻也不納妾，連女人都不沾呢？」

說到這裡，封上上回頭一笑，看著此刻在場的男子們，問道：「身為男人，最損及顏面、難以啟齒、久久不能釋懷的病，還能是什麼？」

應青雲再次輕咳一聲，沒有說話。

吳為尷尬地撓撓頭，不得不承認只有「那種病」才符合上述所有猜測，他怎麼就沒想到呢？

他又問道：「可這畢竟是您的猜測，萬一錯了怎麼辦？」

「錯了就錯了嘛。」封上上毫不在意。「我就是試探一下，能戳中他死穴最好，戳不中也還有辦法，只要派人盯著他，遲早能抓到他當場行凶，因為他是個變態，無法控制自己下半輩子不殺人。」

還能這樣？吳為不禁對封上上佩服得五體投地。

解釋完畢後，封上上抬頭看了看窗外，連忙對應青雲道：「大人，暫時沒什麼事了，卑職先去飯堂了啊。」

「嗯？」應青雲觀察了一下天色，提醒道：「還沒到飯點。」

「就是要早點去，遲了就來不及了。」封上上擺擺手，急急忙忙跑了。

吳為道：「封姑娘估計是餓了，想早點去等飯吃吧。」

雲澤一臉難以置信地張了張嘴。「也不用這麼積極吧，方廚娘的飯她還沒吃夠啊，我都快吃吐了。」

同樣快吃得吐了的吳為不由得感慨道：「封姑娘不挑食，真好養活。」

雲澤輕哼一聲，忍不住抱怨。「什麼時候能換換花樣啊……」

吳為鬱悶地小聲嘀咕。「你才吃了多久啊，我們都吃了好幾年同樣的菜了。」

「嘶——」雲澤感覺牙都疼了。「你們就沒想過換個廚娘?!天天就那幾樣菜來回做，再好吃也吃不下去啊。」

吳為嘆了口氣，小聲道：「方廚娘是一個衙役的娘，那衙役在一次辦差中不幸身亡，方廚娘早年喪夫，就這麼一根獨苗還沒了，當時她差點想不開，我們好不容易才勸住的。兄弟們可憐她，心想不能讓她一個人這麼過日子，就讓她來衙門做飯，好歹有活下去的動力。」

雲澤沒想到事情是這樣，嘴裡的抱怨一下子嚥了下去。

應青雲道：「雲澤，慎言。」

雲澤連忙點頭道：「小的知道，再也不提了。」

此時，作為吳為口中「不挑食，好養活」的封上上，一溜煙地跑到廚房，恰好見到方廚娘帶著小丫頭出門，看樣子正要去買菜，不由得鬆了口氣。

幸好還來得及，不然今天中午又要吃同樣的菜了。第一天是那幾道菜，現在桌上還是熟面孔，她都快吃吐了。

封上上終於明白第一天去飯堂吃飯時，吳為他們給她的眼神是什麼意思了，那是一種「妳多吃一陣子就知道，永遠只有這幾個菜」的意思。可惜當時她不明白，如今只剩淚兩行啊。

對於一個吃貨來說，這簡直不能忍，但前陣子一直忙著查案，沒時間好好祭拜一下五臟廟，現在案子已破，當然不能繼續憋著了。

今天必須換花樣！

方廚娘看到封上上來了，很是驚訝。「封姑娘怎麼來了？飯還沒好呢。」

封上上道：「我跟妳們一起去買菜。」

方廚娘連忙擺手。「使不得，買菜這事情哪能煩勞您呢，姑娘是不是餓了？您等一等，我盡快回來做飯。」

「我正好沒事，想著去蹓躂蹓躂呢，走吧走吧。」封上上挽住方廚娘的手臂往前走，不給她任何拒絕的機會。

方廚娘掙脫不開，只好作罷，帶著封上上與小丫頭一起去集市。

到了集市上，正好看到有賣黑魚的，又肥又大，活蹦亂跳的，嗯，來五條；排骨不錯，來五斤；這萵苣也鮮嫩，可以來一點。

方廚娘看封上上一口氣買了那麼多菜，傻眼了，為難地說道：「封姑娘，您拿的這些東西，我、我沒料理過啊，做出來不好吃的。」

封上上笑笑。「沒事，我知道怎麼做才好吃，我教妳，咱們換換口味嘛。」

方廚娘一聽馬上不吭聲了，她也知道自己就那幾樣菜拿得出手，其他的真不行。

買完菜回到衙門，封上上便興致勃勃道：「今天咱們做個糯米排骨，這些黑魚就用來做酸菜魚，廚房裡不是有不少酸菜嗎，正好拿一點出來，至於萵苣，很簡單，切成絲涼拌就成。」

封上上說的這些菜方廚娘聽都沒聽過，更別提做了，她兩眼一抹黑，不知道如何下手，都快急哭了。「我、我不會啊，封姑娘。」

「我會，我教妳。」封上上立刻口頭指揮起了方廚娘。「這糯米排骨呢，首先要把排骨切成小塊，加入料酒、蔥、薑、醬油、鹽，然後醃製一刻鐘，接著裹上泡好的糯米，放在蒸籠裡蒸就成了。至於這酸菜魚啊，先將黑魚片成片……」

封上上說得頭頭是道，雙手卻絲毫未動，不是她懶，而是她手殘。

認識封上上的人都知道，她平生有兩大愛好，一個是吃，另一個是看美食節目。她記性好，能將各種美食的做法完整記下來，還可以說得口沫橫飛，不幸的是，一到動手環節她就廢了，完美地應證了那句話：一看就會，一做就廢。

朋友們都勸過她，讓她這輩子動口就好，千萬別動手，因為怕她把廚房給炸了，毀了她那張花容月貌的臉。

所以此刻封上上很識趣地沒動手，只把每個步驟詳細地跟方廚娘解說。

方廚娘雖然會做的菜不多，創新能力不行，但動手完全沒問題，在封上上的指導下，她每一步都做得很好，結果當然不用說——很完美。

到了午時，衙役們一起往飯堂走，明明剛破了大案，興致卻低落不少，對吃飯這件事提不起半點興趣，畢竟天天都吃那麼幾樣菜，很難讓人有所期待。

然而，今日在踏進飯堂之前，大家同時聞到了一絲異常的香味，非常陌生，卻很誘人。

六子一下子瞪大了眼睛。「我怎麼感覺今天的菜味道不對？」

吳為吸了吸鼻子，瞬間驚喜不已。「換菜了！」

衙役們一聽，眼睛都亮了，紛紛往裡面跑，到了飯桌前一看——嘿，還真的換了菜色，三道完全沒見過的料理正散發著無與倫比的香味，一個勁地往他們鼻腔裡鑽，讓人忍不住嚥口水。

「方廚娘，今天怎麼換菜了，好香啊！」吳為激動得眼淚都要流下來了。天可憐見的，他們終於在飯堂看到新菜了，太陽是打西邊出來了嗎?!

方廚娘不好意思地搓搓手。「今兒個的菜是封姑娘教我做的，可香了。」

「封姑娘，您真是大好人！」

眾人不約而同地將視線投向封上上，看著她的眼神簡直像是在看救世主。

吳為恍然大悟地拍了下大腿。「封姑娘您剛剛跑那麼快，就是為了來廚房做菜？我還以為您是餓了呢。」

封上上哈哈一笑，招呼大家趕快吃飯。

大夥兒聞言紛紛動起筷子，迫不及待嚐一嚐新菜的口味。

第十七章　亂點鴛鴦

菜一入口，大家先是一愣，隨後同時加快搶菜的速度，生怕搶慢了就沒了。

吳為驚嘆道：「這魚好嫩啊，滑滑的，還沒有刺，真好吃，我沒吃過這麼好吃的魚！還有這酸菜，吃起來特別開胃！」

「這排骨也好吃，黏黏糯糯的，真下飯。」雲澤低頭扒了一大口飯，扒完了才又道：「這萵苣既鮮脆又爽口，第一次知道萵苣能涼拌，而且還這麼好吃。封姑娘，原來您手藝這麼好啊！」

「我手藝可不行。」封上上不敢居功。「就是記了不少菜譜，菜是方廚娘親自做的。」

「也行、也行。」雲澤趕忙道：「那您以後多跟方廚娘說說菜譜，這樣咱們每天都能多吃碗飯，更有幹勁。」

周圍的衙役們一聽，全轉過頭用期盼的眼神望著封上上。

封上上覺得有點好笑，故意道：「我的菜譜可是獨門秘方，不能輕易外傳，不過呢，以後但凡我們破了一個大案，我就傳授方廚娘幾道新菜。」

六子「哇」了一聲，立刻接話。「那明天就再來個案子吧！」

吳為迅速地朝他後腦杓賞了一巴掌。「你個臭小子胡說什麼呢?!」

六子立刻抱頭認錯。「我錯了、我錯了，不要案子、不要案子！」

眾衙役哈哈笑了起來，就連應青雲也勾起了嘴角。

這頓飯眾人吃得格外香，吃到最後，方廚娘準備的米飯根本不夠，一個個壯漢望著空空如也的飯桶悲痛欲絕，弄得方廚娘差點以為自己淘米時米放少了。她明明按照大家平時的飯量煮啊，平時都會剩下一點的，哪想到今天會不夠吃呢？

唉，著實是封姑娘教她做的菜太好吃了。

午飯結束，大夥兒一個個挺著肚子走出飯堂，臉上的笑容格外燦爛。

吳為真心覺得封上上來這裡任職簡直是天賜的禮物，她不僅幫忙破了大案，還提供嶄新的菜譜，他感嘆道：「封姑娘，您來咱們縣衙真是太好了！」

六子點頭附和道：「對！這次的案子要不是有封姑娘在，咱們可能猴年馬月都破不了案。」

「咳——」旁邊立刻有衙役用手肘頂了頂六子，示意他知縣大人還在場呢，說這話的意思，不就是指若沒有封姑娘這個仵作，知縣大人便沒那個本事破案嗎？簡直打知縣大人的臉！

六子這才反應自己說錯話了，結結巴巴地補救起來。「卑卑……卑職不是那個意思……大人斷案厲害，封姑娘更厲害……啊不，封姑娘驗屍厲害，所以大人斷案才厲害……不！不不……」

他越說越不對勁，整個人頭頂都快冒煙了，看都不敢看應青雲一眼，心想自己肯定完了。

沒想到應青雲卻輕笑了一聲，絲毫沒有不悅。「的確，這次的案子封姑娘厥功甚偉，沒有封姑娘，案子不會破得這麼快。」

封上上沒想到應青雲這樣內斂少話的人也會這麼誇讚人，下意識地開玩笑道：「那立了功有沒有什麼獎賞啊大人？」

這是她以前在市刑警大隊養成的習慣，一遇到大案，大隊長恨不得將他們當畜生使，大家忙起來把辦公室當家是常有的事，一個個熬得眼睛通紅、不成人形，所以每次破案後他們都會搶著討獎勵，其實就是想讓大隊長給自己放兩天假，好回家睡個飽。

現在來了這裡，從前說慣的話脫口而出，封上上講出來才發覺不太妥當，立刻改口道：「哈哈，卑職是開玩——」

話還沒說完，應青雲便道：「有賞。」

「啊？」封上上愣住了，眨巴著眼睛看他。

應青雲眼中閃過一抹笑意，輕聲道：「跟我到書房領賞。」

嗯？還真有賞？難不成要給我銀子？

封上上跟在應青雲身後邊走邊想，雖然她本意是想放兩天假，但要是給獎金的話那真是賺到了！

進了書房，應青雲從櫃子裡拿出一個木盒遞給封上上，嘴角微揚。「妳的獎賞。」

那是個黑木盒，上面雕刻著樸素的花紋，整體只有巴掌大小，不像是裝了很多銅板，難不成裡面是碎銀子或銀錠子？

天啊，新上司不會真的一高興就賞人錢吧？這是什麼絕世好習慣啊！

封上上的心臟狂跳起來，她忍不住嚥了口口水。「那麼大人……卑職就不跟您客氣了。」

她罪惡的手伸出去接過了盒子，可一入手便感覺輕輕的，裡面似乎沒裝任何東西。

封上上心中有點猶疑，難道這不是銀子？

「大人，卑職能打開看看嗎？」

應青雲唇邊的笑意更甚，她不知道她剛剛的表情把心裡的話全寫在臉上了，莫非她以為裡面是什麼金銀珠寶不成？

他輕聲道：「恐怕要讓妳失望了。」

「啊？不失望、不失望。」封上上心想：就算你送我一根草，我也不能表現出失望啊。

說完，她慢慢打開盒子，就見一副淡藕色的膠皮手套靜靜地躺在盒中。這手套跟現代的橡膠手套有五、六分相似，雖沒有那麼精緻輕薄，卻是這個時代難以見到的。

封上上驚訝又驚喜地看向應青雲。「大人，您哪兒來的手套？」

見她喜歡，應青雲嘴角輕勾，語氣卻淡淡的。「偶然從一商戶手中獲得。」

雲澤在一旁聽得暗自搖頭，心道自家少爺這從不居功的毛病自小到大都改不了。明明是本地商戶紛紛攜禮前來拜訪，想跟知縣大人打好關係，但少爺一一推拒，半份不收，唯有看見這副膠皮手套時，卻突然花大錢從商戶手中買了過來。

這副膠皮手套花了少爺整整半個月的俸祿，讓他這小廝心疼得幾晚沒睡好覺。剛開始他還納悶呢，不明白少爺為什麼要花那麼多錢買這麼一副奇怪的手套，沒想到是送給封姑娘的。然而少爺對身邊的人一向很好，加上封姑娘這次立了這麼大的功，確實值得。

封上上倒是沒想到價格這件事情上，她的興奮之情溢於言表。「謝謝大人，這個東西對卑職太重要了，驗屍的時候戴正好。」

應青雲莞爾。「只要妳別失望便好。」

「不失望、不失望！」這次封上上的回答很真心實意。在這個時代，這玩意兒可比銀子值錢多了，就算她有銀子，也難得見到這種手套啊！

捧著這雙手套，封上上走路都帶風，婉拒雲澤送她回家之後，直接從衙門小跑著返回柳下村，一點都不覺得累。

然而，才剛進村，封上上的好心情就夭折了。

董涓站在大樹底下，伸著脖子朝路口不停張望，看見封上上回來，眸光先是一亮，繼而表情便轉為淒切。

顯然，董涓是特地在這裡等封上上的。

封上上也看到了她，腳步一頓。每次見到董涓時，她的心情都很複雜，不知道能跟她說什麼，比見到陌生人還尷尬，想了想，乾脆當作沒看見，邁開步子往村尾走。

「上上——」董涓本還等著封上上主動打招呼，哪想到她就跟沒看見自己一樣，不由得急了，小跑過來，一把拽住她的袖子，眼眶紅了起來，責怪道：「妳這是連娘都不想認了？」

封上上抿了抿唇。「您找我什麼事？」

董涓用手背擦了擦眼淚，略帶責備地說：「妳這孩子說不回家就真不回家了?!以前怎麼沒發現妳氣性這麼大？」

封上上不說話。

見她似乎無動於衷，董涓又急切道：「妳一個姑娘家，住在外面娘哪能放心，這些天娘總是念著妳呢，晚上都睡不好，可別再讓娘擔心了，趕快跟娘回家吧。」

封上上笑笑地說：「我跟他說過了，以後互不相干，我回去幹什麼。」

「妳爹那天就是說氣話，妳怎麼當真了呢？」董涓語氣放軟，哄道：「妳回去服個軟、道個歉，妳爹不會跟妳計較的，他畢竟養了妳不少年，有感情。」

「呵！」封上上氣笑了。「他不跟我計較？他不計較我計較！我給他們家做牛做馬多少年，他們家是怎麼對我的？我賤嗎？還求著他讓我回去？就是他來求我，我也不回去！」

「妳——妳這孩子怎麼這麼說話?!」

「停停停，您別再說了。」封上上抬手阻止董涓繼續勸說，道：「我住在朱奶奶家，平時飯能吃到飽、覺能睡到好，不用下地幹活，也不用累死累活做家務，更不用天天去殺豬，我真的過得很自在，您為什麼非要我回去給他們幹活？難不成見不得您女兒過好日子？」

董涓身子一僵，臉上一陣難堪，過了好一會兒才帶著哭腔道：「娘知道妳是在怪娘，都是娘沒本事，這麼多年讓妳受委屈了，但妳是娘身上掉下的一塊肉，娘最疼妳，不然當初也不會拚死帶著妳改嫁，別跟娘生氣好不好？娘都跟妳爹說了，他也同意了，說以後會對妳好點的，就跟娘回家吧，啊？」

封上上探究地看了董涓幾眼，突然笑了，問道：「其實今兒個不是您想叫我回去吧，是不是封天保鬆口了，主動讓您來叫我回家的？」

董涓很明顯不自在，又像往常一樣輕打了她手臂一下。「妳這孩子怎麼能叫妳爹大名呢，沒大沒小的！妳爹也是不放心妳，才主動叫娘讓妳回家，所以妳別擔心了，趕快去收拾收拾，跟娘走吧。」

封上上嘴角扯起一抹嘲意。「這話您自己信嗎？以為我是傻子？難道不是封天保聽說我在縣衙裡謀了職，跟知縣大人說得上話，每月還有月銀，這才讓我回去的？他是不是還想讓我把賺來的錢交給他啊？」

董涓的臉色一陣青、一陣白，卻還是強笑道：「我……妳、妳這丫頭說什麼呢，妳爹、妳爹不是那樣的人。」

「呵！」封上上覺得自己挺倒楣的，看來她兩輩子都沒福分享受父母無私的愛了。「行了，我們彼此都清楚他叫我回去為的是什麼，您就不要再自欺欺人了，也別再為了討好丈夫委屈自己的女兒。我現在過得很好，您要是對您的孩子還有一分心疼，就不要再來這裡當說客，試圖讓我回去了。」封上上看著董涓，很認真地說：「行嗎？」

董涓一張臉瞬間刷白，嘴唇顫抖，淚珠一顆一顆往下滴落，再也說不出一句話。

封上上不由得感到心酸，她捂了捂胸口，硬著心腸轉身離開。

難得見封上上回來得這麼早，朱蓮音很開心，看著她心疼地說道：「瞧妳，整天忙得見不著人，都瘦了。」

封上上將方才的壞心情全部拋開，笑嘻嘻地拉住她的手。「您可別瞎說，我這段時間最起碼長了十斤肉。」

這話還真不假，這段時間在家吃得好，在衙門也吃得飽，非但不用再挨餓，也不用每天付出那麼多體力勞動，原本瘦巴巴的身體漸漸豐盈起來，比之前好看多了。

朱蓮音瞅了瞅封上上，又捏捏她的手臂，搖頭道：「還是太瘦了，再長胖點會更好，得補補才行，我去給妳燉個湯。」

「奶奶，您這是要把我養成豬啊。」朱蓮音不樂意了。「豬怎麼不好了？白白胖胖的多好看，男人就喜歡白白胖胖的媳婦，有福氣。」

封上上察覺她的話頭不對，識相地閉了嘴。

然而朱蓮音卻不放過她，一邊做飯、一邊道：「衙門裡面是不是有很多小夥子啊？」

封上上低頭含糊地應了一聲。「也沒多少人。」

朱蓮音當作沒聽見這話，自顧自地說：「在那裡當差挺好的，吃公家飯，別人不敢欺負妳，每個月還有固定的月銀，養得起家。」

封上上恨不得把頭埋到地下。

「妳要多在衙門裡瞅瞅，遇到好小夥子可不能害羞，說幾句話還是可以的，到時候兩人一起當差，多配啊！」

封上上無奈地看著她。「奶奶，這種事情得順其自然，您別急。」

「怎麼能不急？」朱蓮音滿臉寫著憂心。「妳都快二十歲了，村裡這個年紀的姑娘都是幾個孩子的娘了，就妳還沒著落，妳那個娘靠不住，我要是再不著急，妳就要當老姑娘了！」

封上上心想，不到二十歲，還是個孩子呢……她突然心疼起了自己。

朱蓮音突然「咦」了一大聲。「我看上次那個小夥子就不錯，叫什麼澤還是什麼的，我記不清了。他長得挺清秀，年紀也不大，又跟在知縣大人身邊辦差，要不然下次他再送妳回來時，請他來家裡坐坐？」

封上上差點被自己的口水嗆到，她和雲澤？奶奶在亂配什麼對喲！

她趕緊打斷朱蓮音的幻想。「奶奶您就別瞎說了，我和雲澤怎麼可能嘛。」

「怎麼不可能？」朱蓮音板起了臉。「難道那個雲澤已經成婚了？妳可別糊弄我！」

封上上回道：「這倒沒。」

「那有什麼不可能的！我看你倆很配，年紀差不多，都未成婚，也在衙門當差，天天能在一起工作，多好啊！」

封上上冷汗都要流下來了，趕忙指著鍋子說：「快快快，菜要燒糊了，趕緊鏟起來。」

朱蓮音一看，趕忙把菜鏟起來，這麼一通忙活，便沒再繼續原本的話題，讓封上上鬆了口氣。

然而，這口氣沒鬆太久，第二天，話題的主角就出現在了朱家門口。

雲澤從馬車上下來，沒看到封上上，只瞧見朱蓮音在院子裡掃地，於是敲了敲門，很禮貌地問道：「奶奶，請問封姑娘在嗎？」

聞言，朱蓮音直起腰，看到來人是雲澤，眼睛立刻一亮，趕忙放下手裡的掃帚就要拉他。「小夥子是你啊，你是來找我們家上ㄚ頭的？快進來喝杯茶，有沒有吃飯啊，沒吃的話家裡有，吃頓飯再走吧。」

雲澤覺得這老太太對他熱情得過火，很莫名其妙，他架不住這般盛情，一邊擺手、一邊道：「不了不了，謝謝奶奶，我吃過飯了，封姑娘在嗎？衙門裡有事找她。」

「哦哦，有事啊，上ㄚ頭在後院幹活呢，馬上就來。」

其實封上上還在睡懶覺，連早飯都沒起來吃，抬著屁股一覺睡到現在，但朱蓮音不敢照實說。

哪個男人會娶這樣的懶婆娘啊，她不想給雲澤留下封上上很懶惰的印象，於是撒了個小小的謊——嗯，善意的謊言。

朱蓮音趕忙去房間裡將還在呼呼大睡的封上上給拉起來，拍拍她的屁股。「快起來，那個雲澤來接妳了，趕快收拾收拾，別讓人家久等！」

封上上迷迷糊糊地睜開眼。「雲澤？他怎麼來了？」

「說是衙門有事找妳。」

有事？肯定是有案子了！封上上瞬間清醒，趕緊從床上蹦起來，用最快的速度穿好衣服、漱洗完畢，急急忙忙地跑出去，鞋子都差點踩掉了。

「怎麼了？是出案子了嗎？」

雲澤好笑地搖搖頭。「別急別急，不是案子，是城中的盧員外一大早就來衙門找您，很急的樣子，已經等了好半天了。」

封上上聽了一愣，她不認識什麼盧員外啊！

「有沒有說找我什麼事啊？」封上上問。

雲澤搖搖頭。「沒說，不過應該不是壞事，我看盧員外的態度挺客氣的。」

像這樣的地主豪紳，平日根本不將衙役們放在眼裡，但今兒個盧員外的態度卻很不錯，親自上門來不說，還耐心等了這麼久，肯定不是找麻煩。

封上上想不通是什麼事，但也不敢耽誤，直接跟著雲澤走了。

待封上上進了衙門，便看到應青雲也正好過來，兩人一同進了堂廳。

一進去便見椅子上坐著一名中年男子，面容憔悴，臉上滿是憂愁——這人應該便是盧員外了。

盧東原看到他們進門，立刻站起來，主動向應青雲行了一禮。「大人有禮，盧某今日叨擾了。」

應青雲回道：「盧員外不必如此客氣，有什麼話直說便是。」

盧東原微微訝異，倒不是這話本身有什麼問題，而是這乾脆俐落的說話方式讓他很不習慣。

他跟之前的知縣大人沒少打交道，那位寧大人是位打太極的好手，若有事求助他，他得先跟你說半個時辰的閒話，反正就是不急著進入正題，直到你許諾足夠的好處，他才會笑呵呵地說一句。「你今日來有何貴幹啊？」

本以為換了個知縣大人，作風應當差不多，他都想好了要許什麼好處了，哪想到這位年輕又俊美得過分的大人一開口就直奔主題……難不成是之後才會要好處？

第十八章　額外差事

內心尋思著，臉上卻半分不顯，盧東原恭敬道：「大人，在下今日來是有事相求，聽聞衙門新招的仵作有大本事，能恢復死者生前的面容，在下的二兒子……」

說到這裡，盧東原不禁哽咽了一下，才繼續說道：「他前些日子替在下去江南談生意，不料回來途中遇到暴雨，土石崩落，那孩子就……就被壓在了泥石之中，在下帶人挖了好久才把人挖出來，可……」

盧東原說不下去了，但封上上聽懂了他的未盡之意。遭遇土石崩落，絕對是沒命了，而且屍體的面容肯定很糟糕。

她不由得瞅了應青雲一眼。

剛才兩人一道走過來時他就猜到了，看來是知道此事的。

應青雲的確有所耳聞。之前隔壁州連續下了幾天暴雨，多處河川暴漲、土石崩落，不少老百姓因此喪命，又聽聞盧員外在辦喪事，好像是某個兒子出了事，兩件事一結合，就猜出了那麼點端倪。

封上上已經了解盧員外想讓自己幹什麼了，不過她倒是挺好奇的，她就是為那名叫虹影的姑娘修復過一次面容，也沒外傳，怎麼連盧員外這樣的人都聽說了呢？

顯然，封上上是低估了這個時代人們的八卦心理了。

盧東原穩定了一下情緒，繼續道：「白髮人送黑髮人本就是悲劇，結果還要看著兒子面目全非地下葬，在下的夫人受不了，差點哭瞎雙眼。她怎麼都捨不得兒子，想再陪陪他，可天氣熱了，就算用冰凍著我兒的屍體，也堅持不了多久，再不下葬就不行了。

「在下聽聞衙門新招的仵作可以恢復死者生前的面容，所以今日特來相請，想讓這位仵作幫幫忙，好歹讓我兒完完整整地去地下，也讓在下的夫人好好見他最後一面。」

「節哀。」應青雲安慰一句，便將目光投向封上上，讓她自己決定答不答應。

盧東原並不知道封上上就是那新招的仵作，見應青雲不說話，以為他是不願意，立刻道：「大人放心，只要能恢復我兒的面容，在下必定重禮答謝。」

聽到盧員外這麼說，應青雲皺眉——這話說得好像他在要好處一般。

看他皺起眉，盧東原又會錯了意，以為這位大人不愛聽籠統的話，於是立刻改口道：「只要恢復我兒的面容，在下便送白銀三百兩當作謝禮，另外，之前大人說要創辦幼餘堂一事，在下也鼎力相助，絕不含糊！」

封上上先是被白銀三百兩給驚得瞪大眼睛，又聽到鼎力相助幼餘堂之事，立刻大叫道：「願意，我願意！」

盧東原愣住，詫異地望向封上上，不確定地問道：「這位是……」

應青雲介紹道：「這就是衙門新招的仵作，姓封。」

「啊？這……」盧東原看著封上上嬌俏的臉，著實吃了一驚。他只聽說衙們新招了一個仵作，但沒說是女子，而且還是個這麼年輕漂亮的小娘子。

這麼年輕，還是個女子，真有那本事？

封上上不顧他的吃驚，道：「盧員外，您的事情我答應了，賞銀什麼的我不要，但幼餘堂一事，還望盧員外盡心。」

幼餘堂是應青雲上任之後提出要建立的善堂，專門收留那些無父無母、流落街頭的孤兒。封上上聽雲澤提起過，也曉得應青雲遭遇了多少阻礙。

西南地區本就經濟落後，老百姓貧窮困苦，再加上昏官當道，賣兒賣女這種事並不稀罕，街頭的孤兒更是隨處可見，許多小孩穿著破爛的衣服在街頭乞討，甚至從別人家的垃圾裡翻吃的。

這種情況本地人習以為常，但應青雲卻有了想法，他想創辦一個收容這些孩子的善堂，請老師教他們些本領，不管是讀書也好、學著當帳房也罷，甚至是做木匠，只要有一技之長，總不至於流落街頭。

這個想法很好，實行起來卻很困難。創辦善堂首先需要場地，其次要有大量的銀錢，憑著應青雲那點微薄的月銀，基本上不可能實現，所以他便想找本地的富豪鄉紳們捐款籌建。

然而，這些富豪鄉紳都是無利不起早，沒有利益的事情，想讓他們白白出錢比登天還難，所以此事進展得並不順利。

沒想到打瞌睡卻恰好碰上了來送枕頭的人！雖然這種事不給錢封上上也會幫忙，但能促成幼餘堂建立，實在是意外之喜。

封上上十分心動，她很同情那些孤兒，想為他們做點什麼，但她才剛剛能負責自己的溫飽，能做的十分有限，今天遇到這樣的好事，她怎麼可能不答應？

就算盧員外的兒子碎成了一灘肉泥，她也要讓他恢復如初！

應青雲看向封上上，眼神是他自己都不知道的溫柔，他默默地看了好一會兒，才對盧員外道：「這位封仵作的確能恢復死者生前的面容，既然她答應了，盧員外便不必擔心。」

知縣大人竟然對這位姑娘如此有信心？

盧東原本隨便聽了那麼一嘴傳聞，其實心裡有八分不信，但親兒子樣貌全毀地躺在那裡，他這個當爹的太心痛，想再為兒子做點什麼，所以死馬當活馬醫，親自上門來請這個傳說中的仵作。

見到封上上本人時，盧東原內心的不信任瞬間從八分擴大到十分，可沒想到這位話並不多的知縣大人竟誇下海口，莫不是傳言屬實，這位仵作真有此等本事？

盧東原思緒翻騰，朝封上上行了一禮，十分尊敬地說道：「那就麻煩封仵作了，在下不勝感激。」

封上上不浪費時間，立刻跟著盧員外返家，應青雲則派雲澤跟著她打下手。

到了盧府，只見門上貼著白色對聯，白幡高懸，屋簷下懸掛白燈籠，所有人皆身穿孝服，整個府中被一股沈重的氣壓所籠罩。

盧東原帶著封上上進了擺放棺木的靈堂之中，靠著棺木默默流淚的婦人見到他們，立刻踉蹌著爬起來，抓著盧東原的袖子哭道：「找到人了嗎？可以恢復我兒容貌嗎？」

只見盧東原安慰地拍了拍她的背。「別哭，找到了，就是這位封仵作。」

盧夫人一看到封上上，不禁面露詫異，然後便是懷疑，她正要說什麼，卻被盧東原打斷。「這是知縣大人親自派來的，封仵作雖年輕，卻有真本事。」

聽他這麼說，盧夫人嘴裡的話便嚥了下去，她努力壓下所有疑慮和不安，緊緊拉著封上上的手哭求道：「好姑娘，求求您幫幫我兒——」

封上上點頭，語氣誠懇地道：「盧夫人放心，我一定盡力。」

「好了，就讓封仵作開始吧。」盧東原立即吩咐小廝準備封上上需要的東西，然後帶著封上上靠近棺木，看向躺在裡面的盧二少爺。

看得出來盧府給盧二少爺仔細打理過，臉上的血跡已經沒了，依稀看得出他原本的面容輪廓，可以想見，若是沒有這次意外，這本該是個俊朗帥氣的少年郎，可此刻卻毫無氣息地躺在這裡，實在令人惋惜。

盧夫人看著棺木中的兒子，又受不住哭了起來，盧東原怕她會影響封上上幹活，便讓丫鬟將她扶回房間休息，不過盧夫人怎麼樣都不願意，非要在這裡親眼觀看整個過程。

見狀，盧東原猶豫地徵求封上上的意見，封上上擺了擺手。「沒關係，不影響。」

「好好好，多謝您。」盧東原拉了拉妻子，勸道：「妳在這裡看著可以，但別哭了，不要影響人家。」

盧夫人立刻用帕子擦乾眼淚，努力憋住不哭。

封上上道：「有沒有盧二少爺生前的畫像？有的話拿一幅來，越像越好。」

盧東原立刻點頭道：「有，我們家每年都會請畫師來繪圖，在下這就讓人去拿。」

等丫鬟將畫像拿來，工具也備齊，封上上便洗淨了手，讓盧府的下人們將盧二少爺從棺木中抬出來，開始為他修復面容。

盧二少爺的臉被山石所壓，導致多處骨骼碎裂凹陷，所以最重要的就是將骨頭恢復原狀。能修復的，封上上便將骨頭恢復原狀；碎得太厲害、無法拼接塑形的，她便用石膏代替原本的骨骼，將凹陷處重新頂起來，好支撐住面部的皮膚。

骨骼修復花了大概一個多時辰，等全部修復好，封上上只匆匆喝了口水，便再次投入工作中，接下來縫合、遮蓋、化妝一口氣做下來，便過去了整整兩個半時辰。

她捶了捶痠痛的腰和手臂，看著盧二少爺恢復了原先八分的面容，很是欣慰，她退開兩步，讓盧東原夫妻看得更清楚。「盧員外、盧夫人，你們看這樣行嗎？」

盧夫人本來不太信任封上上，認為這麼一個年輕的姑娘家怎麼可能有此等手藝，可當她全程不錯眼地盯著，看封上上在兒子臉上縫縫補補、揉揉捏捏、塗塗抹抹的，見證毀容的兒子一點點找回原本的模樣，現在閉著眼睛躺在那裡，似乎只是睡著了一般後，不得不服。

她捂著嘴嗚咽一聲，再也忍不住嚎啕大哭，趴到盧二少爺身上緊緊地摟著他。「我的兒，我可憐的兒啊……」

盧東原比妻子冷靜一些，但此刻也渾身顫抖地看了自己兒子好幾眼，這才紅著眼對封上上深深鞠了一躬。「封仵作大才，請您受在下一拜！今日之恩，盧某銘記在心。」

「使不得！」封上上趕忙扶他站直。「舉手之勞，不必如此。」

盧東原深吸一口氣，馬上讓貼身小廝去拿了一張銀票以及一張地契交給封上上，道：「封姑娘乃盧家恩人，在下也不多說，這處宅子就在衙門附近，送給應大人辦善堂用，另外，這一千兩算是在下對那些孩子們的心意。」

封上上也沒客氣，接過這兩樣十分寶貴的東西，對盧員外福了一禮。「多謝盧員外，我替那些孩子們謝謝您，也會告訴他們盧員外的心意，讓他們永遠感念您。」說完便告辭。

盧府還要處理盧二少爺的身後事，也不便待客，隨即派人將封上上和雲澤送回了衙門。

他們剛一回到衙門，以吳為為首的衙役們就圍了上來，七嘴八舌地問起盧府的事情。

儘管他們已經親眼見過大體修復術的神奇之處，但還是充滿好奇，從封上上走了之後便一直抓耳撓腮的，這下可算把她給等回來了。

不必封上上說，雲澤就忍不住站出來替她宣傳了，他在盧府憋了一肚子的驚嘆無處發洩，此刻總算能一吐為快。「我跟你們說，那盧夫人剛見到封姑娘時，滿眼的懷疑，不用說我都知道她不相信咱們封姑娘的本事。」

衙役們搶著問——

「然後呢、然後呢？」

「快繼續說！」

「我跟你們說啊，這盧二少爺面部損毀的程度可比虹影還厲害，要修起來簡直難如登天，結果呢，咱們封姑娘照著他的畫像，就那麼捏捏補補的，嘿，一點一點地將盧二少爺的面容給恢復。別說盧員外和盧夫人，我在旁邊看著都覺得不敢相信，到最後，那盧二少爺的面容和生前基本無二，哪裡看得出死時的慘烈，當下盧夫人就受不住了……」

雲澤的口才實在了得，把一件普通的事情搞得跟說書一樣，聽得衙役們連連驚嘆、驚呼不斷，堪稱大型吹捧現場。

封上上尷尬地搖了搖頭，一轉頭就見應青雲站在所有人身後，也在默默聽著。

她高興地朝他走去，將盧員外給她的兩樣好東西拿出來，在他眼前獻寶似地晃了晃。「喏，知縣大人，這是盧員外給您的謝禮，這下子咱們的幼餘堂可以開起來，那些孩子也有地方住了。」

別以為她不知道，應青雲將不少沒生存能力的孩子安排在後衙住，用自己的俸祿養他們，可他那點俸祿並不多。

應青雲看看這兩樣東西，又看看她，沈默良久才道：「這是給妳的謝禮。」

「哎呀，什麼給我的，這是給孩子們的。」封上上將地契和銀票都塞進他懷裡，不容反駁地說：「快將那些孩子安置好才要緊，不管怎麼樣，每個人都得做件像樣的衣服，有個正經睡覺的地方。」

「妳……」拿著銀票和地契，應青雲第一次不知道說什麼，只覺得手上的東西異常滾燙，讓他一顆心都熱了起來。

「不要覺得不好意思嘛，卑職也想為那些孩子盡一份心意，您要是實在過意不去，就給卑職在宅子裡留個房間吧，卑職想帶奶奶搬到縣城住。您也知道，每天回村裡太遠了，遇到案子來不及趕到縣衙，會耽誤查案，要是住到這裡，以後有什麼事，卑職立刻就能趕到。」

應青雲抿了抿唇，點頭道：「好，我給妳收拾兩間房出來，一間妳住，一間給妳奶奶。」

封上上愉快地接受了，這裡以後那麼多孩子，熱鬧著呢，奶奶估計會很開心，偶爾還能幫忙給孩子們做點吃的，這樣她也不至於太閒，太閒了奶奶可是待不住。

事情就這麼決定了，應青雲馬上找人收拾起宅子，這宅子的位置好，地方也大，裡面的裝修不算舊，所以置辦點家具就能住人。除了給封上上祖孫倆的房間以外，還有十幾個房間，每間房能放五、六張床，可以收容一百多個孩子。

封上上立刻回到村中和朱蓮音說這件事，朱蓮音不同意，她一大把年紀了，肩不能挑、手不能提的，覺得自己去了會給封上上添麻煩，平時她在衙門已經很忙了，還要顧著她這個老的，豈不是要累倒？

「我不去，我在村裡住了一輩子，去別的地方不習慣，而且這裡還有雞、鴨在呢，我捨不得牠們，妳自己去住吧，有空了回來看看我就成。」朱蓮音一副捨不得離開的樣子。

封上上才不信她這話，她明白朱蓮音是怕拖累自己，於是摟著她道：「您可別以為您去是麻煩我，是我麻煩您才對。您不在，沒人給我做飯，也沒人給我縫衣服，更沒有人給我留燈，我一個人孤零零的，多可憐啊！奶奶，您不去我怎麼辦？我連飯都不會做呢！」

「這……」朱蓮音的態度一下子鬆動了，想起封上上只會靠嘴說的廚藝，還有她那一言難盡的女紅，立刻憂心起來。要是沒有她的照顧，這丫頭估計天天飢一頓、飽一頓的，衣服破了也不會縫，好不容易養起來的肉估計又要沒了。

看朱蓮音動搖了，封上上繼續勸說。「而且您不是老擔心我變成老姑娘嫁不出去嗎？您要是不去給我張羅張羅，我可就成了老姑娘中的老姑娘了。」

這簡直戳中了朱蓮音的死穴，她馬上想起自己還沒來得及請雲澤來家吃頓飯呢，要是搬去城裡的話，可以經常請那小夥子來坐坐，和封上上培養培養感情。

想到這裡，朱蓮音不猶豫了，當下就收拾起東西來。

第二天一大早雲澤就趕著馬車過來接人，一輛馬車裝不下朱蓮音跟封上上的所有家當，所以他把六子帶來了，六子也駕了一輛馬車。

朱蓮音看到雲澤就笑成了一朵花，從屋裡給他端來一盞茶，裡面竟然還泡著茶葉，她們祖孫倆從來不喝茶，封上上都不知道這茶葉是什麼時候買的。

為了她的終身大事，這老人家也是拚了。

「雲澤啊，辛苦你來給我們搬家，奶奶真的太不好意思了，你先喝杯茶潤潤嗓子。這茶是上丫頭給我買的，可香了，這孩子就是貼心，以後啊，對公婆肯定也是孝順到不行。」

封上上一臉無語，至於雲澤，雖然不明所以，但不妨礙他跟著誇讚。「是是是，封姑娘很好，既聰明又能幹。」

雲澤這麼一說，朱蓮音笑得更歡了，還道：「哎呀，叫封姑娘多見外，以後就叫上上，這樣親切。」

聞言，封上上差點沒當眾掀了朱蓮音的臺。

雲澤覺得這位老人家比上次更熱情了，不由得摸了摸自己的臉——難不成他英俊到這個地步了？

等東西都搬上馬車，朱蓮音竟然跑到雲澤趕的那輛馬車上坐著，和雲澤話起了家常。

「雲澤啊，你這麼一表人才，是不是早就娶妻了？」

「沒，我至今還未娶妻。」

「家裡人也沒給你定一個？」

「一直跟著我家少爺忙，沒心思想這個。」

「哎呀，不急不急，好的在後頭呢，你跟著知縣大人做事，肯定很多姑娘中意你。哦，奶奶冒昧問一句，你別介意啊。」

「奶奶您問便是。」

第十九章　醋意暗生

「聽上上說你一直跟著知縣大人，你是賣身給他了嗎？」

朱蓮音其實是想問雲澤是不是奴籍，要是奴籍，生出來的孩子也一樣，一家子都沒自由，那就要慎重考慮了。

雲澤哪裡想到她心裡這麼多彎彎繞繞，以為老人家年紀大了愛說話，一點也不計較，回答道：「我跟著爹娘一起伺候少爺，但是少爺心善，對身邊的人好，早就取消我們家的奴籍了。」

「那可好，大人也太慈悲了。」朱蓮音臉上笑出了一朵花，看著雲澤的眼神更滿意了。

聽著朱蓮音一句句打聽，封上上捂著臉，哭笑不得。這老人家真是絕了，怎麼跟自己的外婆一模一樣？外婆但凡見到市刑警大隊哪個小夥子，就悄悄盤問起人家，想為她配對，最後嚇得他們見到她外婆就跑。

朱蓮音感謝雲澤和六子幫她們搬家，執意留兩人下來吃午飯，兩人推辭不過，便答應了。

這讓朱蓮音非常高興，邁著俐落的腳步跑去買菜，做飯時還喊封上上幫忙，對此，她不忘對雲澤和六子解釋道：「我們上丫頭廚藝也不錯，每次做飯都要搶著幫忙，賢慧著呢。」

只會燒火和嘴炮的封上上心想：奶奶，您就不怕您這麼吹，以後露餡？

雲澤還沒說話，六子就一臉崇拜地搶著說道：「封姑娘的手藝的確好，上次還教我們的廚娘做菜，那味道好得能把人舌頭都給咬下來，封姑娘實在太厲害了，幹什麼都行！」

他雙眼晶亮，滿滿的讚賞和佩服，簡直是一個忠實的小迷弟，這讓朱蓮音異常開心，第一次將目光從雲澤身上轉向六子。之前她覺得這孩子瘦瘦的，長得也一般般，現在一看，也滿不錯的嘛。

封上上一瞧朱蓮音的眼神便全都懂了，只可惜她什麼想法都沒有。

祖孫倆就這麼在幼餘堂安頓了下來，封上上每日都能看到孩子們，心想要為他們多做一些事，思索過後，她找到應青雲，說道：「大人，跟您商量件事行不？」

應青雲看著她。「妳說。」

封上上嘻嘻一笑。「卑職想在幼餘堂後院闢出一塊給孩子們玩耍的地方。孩子們最大才十來歲，小的才三、四歲，整天學習，只怕坐不住呢。現在放了學，就幫忙大人掃地、做飯，但不能除了上課便是幹活，休息時間也得有個能放鬆的地方，孩子嘛，哪有不玩的。」

應青雲覺得這個說法頗為有理，便問：「怎麼個建法？」

封上上想到現代的遊樂場，說道：「要有幾架鞦韆，還要放一個大型的溜滑梯，再擺幾個搖搖馬，要是木匠能做出來的話，卑職還想要個旋轉木馬呢，到時候他們肯定樂死了。」

嗯，其實她自己也想玩旋轉木馬，雖然這時代沒電，但來個人力驅動的也不錯啊。

對於封上上嘴裡說的「溜滑梯」、「旋轉木馬」什麼的，應青雲完全不懂，她似乎總能說出一些奇怪又新奇的東西，讓人充滿好奇。

封上上乾脆跟應青雲說起這些遊樂設施的模樣，讓他根據敘述畫圖，應青雲的畫工了得，只不過改動幾次，畫出來的圖便跟實物一模一樣。

接下來封上上找了城中最好的木匠，花了十兩銀子請木匠帶著徒弟們上門親自製作，很快就做出了幾樣東西，孩子們高興得快瘋了，就連衙役們也大感驚奇，紛紛叫好。

「好是好，就是盧員外給的錢得花在刀口上。」封上上看應青雲，抿嘴一笑。「大人，還有沒有哪家要卑職去幫忙的啊？卑職義不容辭！」

應青雲彎了彎嘴角，略顯無奈地說：「妳以為天天都有人需要這種幫忙？」

封上上哈哈笑了起來。「開玩笑的，賺這種錢可不好，咱們幼餘堂還是要想辦法自給自足才行。」

吳為說道：「可幼餘堂裡都是些孩子，怎麼自給自足？總不能還讓他們出去乞討吧。」

本朝規定官員不許涉及商事，避免官員藉機斂財、貪污腐敗，當然，官員們的妻子嫁妝裡有鋪子也行，但必須在他們妻子名下，別說自家大人還未成親，就算他成了親、妻子名下有鋪子，他也不能用來營利。

封上上早就想好了。「我們的目的是教會孩子們生存技能，像是織布、紡紗、刺繡、木工、雕刻等，用他們做出來的東西換錢，就能自給自足。盧員外給的這些錢可以用來購買織布機、紡紗機等工具，再請不同的老師來教，到時候讓孩子們學習感興趣的技能便是。」

「對啊。」吳為一拍腦袋。「我怎麼沒想到呢？孩子們邊學邊做，做出來的東西還能賣掉賺錢，這再好不過了，封姑娘，還是您的腦子好使。」

封上上瞥了應青雲一眼，其實他應該也想到了，因為他前幾日就讓雲澤去請繡娘、木匠等人準備給孩子們當老師了。

大概是看他們前段時間查案太累，近幾天難得什麼事都沒有，封上上天天被一眾衙役們趕著去廚房教方廚娘做菜，犒勞兄弟們的五臟廟。

過了兩日，恰逢端陽節，是家家戶戶團圓的日子，這一天大家會插艾草、包粽子、戴彩繩、賽龍舟，好不熱鬧。

封上上一大早就帶著孩子們準備起來，蒸糯米、洗粽葉、編彩繩，好一通忙活，快到中午時，應青雲從外頭進來，後面除了雲澤，還跟著一個陌生的男子。

男子一身華服，面容俊朗，眼角帶著若有若無的笑意，看人的眼神帶著一絲情意，感覺有點像花花公子。

應青雲介紹道：「這位是景皓，是我的朋友，從京城而來。」

其餘的他沒多說，封上上便不問，景皓笑咪咪地看了封上上好幾眼，她也不害羞，大大方方地任他瞧。

孩子們看到應青雲來了，剛剛還熱鬧的歡笑聲瞬間消失，空氣安靜下來，小淘氣蛋們一個個站得筆直，要多乖、有多乖。

封上上拍了拍額頭，暗想自己以後注定是個不招孩子怕的慈母。

「來來來，大人來了，咱們開始包粽子了！」封上上一宣布，孩子們立刻乖乖地坐到桌前，大孩子學著方廚娘和朱蓮音的模樣包粽子，小孩子則在一旁遞粽葉和繩子。

封上上將應青雲、雲澤以及來湊熱鬧的人引到另一張桌前坐下，將糯米和粽葉搬來，先拿了兩片粽葉遞給應青雲，彎唇一笑。「大人，試試看唄，端陽節就是要親自包粽子，才有過節的樂趣啊！」

應青雲抿了抿唇，稍稍猶豫了一下，還是伸手接過粽葉，然後一邊看著方廚娘與朱蓮音的動作一邊跟著做。他包得很小心，速度也慢，卻一粒糯米都沒漏出來，包得很緊實。

封上上不禁朝他豎了個大拇指。

雲澤卻發愁地看著自己手上離散架不遠的粽子，說道：「沒想到看著簡單，包起來還挺難的。」

朱蓮音忙對雲澤道：「沒關係，你還沒找到竅門，來，過來奶奶這邊，奶奶教你。」

雲澤立刻移到另一桌請教朱蓮音去了。

中午應青雲留在幼餘堂陪孩子們吃了午飯才走，吃完午飯，孩子們照例去睡午覺，午覺起來便是最開心的環節。由於今天過節，下午不用跟著老師學習，可以集體去後院玩。

這可樂壞了孩子們，平時能進後院玩的時間有限，今天卻能盡情地玩，這讓他們心花怒放，恨不得天天過節才好，最後一個個都玩瘋了，身上的衣服全部汗濕，一直到吃晚飯的時間，才被照顧他們的嬤子們給逮了回去。

等到吃完晚飯，天便徹底黑了，各處逐漸亮起盞盞燈火，照亮了每一條大街小巷，平日這個時候整個世界都該陷入寂靜，此刻卻人聲鼎沸，節日的最高潮徹底拉開序幕。

大魏規定，每逢重大節日，取消宵禁、不禁攤販，人民可以盡情上街玩耍，通宵達旦。因此重大節日的夜晚總是格外熱鬧，不論是達官貴人還是普通百姓，不論是已婚婦人還是待嫁姑娘，都要上街遊玩一番，盡情領略節日的歡樂。

當然，最重要的是，很多小兒女會趁節日出來偷偷見一面，一解相思之苦，雙方父母皆睜隻眼、閉隻眼，默許他們在這一天私下接觸，所以這天晚上在大街上會看到許多走在一起、略顯彆扭且紅著臉的小兒女。這是什麼情形，大家心照不宣。

應青雲倒是從來不喜歡湊熱鬧，他偏愛在家中靜靜地看書，本來今晚也準備像往常一般進書房，但景皓鬧著要拉他一起出門，他不理會，景皓便足足在他耳邊念叨了半個多時辰，實在吵得他頭疼，不得已才跟著出來。

今晚街上人潮擁擠，叫賣聲、嬉鬧聲、鑼鼓聲不絕於耳，應青雲微微皺起了眉，實在是不喜這般喧鬧的場景，想先行離開。

景皓拉著他不讓走，指著一對對小情侶道：「你瞧瞧這些人，成雙成對的，咱們三個多可憐，說不定能趁這機會碰到漂亮姑娘，紅鸞星動呢。」

只見應青雲面無表情，對他的話絲毫不感興趣，轉身便要走。

景皓趕忙拉住應青雲，知道這套對他沒用，便將雲澤拿出來說事。「你不為自己著想，也得為雲澤想想吧？你看雲澤，老大不小了，整天跟著你也接觸不到什麼姑娘家，今天這麼大的節日，連個辟邪荷包都沒撈著，多可憐啊！你打光棍不要緊，難不成雲澤也要陪著你孤身一人？我跟你說啊，你這主子可不能幹這麼不厚道的事情。」

雲澤一聽他這麼說，連忙道：「景少爺別瞎說，小的不急著找媳婦，您少拿小的當藉口，再說了，誰說小的沒有辟邪荷包，這不是嗎？」

說著，雲澤將掛在自己腰間的辟邪荷包拿起來給他看。

景皓「哇」了一聲，驚訝地拿起他腰間的荷包左看看、右看看，瞪大了眼。「我說雲澤，你竟然有荷包！誰給你的？你該不會偷偷跟某個姑娘好上了吧?!」

「沒的事。」雲澤將荷包抽回來，得意道：「這是朱奶奶送給小的，說是她和封姑娘一起做的，辟邪驅毒，好著呢。」

「朱奶奶送了你荷包？」景皓一愣，繼而想到什麼，突然意味深長地笑了起來，眼神滿是揶揄。「我說雲澤，你小子可以啊，朱奶奶肯定是看上你當她孫女婿了！」

雲澤一愣，下一秒耳朵便紅了。「景少爺別亂說！」

「我才沒亂說，白天的時候我就覺得她對你格外不同，對你全程笑咪咪的，又是教你包粽子、又是為你挾菜，甚至還偷偷送你荷包，這不是看上你了是什麼？她老人家肯定是想將孫女許給你。」

「您您……您別瞎說，毀了人家封姑娘名譽。」雲澤整張臉都脹紅了。

「臉紅什麼，我覺得這是好事啊，上上姑娘挺好的，人漂亮、性格也特別，誰要是娶了她，那肯定有趣得很。雲澤，你好好把握。」

「景皓，別亂說話。」應青雲突然出聲，語氣是少有的嚴肅。

景皓一愣，瞅了瞅應青雲的臉色，將手搭在他肩上。「怎麼了，我也沒亂說，封上上那姑娘的確不錯，配你家雲澤綽綽有餘，你這個當人家少爺的怎麼也要幫幫他啊，過了這個村可就沒這個店了。好姑娘本來就要把握，就算人家現在沒這個意思，雲澤努力努力，說不定就有戲唱了嘛。」

應青雲直視前方，將他搭在自己肩上的手拿開，聲音越發冷了。「再胡說就給我回京城去。」

景皓瞬間被戳中死穴，投降般地道：「好好好，我不說，行了吧？走走走，那邊好熱鬧的樣子，咱們去看看在幹什麼。」

應青雲抿抿唇，背著手慢悠悠地隨著他往前走。

景皓費盡九牛二虎之力擠進人群，就見場地中央有個男人正拿著鑼鼓一邊敲、一邊吆喝。「來來來，走過路過不要錯過啊，抱起石頭就有賞，誰有力氣誰賺錢！」

這番話直白又吸引人，一些經過的人被誘得往這邊看，結果人越來越多，場面越來越熱鬧。

三良敲著鑼，大聲道：「大家看看地上這塊石頭，只要能抱起這塊石頭走幾步，每走一步我就給十文錢，童叟無欺。」

眾人順著他的視線看去，就瞧見地上擺著一塊石頭，通體漆黑，看不出是什麼材質，但體積很小，只比一顆人頭再大一些。

這麼點大的石頭能重到哪裡去，難道是錢多到花不掉，瘋了不成?!這是在場大多數人的想法。

有人不信有這麼容易的賺錢方法，出聲問道：「你說的是不是真的？真的給錢？」

三良道：「我說到做到，抱著石頭走一步十文錢，絕不耍詐，在場之人都能當見證，要是我耍詐，任由你們扭送官府便是。」

他這麼一說，大家都信了，看來真的只要抱起石頭走路就能賺錢。走一步十文錢，這要是抱起來走一圈，那不得賺翻了？

人群瞬間騷動起來，有些力氣大的漢子們蠢蠢欲動，但大家並不傻，知道這石頭肯定不是免費搬的，於是有人大聲問道：「這石頭怎麼搬的？」

三良笑著說道：「搬一次十文錢。」

十文錢搬一次雖然不便宜，但只要抱起來走一步就能回本，再多走一步就會賺十文錢，這筆買賣也太划算了！

當下就有人舉起手道：「我來試試！」

從人群裡走出了一個青年，看著二十歲左右，十分精壯，他給了三良十文錢，然後走到石頭前，用力往上一抱，結果石頭文風不動。

他愣了愣，再次咬牙用力，然而額上的青筋都憋出來了，那石頭也沒被抱起來。

現場響起一陣噓聲，大夥兒直道他中看不中用。

青年臉都紅了，埋著頭就衝出人群，瞬間不見了人影。

三良笑咪咪地問道：「這石頭就這麼大，雖然不輕，女人家抱不動，但對男人來說應該不難，在場還有力氣大的想試試嗎？」

「我來我來。」這次上前的是個三十多歲的漢子，身體健壯、皮膚黝黑，一看就是幹慣了農活的莊稼人，這才敢上前來試試。

在場的人都覺得他可以，紛紛為他喝采。

不料，這漢子跟剛才那青年一樣，吃奶的力氣都使出來了，這石頭卻是動也不動。

「怎麼回事？這石頭難不成真的那麼重？」

人們議論紛紛，這才意識到這塊石頭不是那麼簡單，肯定有玄機。

明知如此，卻還是有人覺得自己的力氣大到與眾不同，是以不乏挑戰這個任務的人，一個接一個上陣，卻一個接一個失敗。

三良手中裝錢的袋子一點一點鼓了起來，他臉上的笑容也越來越燦爛。

景皓看著那塊石頭，好奇地問道：「青雲，你能看出來那石頭怎麼回事嗎？這也太不正常了吧。」

應青雲淡淡地道：「此乃精石，一塊拳頭大小的精石重量便能達到一鈞。精石稀有，產於達摩，大魏少見，不知這商販從何處得來。」

景皓大驚。「那這塊石頭豈不是有三石那麼重？」

在這個時代，一鈞重三十斤，四鈞為石，一石就是一百二十斤。三石等於三百六十斤，約九十二公斤。

應青雲頷首。

景皓搖搖頭道：「我的娘呀，普通人誰得搬動啊？」

這男人明顯是利用一般人不認得這種石頭而乘機斂財，也不知道有多少人被他騙過。

「我來！」

就在此時，人群中傳來一聲大喝，只見一個身材高壯的男人走了過來，此人身長八尺，高大魁梧、滿身肌肉、腳步沈穩，看著就很有力氣。

不少人認出他，交頭接耳道——

「這是城中有名的蕭屠夫，從小力量就大，一個人就能把豬制住，不用人幫忙。」

「何止豬啊，普通男人三、四個一起上都打不過他。」

「那他肯定搬得動，這下老闆要賠錢了，看他還笑不笑得出來！」

蕭屠夫自信滿滿地走到場地中央，給了三良十文錢，然後搓了搓雙手，屈腿彎腰，雙手捧住石頭，用力往上一提——

沒提動。

蕭屠夫眉頭一皺，暗想自己可能力氣用小了，於是往雙手上吐了口唾沫，搓一搓，再次抱住石頭往上提，這一次他用盡了全力，然而臉都憋紅了，這顆小小的石頭依然沒被抱起來。

眾人瞬間譁然，連大名鼎鼎的蕭屠夫都搬不動，這根本是不可能的任務！

這石頭果然不正常……再沒人敢上前嘗試了。

第二十章　端陽意外

三良依舊一臉笑咪咪，問道：「還有人想試試嗎？沒人的話我可要收攤了。」

這是賺了錢就想走，景皓看不慣他騙老百姓的血汗錢，握了握拳，舉起手正準備上前，然而一個清亮的女聲提前一步響起。「我來試試！」

眾人一驚，順著聲音發出的方向看去，就見一個漂亮秀氣的姑娘走了出來，笑著對三良重複了一遍。「老闆，我來試試。」

景皓和雲澤同時瞪圓了眼睛，看著場中那笑容滿面的女子，一時之間說不出話來，應青雲也是一愣，難得地失了神。

人群在最初的鴉雀無聲之後，勸退聲瞬間炸開了鍋。

「姑娘，這可不是妳們女兒家玩的，還是去玩別的吧！」

「就是就是，瞧妳身無二兩肉的模樣，這石頭可不是妳一個小姑娘搬得起來的。」

「姑娘妳應該是剛剛才過來的，沒看到前面那些人搬石頭吧？我跟妳說，這石頭重得很，沒一個漢子搬得動，妳千萬別試，試就是浪費錢！」

封上上嘴角掛著微笑聽著，掏出十文錢來遞給三良，笑著對其他人道：「我就試試，說不定就搬起來了呢。」

聞言，周圍的人一陣哀嘆，都道她白白奉上十文錢給人。

封上上卻依舊笑嘻嘻的，走到石頭前左右打量了起來，一副好奇的模樣。

景皓用手肘撞了撞應青雲，嘀咕道：「你家這小仵作腦子是不是不太行啊？人家都跟她說了這石頭搬不起來，怎麼不聽勸呢？男人都搬不動，她一個姑娘家哪來的自信啊？」

應青雲不理他，看著場中的封上上，唇角微抿。

景皓又道：「要不然你去說說吧，一個姑娘家逞這種能幹什麼，浪費錢。」

應青雲注視著封上上，淡淡地道：「沒看到最後，你怎知別人逞能？」

景皓說：「這還用看嗎？我練過武，這麼重的石頭都不一定抱得起來，她一個纖細的姑娘家抱得動不成？」

應青雲道：「景皓，我從前便與你說過，不要輕視女子，就算她抱不起來，人家也有嘗試的權力。」

景皓摸了摸鼻子，心想自己哪有輕視女子，女子本就天生柔弱，力氣的確不如男子，他只是說出事實而已。不過，經應青雲這麼一說，他也打消勸封上上的念頭了。

場地中央，封上上打量完了這塊石頭，彎下腰，伸出雙手扶住石頭的兩側，然後往上一提。

「哇！」

眾人爆出一陣驚呼，原因無他，只因封上上輕輕鬆鬆就將那塊很多男人都動不了的石頭給抱起來了，不僅如此，她的表情看起來一點都不吃力，笑容甜美，愜意得彷彿手裡抱著的不是石頭，而是豆腐。

要不是在場之人從一開始就看著整個過程，差點就要懷疑封上上手中那塊石頭被替換了。

不說觀眾們，就連三良也傻了眼，不明白這到底怎麼回事。他甚至懷疑這塊石頭被人給掉包了，不然平時最起碼要兩個壯漢才抬得動的石頭，怎麼可能輕易被一個姑娘給抱起來了？

景皓揉了揉自己的眼睛，喃喃道：「青雲，我的眼睛是不是花了？我怎麼看到你家小仵作把那塊石頭給抱起來了呢？」

應青雲沒理他，只定定地看著場中笑靨如花的封上上。

倒是雲澤回答了他的話。「景少爺，您沒眼花，封姑娘真的把那塊石頭給抱起來了。」

「來，你扶著我點。」景皓將手臂搭上雲澤的肩膀，倚靠他站好，繼續看著封上上。

封上上笑著對三良說道：「老闆，可別發愣了，給我數著步數啊，我要走了。」

三良張著嘴，半晌才「啊」了一聲。

封上上抿唇一笑，捧著那顆石頭，抬起左腳，往前一邁，然後慢動作般地將腳落在地上，完成了第一步。

見狀，人群又是一陣驚呼。

封上上繼續抬起右腳，慢吞吞地往前邁了一步，第二步也輕鬆自如。

三良終於從愣怔中回過神來，知道自個兒今日碰到了奇女子，恐怕賺的錢全要打水漂了。但這麼多人在這裡看著，他根本無法說出「收攤，不幹了」這種話，要不然圍觀的人不會放過他。

這是硬著頭皮也得幹到底，他只求眼前這姑娘快些力竭，別再走了。

然而，事與願違，封上上非但沒有絲毫力竭的徵兆，反而越走越輕鬆，抱著那塊石頭一步一步又一步，跟吃完飯在庭院裡散步一般。

觀眾越看越上頭，還自發地為她數起了步數。「四十九、五十、五十一……」

這一聲聲的，三良都要哭了。

觀看全程的景皓拍拍身旁的雲澤，喃喃道：「雲澤，剛剛我說的話得收回，你跟這小仵作的事情還是考慮考慮，不然我怕你一個不小心會被打死。」

雲澤吞了口口水，小聲道：「不用考慮，小的不會惦記封姑娘的。」惦記不起啊！

景皓點點頭。「也好，咱們男人要是娶了這樣的姑娘，下半輩子估計就只有一個詞能形容了。」

雲澤問道：「什麼詞？」

景皓了無生趣地說道：「懼內。」

雲澤不禁點了點頭。

當數到第六十步的時候，三良終於明白自己今天是栽了。

這姑娘不是一般人，要是等她自己力竭，估計得賠到底褲都沒了，於是三良再也顧不得面子，哭喪著臉攔住封上上，兩手抱拳，一個勁地作揖求饒。「姑娘……不，女俠，女俠行行好，今天就饒了小的吧，小本生意不容易，求您放小的一條生路！」

封上上停下腳步，望著三良道：「老闆啊，誰賺錢容易呢？不義之財可要悠著點賺，做人不能太黑心，您說是吧？哪怕一次收個一、兩文錢都說得過去，一次十文錢，太貪心了！」

三良連連點頭。「是是是，小的明白，以後不敢再這樣了，求女俠饒小的一次。」

看他認錯且態度良好，封上上便將石頭遞給他。「喏，還你。」

三良鬆了口氣，下意識地接過石頭，哪想到當場一個趔趄，石頭重重地砸在地上，瞬間砸出了一個大坑，幸好他動作敏捷，才沒砸到自己的腳。

封上上忘了這石頭對一般人來說有多重，剛剛沒想太多直接還給他，見石頭差點砸了人家的腳，這才反應過來，趕忙道：「對不住、對不住，我忘了這石頭很重。」

三良擦擦臉上的汗，趕忙從錢袋裡將錢數好交給封上上，便讓幾個夥計抬著這塊石頭，一行人以迅雷不及掩耳之勢跑了，那樣子跟火燒屁股似的，莫名有喜感。

眾人哈哈大笑了起來，紛紛朝封上上豎起大拇指，學著三良的稱呼，叫她女俠。

封上上臉皮厚，笑著朝大夥兒抱了抱拳，一副江湖賣藝人的模樣。「獻醜了、獻醜了。」

應青雲微微勾起了嘴角。

沒了熱鬧可看，人潮漸漸散去，封上上將得來的錢裝進自己的錢袋裡，滿意地拍了拍，暗想要是每天都能有這般好事，她估計就要發財了。

兀自高興了一會兒，封上上轉過身，便看到站在不遠處看著她的三個人，她臉上的笑容瞬間僵了。

他們什麼時候來的？不會什麼都看到了吧？

景皓率先走到封上上面前，朝她抱了抱拳。「封女俠，失敬失敬。」

封上上瞅了瞅跟在後面、沒什麼表情的應青雲，扯了扯嘴角。「哈哈，好巧啊，你們怎麼在這裡？」

「當然是出來逛逛啊，沒想到正好遇到小仵作妳，妳可真是讓我們大開了眼界啊，話說妳是吃什麼長大的，怎麼力氣如此之大？」

封上上忍不住用手捂了捂眼睛，暗嘆自己倒楣，怎麼就恰好被他們撞見了呢？她的淑女形象是丁點不剩了，繼大胃王之後，又得多個大力女金剛的稱號。

偏偏景皓還在嘰哩呱啦地說：「我看妳以後不光能當仵作，還能當捕快，那些犯人到妳手裡都得老老實實。」

封上上咬著牙笑了笑，恨不得現在讓景皓先老實了。

應青雲手背在後面，望著景皓道：「既然不想逛了，那就回去吧。」

景皓一聽，趕忙道：「逛，當然要逛，走，再到別處看看去。」

他忙不迭地拉著雲澤跑到耍馬戲的地方看了起來。

封上上本來有點懊惱，但過了兩秒就釋然了。算了，就衝著她那驚人的飯量，本來就沒什麼形象可言，再多一個大力女金剛也不算什麼。

安慰好了自己，封上上看到路邊有個賣綠豆湯的攤子，正好渴了，便掏出自己的錢袋，在應青雲面前晃了晃。「大人渴不渴，卑職請您喝綠豆湯。」

應青雲正要說自己不渴，但封上上已經過去占了一張桌子，找老闆娘要了兩碗綠豆湯，應青雲猶豫了一下，還是邁步走去，在她旁邊坐下。

綠豆用白糖熬成了濃濃的綠豆沙，湯裡面還加了搗碎的冰塊，在這樣炎熱的天氣裡喝上一口，一路涼爽到了胃裡，身心都舒坦了。

封上上喝得很痛快，看應青雲一口沒動，便問：「大人不喜歡喝綠豆湯嗎？」

應青雲看了她已經空了的碗一眼，道：「綠豆性寒，再加之冰塊，寒涼尤甚，多喝對身體不好。」

封上上眨眨眼，突然笑了，露出兩個小梨渦。

應青雲抿了抿唇。「笑什麼？」

封上上眉眼彎彎的。「卑職的外婆以前也老是喜歡這麼說，你們說的話都一樣，卑職還以為只有老人家才這麼講究養生呢，大人您才多大啊，怎麼老氣橫秋的。」

應青雲垂下眸子，端起面前的綠豆湯喝了小一口，隨即放下碗，再也沒碰過。

封上上笑彎了眼，本來還準備再喝一碗的，最後也沒要了，起身拿錢要付，應青雲卻快了一步，將銅板放在老闆娘面前的錢匣子裡。

封上上一愣，趕忙道：「欸，說好要請您喝的。」

應青雲抬腳往外走，淡淡地道：「無事，走吧。」

封上上看看手裡的銅板，搖了搖頭，看來他是不習慣讓女子付錢啊。

綠豆湯攤子旁恰巧是個賣香包的小攤，封上上看到架子上掛了許多五彩的端陽繩，戴上可以辟邪保平安，她手腕上就有一條朱蓮音親自編的，今天一大早起來時她就為她戴上了。每逢這一天，家裡的長輩都會給孩子編一條，祈願孩子平安健康，不過封上上注意到應青雲的手腕上沒有。

想了想，封上上走到攤前拿了一根端陽繩，付了錢，然後追上走遠的應青雲，跑到他前面，面對著他倒著走起來，在他眼前晃了晃那條繩子。「大人，禮尚往來，這個送您。」

應青雲看了看眼前的端陽繩，抿了抿唇，道：「心領了，妳自己戴吧。」

封上上噘起嘴，直接將繩子塞到他手上。「反正是給您買的，您要是不想要就扔了吧。」

說完就轉身往前走，不去看身後的他到底怎麼處理那根繩子。

這個人啊，真是木頭！虧她這些日子以來對他頗有好感，想藉機表達一下呢！

封上上加快腳步往前走，前面是馬戲團，景皓和雲澤還擠在人群裡看得津津有味的，她正準備走過去找他們會合，手臂卻突然被人從後面飛快撞了一下，力道很大，讓毫無防備的她差點被撞倒。

還不待封上上看清楚誰撞她，那人就從她身旁飛快地跑開，只能依稀看到那人懷裡似乎抱著一個小孩。

應青雲看封上上險些摔倒，神色一緊，忙快步走過來問道：「怎麼樣？撞傷了沒有？」

封上上搖搖頭，正要回答，忽然就聽見一個婦人呼天搶地的號哭聲。「抓住那個人啊！他搶走了我的孩子！」

聞言，封上上和應青雲同時回頭，就看到一個年輕婦人滿臉是淚，一路踉蹌地跑著，一邊跑、一邊喊：「他搶了我的孩子！快來人抓住他啊！」

封上上頓時臉色一變，顧不得說什麼，拔腿就往剛剛那人的方向追去。

應青雲眸色一沈，也朝那個方向跑了過去，同時不忘對馬戲團那邊喊道：「景皓，快追人！雲澤，去衙門叫人來！」

景皓也明白發生了什麼，一改原先的漫不經心，神情一肅，飛快地朝封上上離開的方向追去。

街上到處都是人，跑起來諸多阻礙，封上上沒辦法全力衝刺，只能一邊避著人、一邊追，因此一直沒追上，不過幸虧她有耐力，一直緊咬著那人不放，追在他身後一連跑了三條街都沒放棄。

那人沒想到封上上一個姑娘家這麼能跑，慌了，他抱著個孩子，本來就有負擔，又跑了這麼長一段時間，早跑不動了。

眼看封上上馬上就要追上自己了，他咬咬牙，乾脆停住腳步，往後一轉，將懷裡的孩子用力一拋，孩子便朝遠遠的斜後方飛了過去。

路人們看到一個半大的孩子朝自己砸過來，紛紛尖叫避讓，瞬間形成一塊空地，沒有一人想去接孩子。

這般遠的距離，孩子要是直接落在地上，小命肯定保不住，封上上再顧不得去追那人，腳步一轉，往孩子掉落的方向撲去，最後一刻撲到在地，成功接住了孩子，卻因為慣性，抱著孩子在地上滾了好幾圈才停下來。

此時景皓追了上來，忙扶起他們。「怎麼樣？有沒有事？」

封上上忍著身上的疼痛，搖了搖頭，朝那人跑走的方向指了指，道：「先別管我，快去追那人，別讓他跑了！」

景皓朝那方向一看，想了想，還是追了過去。

孩子受到了驚嚇，哇哇大哭起來，小臉哭得通紅，手腳不停地撲騰，封上上本就疼痛的身體被他踢打得更難受。

她忍著痛楚，一邊拍打孩子的背、一邊哄他，但無論怎麼哄也沒用，孩子嗓子都哭啞了。

封上上沒辦法，只好一瘸一拐地往回走，打算去找孩子的母親。沒走多少路，就看見應青雲朝這邊跑了過來，他滿臉焦急，額上出了一層熱汗，頭髮也因跑動而微微凌亂，看起來跟他平時端方雅正的形象完全不符。

封上上第一次見到應青雲這般模樣，有點不習慣。

應青雲看到封上上，明顯鬆了一口氣，上上下下地打量她。「怎麼樣？哪裡受傷了？」

封上上搖搖頭，咧了咧嘴。「沒事，就是點小傷，幸好孩子救了回來，景皓去追那個人了。」

應青雲緊抿著唇，將撲打個不停的孩子從她懷裡接了過來，視線在她血肉模糊的手背上停了許久，道：「腳受傷了？還能走嗎？」

封上上動了動腳踝，笑著道：「稍微扭到了，不算嚴重，能走。」

應青雲道：「腳扭傷了就別隨意走動，妳站在這裡等，我先把孩子還給他母親再來接妳。」

封上上想說自己能走，但看著他比平時陰沈的臉色，便選擇默默地把嘴給閉上，乖乖點頭應好。

應青雲不放心地回頭看了封上上兩眼，這才抱著孩子離開，不出一盞茶的工夫又跑了回來，懷裡的孩子已經不見了。

「孩子還給他母親了？」封上上問。

應青雲點了點頭，視線卻轉到她的頭髮上。

方才那一撲，封上上的髮髻散了，應青雲遲疑了一下，終究拿出身上的帕子交給封上上。「用這個把頭髮包起來吧。」

封上上先是一愣，隨即接過帕子包好了頭髮，見應青雲又盯著自己的腳不放，她不在意地擺擺手。「沒事，能走，只要不用力就行。」

應青雲直接走到她面前，蹲下後才道：「我揹妳去醫館。」

「大人，卑職的腳沒那麼嚴重，可以自己走。」封上上小聲說道，倒不是因為自己害羞，而是怕他不自在。

應青雲沒回頭。「看著沒事不代表不嚴重，腳傷後要少走動，上來吧。」

封上上低頭看看自己的腳，再看看他寬闊且不單薄的背，咬了咬唇，慢慢趴到他背上，輕聲道：「謝謝大人。」

應青雲直視前方，聲音有點緊。「對不住，冒犯了。」

封上上忍不住笑了出來。「大人跟卑職說對不住幹什麼？要也是卑職對您說，畢竟按照您的『美貌』，是卑職冒犯了您才對。」

此話說完，封上上明顯感覺到應青雲背脊一僵，只見他停了好半晌才道：「莫要胡說，我是男人，哪有美貌可言。」

封上上從善如流道：「卑職說錯話了，大人您不是美貌，是俊美。」

應青雲可能是意識到自己的臉皮不如她厚，不再說話，只埋頭走路，很快就將封上上揹到一家還開著門的醫館，讓大夫給她看看。

第二十一章　不識好歹

老大夫一將裙襬往上掀，就看到封上上的腳踝已經高高腫了起來，表面青紫，跟纖細的小腿形成強烈的對比。

應青雲看得不禁皺眉。「大夫，可有傷到骨頭？」

老大夫沒作聲，捏了捏那腫脹處，頓時一股鑽心的疼痛傳來，封上上「嘶」了一聲，差點沒蹦起來。

「忍住，別動。」老大夫按著她不讓動，又捏了好一會兒才收回手，道：「萬幸沒有傷到骨頭，只是扭到了，但扭得不輕，接下來儘量不要踩地，老夫開點跌打損傷的藥膏，早晚揉搓，養一段時間便能好。」

聽到沒傷到骨頭，應青雲鬆了口氣，又忙道：「煩請大夫再給她看看外傷。」

老大夫早就看到封上上手上和腿上的傷了，纖細白皙的皮膚上有多處傷痕，表皮整塊被擦去，血淋淋的傷口上沾著灰塵和泥土，看起來異常可怖，他忍不住一邊清洗傷口、一邊憐惜道：「一個姑娘家怎麼傷得這麼嚴重！這傷是被拖在地上給擦的吧？是不是有人打妳？」

說著，老大夫還斜眼瞥了瞥應青雲，眼裡的懷疑和譴責藏都藏不住，儼然把應青雲和封上上看成一對，而且還把他當成打媳婦的男人。

老大夫怎麼也想不到封上上會是拔腿狂追人販子的女漢子，唯一能想到的就是被男人給施暴了，這種情況他見過不少。

應青雲頂著老大夫的目光，抿唇不語，沒有要解釋的意思，但封上上卻不能讓人這麼看他，趕忙擺手說明道：「不是不是，沒人打我，是我剛剛遇到一個人販子偷小孩，追的時候撲倒，在地上滾了幾圈才弄傷的。」

「妳瘦巴巴一個姑娘家的還能追人販子？」老大夫嘀咕了一句，接下來便專心處理傷口不再說話，也不知道信沒信這話，不過封上上覺得他應該是沒信。

一炷香的工夫之後，封上上的傷口包紮完畢，走出醫館時，雲澤恰好趕了馬車來，將兩人接回衙門。

衙門裡，景皓已經回來了，臉上滿是汗水，頭髮、衣服都濕了，頗為狼狽，一看到他們兩人就懊惱道：「追丟了，街上實在太多人，我跑了好幾條街，一直追到西市那邊，那人鑽進一條巷子裡，突然就不見了，我怎麼找也沒找到……唉，就這麼讓他給跑了。」

西市是底層老百姓聚集的地方，房屋稠密、街巷交錯，人口組成更是複雜，遍布三教九流之人，環境頗為雜亂，不熟的話在裡面很容易迷路，若是有心躲藏其中，想找到人並非易事。

別說是景皓了，應青雲、封上上全都不熟悉那邊的環境，追丟了也怪不得他。

應青雲擺了擺手。「算了，孩子追回來便好。」

「像今日這種情況，就是容易被人販子鑽空子。」吳為在一旁道：「記得去年端陽節也有幾戶人家丟了孩子，那人販子跟今晚一樣趁著人多將孩子抱走，幾對父母哭著來衙門報案，我們也找了，可最終還是沒找到。」

六子一臉憤慨。「這些人販子黑心得很，也不知道把孩子賣到哪裡去了，那些父母就算哭瞎了眼，這輩子也見不著孩子了，要是被我們抓到，非把這些人販子給砍了不可！」

應青雲聽後臉色凝重，沈聲道：「以後再遇重大節日，就讓巡檢帶領底下的人加強巡邏，避免再有此類情事發生。」

吳為立刻一臉為難，欲言又止。

應青雲看出他有話說，道：「有話直說便是。」

吳為撓撓頭，嘆了口氣。「大人有所不知，西和縣的巡檢不聽咱們的話，讓他加強巡邏，恐怕……」

封上上想起自己看過的大魏律法，每個縣除了由知縣掌權，還設有一名巡檢，巡檢手下擁有三百多名官兵，負責檢查私鹽、維護治安等工作，比縣衙的警備力量強大。

巡檢雖只是正九品武官，品階上遠低於正七品知縣，但巡檢不在知縣的管轄範圍內，而是直接由朝廷任命和調動，因此會發生以下情況：若是巡檢與知縣的關係好，那便會積極配合；若彼此關係不好，那巡檢可不是知縣叫得動的。

西和縣的巡檢與前一任知縣關係不錯，但都不是用到正經地方上，可說是沆瀣一氣。應青雲上任之後，由於沒有按照之前的慣例與巡檢傳杯換盞、聲色犬馬，所以雙方並不親近，巡檢不聽應青雲調動，導致查案時無多餘人手可用，衙役們累得要死要活。

現在應青雲說要巡檢那邊加強巡邏，吳為只覺得這件事不好辦。

誰知道應青雲聽了以後卻道：「不用擔心，巡檢會配合的。」

「為什麼？」吳為心想難不成自家大人給了巡檢什麼好處不成？

「因為巡檢已經換人了。」一旁的景皓出聲道。

「啊？」吳為一愣。「換人了？誰啊？」

景皓哈哈大笑。「遠在天邊，近在眼前。」

過了好幾秒，吳為才眼睛一亮。「景大人，以後您就是咱們的巡檢大人了？真的嗎？」

景皓理了理自己的衣服。「正是。」

「哈哈哈，那可太好了！景大人您怎麼到現在才說啊！」吳為高興地直拍大腿。

景皓笑咪咪的。「這不是想給你們個驚喜嘛。」

聽他這麼說，吳為以及衙役們都滿臉喜色。若是巡檢那邊能聽知縣大人差使，那好處可就數不盡了。

景皓朝應青雲擠眉弄眼，湊到他耳邊小聲道：「怎麼樣，這下知道我來這兒有多好了吧？以後別動不動就叫我回京城，要不是我設法換了你這裡的巡檢，你以為你能輕易管理好一縣？」

應青雲看了他一眼。「那還不快帶人去加強巡邏？」

「你這人……以後可要對我好點，不然你可叫不動我。」景皓嘀嘀咕咕地離開了。

應青雲讓衙役們也都去忙，至於封上上，則讓她回家休養一段時間，等腳傷好了之後再回衙門。

封上上看看自己的腳，腫得比豬蹄還難看，只能乖乖同意。

回到家以後，朱蓮音看到封上上傷得這麼嚴重，心疼壞了，埋怨她一個姑娘家不該什麼事情都往前衝，接著便嚴令禁止她下床走動，吃喝都會送到床邊，還一個勁地給她熬豬蹄湯，說是以形補形。

封上上感覺自己比坐月子的婦人待遇都好，就這麼吃吃、喝喝、睡睡，幾天下來，纖瘦的身材頓時圓潤了不少，皮膚被補得更加白裡透紅，嫩得能掐出水來似的。

人家生病都是消瘦憔悴，就她，紅光滿面的，跟養豬一樣。

即便如此，衙役們還覺得封上上這次受苦了，一個個陸續上門探望，還都不空手，帶了不少好吃的不說，六子怕她躺著無聊，竟然還帶了話本。

這可是讓封上上心花怒放。養豬的日子裡一切都好，就是無聊了一些，這個時代又沒有手機能滑，除了睡覺就是發呆，這些話本簡直是及時雨，瞬間提升了養豬的品質。

封上上就此過上了一邊吃吃喝喝、一邊看話本的生活，雖然此時的話本都是些才子佳人的老套故事，但在這娛樂匱乏的時代，她還是看得津津有味。

正看到一篇趕考書生路遇千金小姐的故事，一個三、四歲的小孩「噔噔噔」地跑進來，對封上上道：「上上姊姊，外面有人來找妳。」

封上上摸摸他的頭，拿了幾塊點心給他。「誰找我啊？」

小孩接過點心塞進嘴裡，腮幫子頓時鼓了起來，像隻可愛的小倉鼠，他搖搖頭。「不知道呢，是一個嬸嬸和一個姊姊。」

封上上想不出來是誰，便讓小孩替她將人叫進來。

不一會兒，那兩個人進門了，封上上一看，好心情頓時消失得無影無蹤。

董涓揪著裙襬，一臉的忐忑。「上上……」

封上上面無表情。「您來幹什麼？」

董涓抿抿唇。「娘、娘就是來看看妳。」

「妳這是什麼態度！有妳這麼跟長輩說話的嗎?!」封小靈不滿地叫道，看著封上上的眼神都要冒酸水了。

村裡的人都說封上上發達了，去城中過上了好日子，封小靈原本還不以為意，結果看到封上上現在的模樣，才知道大家說的都是真的。

他們家條件不錯，但也只有逢年過節才吃得上比較昂貴的零嘴，可封上上呢，大白天的躺在床上看話本，床邊又是點心、又是果脯、又是糖果的，還有這住處，乾淨、敞亮又漂亮，比她的房間好多了。

更讓封小靈受不了的是，封上上再也不是從前那又瘦、又乾、又黑的模樣，瞧她皮膚白皙，身材纖細卻不瘦弱，原本就不錯的五官猶如徹底揭開蒙塵的面紗，露出底下最真實也最令人驚豔的模樣。

如今的封上上，就連她都沒辦法違心說不好看。

這拖油瓶真的過上好日子了……她憑什麼過上這麼好的日子?!她怎麼能過上這樣好的日子！

封上上冷冷地看著她。「這裡沒妳說話的分，這是我家，沒人請妳來，要放屁給我滾出去放！」

「妳！妳個賤人！」封小靈何時受過這樣的奚落，在她的思維裡，封上上就該是唯唯諾諾、小心翼翼討好她的樣子。

封小靈哪受得了這般對待，當即就像之前一樣衝到封上上跟前，舉起手就要打她。

見狀，封上上眼神一冷，抬起沒受傷的那隻腿，朝她的胸口就是狠狠一腳，將封小靈踹得倒退好幾步，猛然撞到牆上。

「啊！」封小靈慘叫一聲，跌趴在地上，捂著胸口半晌爬不起來。

「……小靈！」董涓驚呆了，愣了好久才反應過來，趕忙跑去扶起她。

封小靈氣急，猛力一把推開董涓，還在她腿上狠狠踢了一腳，怒罵道：「看妳養的好女兒！在我們家白吃白喝這麼多年，如今卻反過來打我，妳們母女倆都不是什麼好東西！我回去就要跟我爹說，看妳怎麼跟他交代！」

董涓臉色一變，趕忙對封上上道：「上上，妳怎麼能打妹妹，快跟她賠個不是！」

封小靈抬著下巴狠狠地瞪著封上上，等著她道歉。

誰知封上上卻指著房門口厲聲道：「滾！要是再不滾，就不是輕輕一腳這麼簡單了！」

「妳！」封小靈氣得恨不得上去活撕封上上，但又不敢再輕舉妄動。透過胸口的疼痛，她清楚地意識到，封上上真的變了，她是真的敢對她動手了。

「給我等著！」扔下一句狠話，封小靈轉頭就跑了。

「欸！小靈——」董涓叫不住她，急得一跺腳，轉頭數落封上上。「上上，妳再怎麼樣也不能動手啊，妳爹該生氣了！」

「妳怎麼不走？」封上上冷眼看她，也不再使用敬稱。

董涓一愣。「上上，妳怎麼這麼跟娘說話呢？」

封上上指了指門外。「有話就說，沒話就趕緊離開這裡。」

董涓眼圈一紅，險些落下淚來。「上上，妳這是徹底怨上娘了？妳連娘都不想認了？」

封上上滿臉的不屑。「這次又是那人叫妳來找我的吧？」

「不是，上上妳怎麼這麼想……」董涓直擺手。「是娘想妳了，妳連端陽節都不回家，娘天天想妳，心裡難受得很。上上，跟娘回家吧，從妳走後妳爹早就後悔了，他說讓妳回去，還說以後會好好對妳，以後妳就跟小靈住一個房間，咱們吃一樣的飯，妳想吃多少就吃多少，也不會讓妳去殺豬了。」

「那不是我爹，妳別說出來侮辱爹這個詞。」封上上直視著她，一字一句地道：「還有，他是真心想讓我回去或是圖謀什麼，妳心裡真的不清楚？妳想自欺欺人到什麼時候？他是不是還跟妳說，要是我不想回去住，你們一家人搬來這裡跟我一起住也行？」

董涓臉色一僵，莫名不敢看封上上的眼睛，因為她來之前封天保的確對她說，這次要麼讓上上回家，要麼他們全都搬來這裡住，不能讓朱蓮音一個外人跟著上上過吃香喝辣的好日子；還說自己畢竟養了上上這麼多年，上上現在過得好，也是時候回報家裡了。

封上上一看她的表情就懂了，扯了扯嘴角。「妳回去告訴封天保，我跟你們已經沒有任何關係了，我過得好或壞都與你們無關，讓他少打我的主意，要是再敢來找我，我可不會再像今天這麼客氣了，管他來的是誰，我統統亂棍打出去！」

「上上——」董涓走上前，一把拉住封上上的手便哭。「上上，妳這是連娘都不管了嗎？妳以前很心疼娘的，處處幫著娘，如今怎麼這麼狠心？妳就一點都不體諒娘嗎，娘在那個家真的很難做，妳知不知道？」

封上上皺眉，將手抽回來。「這一切都源自於妳的懦弱，並不是因為我，妳要是有勇氣反抗封天保，日子也不會過成這樣。不要總是希望我為妳做什麼，妳想過好日子，就該和封天保和離，徹底斷絕關係。」
「上上，妳胡說八道什麼呢！」董涓驚叫。
「我看上上一點都沒胡說！」朱蓮音氣勢洶洶地從外面進來，將手裡買來的菜一丟就衝到董涓跟前，不由分說地將她往門外拖，邊拖邊罵。「妳說妳活這麼大歲數了怎麼還那麼糊塗，自己的親生女兒不好好對待，一天到晚就想討好丈夫和繼子女，把親生女兒當牲畜用！
「妳這個當娘的不覺得虧心就罷了，還要孩子處處為妳著想，哪來那麼大的臉呢？妳要是還有點良心，就別再來打擾上丫頭，她現在過得很好，不要替封天保來打上丫頭的主意！妳要是還拎不清，別怪我老婆子不客氣！」
朱蓮音力氣大得很，拽著董涓就把人給拖了出去，一路拖到大門外，把門「砰」一聲關上，無論董涓怎麼敲門都不理會。
走回房間以後，朱蓮音對封上上道：「妳別放在心上，也別難過，更別心軟，不然那家人能拖死妳。至於妳那個糊塗娘，等她老了，封家人對她要是不好，妳再管她也不遲。」
封上上笑了笑。「沒事，我沒放在心上。」
那句話不是逞強，封上上的確沒放在心上，照常過自己養豬的日子，本以為這樣的好時光會持續到她的腳傷徹底養好，哪想到第二天，吳為就親自來找她了。
「在山腳下發現一具孩童屍體。」

了。

封上上立刻爬起來，拿起自己的驗屍箱便跟著吳為離開，徹底結束自己的養豬生涯。

屍體是在城外遠郊的崇明山山腳下發現的，封上上趕到的時候，其他人已經先一步到了。

看到封上上過來了，應青雲的視線先在她腳上停留了片刻。

注意到他的視線，封上上動了動自己的腳，笑著道：「好得差不多了，走路不受什麼影響。」

應青雲「嗯」了一聲，讓她去驗屍。

死者是個六、七歲大的小男孩，身體半趴在地，額頭抵在一棵大樹上，撞出了一個缺口，從側面可以看出孩子的長相，很是可愛。他雙目緊閉，額頭上流淌的大量血液早已凝固，傷口周圍飛舞著大量的蒼蠅，發出「嗡嗡嗡」的聲音。

張大承剛剛已經粗略地看了一遍，他對封上上道：「這孩子應該是額頭撞在樹上，流血過多致死的，身上其他地方沒有致命傷。」

封上上微微頷首，先是揮手將不停圍上來的蒼蠅給趕走，這才蹲下身檢查小男孩的屍體。

的確，就如張大承所說，這孩子唯一的致命傷便是額頭上的傷口，樹根處流淌了一大灘血液，在這荒郊野外，失了這麼大量的血，不可能存活下去。

封上上抬起頭看了看周圍，大樹旁是一個陡峭的斜坡，斜坡上有一道明顯被壓過的痕跡，一路從上蔓延下來，直到大樹這裡才停止。

此時吳為從斜坡上小心地走了下來，手裡還拿著一塊碎布條，說道：「這是在斜坡的荊棘上找到的，好像是這孩子身上的衣服。」

第二十二章 人販疑雲

封上上接過來一看，確實跟這小男孩身上穿的衣服布料、顏色都一般無二，她在小男孩身上檢查了一番，發現手臂上有一處被刮破了，將碎布條放上去，正好能對上。

應青雲沈聲道：「看來孩子是從上面摔了下來，然後撞上這棵樹。」

封上上點頭，然後問道：「是誰發現這孩子的？」

吳為立刻將站在遠處、一臉忐忑不安的男人帶了過來，是個三十多歲的漢子。

這位漢子自稱是山腳下十幾里外槐花村的村民，說起發現這孩子的過程，還有點心有餘悸。「草民去山另一邊的大河村走親戚，本來該走大道，但覺得路太遠了，為了抄近路才大膽走這裡，哪想到走著走著卻踢到一只小孩的鞋子。

「草民拿起來一看，鞋子八成新，上面還沾了新鮮的泥土。剛開始草民也沒多想，繼續趕路，結果走著走著又看到了另一只鞋子，這兩只鞋明顯是一雙，草民這才覺得不對，於是順著坡往下找，就看見這孩子躺在這裡一動不動。草民摸了摸他，才發現人已經涼了，於是草民就趕緊跑去衙門報案了。」

這男人揹著一個包袱，包袱裡有兩塊餅子和一個水壺，外加二十顆雞蛋和一包紅糖，鞋子上滿是山路上的泥漬，的確是一副走親戚的模樣，看樣子沒有撒謊。

封上上了解過程之後，這才說起自己的驗屍結果。「死者臉色蒼白，角膜混濁，嘴唇開始皺縮，屍僵大範圍出現，貼近地面的血液沈積部位存在大量片狀屍斑，初步判斷死亡時間在兩到三個時辰之間，也就是說，是在今夜凌晨時分死亡的。」

張大承在一旁將封上上的話一字不落地記錄下來，現在的他全無跟她別苗頭的意思，他已經徹底明白，這姑娘年紀是小，但本領可大著了，她所掌握的許多技術都是他不懂的。

撇開被一個年輕小姑娘碾壓所帶來的羞愧感，張大承不得不承認，跟著封上上能學到許多往常不知道的驗屍知識，獲益匪淺，所以他決定放下面子，多聽多記，好好學學她那身本事。

封上上其實早就發現張大承偷偷跟她學習，她沒有絲毫不快，反而很開心，若是這個時代能多些有專業素養的法醫，那就能減少冤案，說明她的到來是有意義的。所以驗屍的時候，她會口述自己的檢查過程，說得儘量詳細易懂，好讓張大承理解。

她繼續說道：「屍體的手腕與腳踝都有紫黑色圈狀勒痕，應是被繩子等條狀物捆綁所致。而且，孩子的嘴角兩側也有一道條狀勒痕，應是有人用東西卡住孩子的嘴，不讓他出聲。

「此外，屍體的臉部、手腳以及其他裸露在外的皮膚上都存在細小的條痕狀血痕，應是被荊棘等物磨擦所致，屍身上的衣物也有多處被刮破，在室內不可能出現這麼多不規則的荊棘。」

頓了頓，封上上又指了指小男孩的雙腳和放在一邊的鞋子。「孩子腳上的鞋應該是跑動的時候丟了，昨天半夜下過雨，所以他的腳底有多處傷痕及大量污泥，連腳指甲裡也不例外。」

她邊說邊動手將小男孩腳底和腳指甲裡的污泥刮下來，放到一張潔白的紙上，又從地上摳了點泥放在一邊，捧著紙遞到應青雲眼前。「大人您看，孩子腳上的泥土和這裡的泥土一模一樣，說明他在丟了鞋子之後還在此處光腳走了一段路，因此他手腕與腳踝上的勒痕是在別處形成的，而其他地方的傷痕則是在山林裡磨擦所致。」

應青雲凝眸，一個如此幼小的孩童，為何會三更半夜在山林之中奔走？

他看著小男孩手腕與腳踝上那深刻的痕跡，道：「這些綁痕如此深刻，被捆綁的時間應該不短吧？」

封上上點頭。「最起碼要六個時辰以上才會出現如此嚴重的綁痕。」

應青雲沈眸思索，道：「捆綁得如此之久，正常人家應該不會這般對待孩子，加上孩子深夜在山林中奔走，不符常理，所以他很有可能是被什麼人抓住關了起來，僥倖脫逃，卻認不得路，又因為下雨，失足從坡上滑了下來，撞到樹上，失血而亡。」

封上上點點頭。「贊同。不過卑職看這孩子的衣物材質普通，應該只是一般人家的孩子，應該不是抓他向父母討錢。」也就是說，不是綁架勒贖。

應青雲顯然也想到了這一點，既然不是綁架勒贖，那便有可能是拐賣了……他轉頭看向吳為，吩咐道：「去將那戶報了孩子失蹤的人家找來，看看是不是他們的孩子。」

吳為領命而去。

封上上疑惑地看著應青雲說：「有孩子失蹤了？什麼時候的事情？」

應青雲回道：「端陽節後的第二天，有兩戶人家前來報案說孩子不見了，至今沒找到，其中一個是男孩，另一個是女孩。」

又是端陽節？當天晚上才有人販子搶小孩，第二天又有小孩失蹤？

封上上實在想不透，難道端陽節是什麼拐孩子的好時機嗎？

既然已經勘驗過現場，等待吳為的時間，眾人便將小男孩的屍體從斜坡下方搬到上方，方便等一下運回去。

吳為很快便將那戶報了兒子失蹤的人家給接了過來，總共兩個人，分別是孩子的父母。

這對夫妻早在吳為接他們來的時候，就明白讓他們走這一趟的目的是什麼，因此臉色煞白，恐慌又焦躁，一從馬車上下來就往小男孩的屍體處跑，既想知道是不是自己的孩子，又怕真是自己的孩子。

還差幾步，兩人便停下腳步不再上前，儘管還沒看到孩子的面容，他們卻已失聲驚叫起來。

「小翔——」

「我的孩子！」

婦人當場站不住，腿一軟，直接癱坐在地，要不是男人眼明手快地扶住她，她就要往斜坡那邊倒了。

她痛哭出聲，全身顫抖，也不顧地上的荊棘與泥土，一步步往孩子那邊爬，聲聲悲切。

「我的孩子——我的小翔啊——」

吳為嘆了口氣，向男人問道：「確定是你們的孩子嗎？」

男人悲痛欲絕地點頭，話都快說不出來了。「是……是我、我家小翔……」

婦人爬到屍體旁邊，抖著手將孩子的頭轉過來，看到他臉蛋的那一刻，她發出絕望的一聲驚叫，接著便雙眼一翻，暈死了過去。

男人也看見了孩子的面貌，心中僅存的一點僥倖都沒了，抱著孩子的屍體失聲痛哭起來。

封上上這段時間人不在衙門，不知道具體的細節，但看到這對夫妻的模樣，心裡很不好受，她小聲地問應青雲。「大人，這孩子到底是怎麼走丟的？」

應青雲便將情況說給她聽。「端陽節第二天，孩子的父母一大早就下地幹活去了，只有兩個孩子在家，分別是死者的姊姊和死者。

「死者的姊姊洗完衣服、餵完牲畜後便準備起了午飯，讓弟弟在家門口玩耍，死者一直很乖巧，不會輕易離家，平時就算出去玩也會跟他姊姊說一聲，所以他姊姊也就沒注意。

「等到父母從地裡回來準備吃午飯的時候，卻發現死者不見了，一家人找遍了全村都沒找到人，這才知道孩子丟了，趕忙來衙門報案。」

「調查出什麼異常之處了嗎？」

「根據村中小孩所說，上午來了一個貨郎，挑著很大的擔子，這個貨郎過去從沒在村裡出現過，而且當天全程戴著寬大的斗笠，讓人看不清楚臉龐。」

封上上點了點頭，看來這貨郎很有嫌疑，應該就是帶走小翔的人。她又問：「不是說有兩戶人家報案嗎，那另一個失蹤的孩子是怎麼回事？」

應青雲回答。「跟這個孩子的情況一樣，也是端陽節後第二天不見的。那孩子到村裡的小河邊洗衣服，結果一去就沒回來，孩子的父母晚上返家才發現孩子失蹤，到衙門報案。吳為查問的時候，也從村民口中聽說有個戴斗笠的陌生貨郎來過村裡，兩個孩子一個是上午不見的，一個則是下午不見的。」

「兩個貨郎是同一個人？」

應青雲頷首。「十之八九。」

「這人肯定是人販子。」吳為在一旁說道：「貨郎一般都是附近村裡的人，就在周邊幾個村內賣貨，不可能跑太遠。這貨郎外貌陌生，還戴著斗笠不露臉，絕對有鬼。他趁孩子的父母不在家，乘機拐走孩子，他那擔子夠大，足以把一個小孩藏在裡面帶走。」

應青雲皺著眉沈默不語。

封上上贊同吳為的話，這個貨郎的確很有可能就是人販子，但是有一點卻說不通，她沈吟道：「不過我覺得有個地方不對勁，若是人販子將孩子綁走，目的絕對是要將孩子賣掉賺錢，孩子為何會出現在前不著村、後不著店的山裡？總不可能是孩子從城裡一路跑到這裡吧，又或者是人販子腦子有問題，屋子不住，偏愛往杳無人煙的山林中鑽？」

「這……」吳為一時語塞。的確，一般人販子都有錢，哪會躲到深山老林裡來呢？這裡面飛禽走獸不少，入了夜可是危險得很，人販子就算怕被官府抓住，也不至於直接躲在山裡吧。

此時，應青雲出聲道：「有三個可能，第一，人販子帶著孩子躲在山裡的村落中，孩子夜裡趁人販子熟睡時逃走，一路跑來這裡；第二，孩子已經被賣進了山裡，孩子是從買方手中逃出來的；第三，這人販子本身便是附近村落裡的村民，表面上是農民，背地裡卻幹著人販子的事。」

封上上賣力點著腦袋，他的想法與她不謀而合。

聽自家大人這麼一說，吳為恍然大悟，狠狠一拍手，道：「是了是了，這樣便能說得通，若是如此，只要加派人手在這附近所有村落中打聽打聽，看有沒有人販子帶著孩子落腳，或看看有沒有哪戶人家買了孩子，相信很快就能找到線索。」

封上上想起了前世許多關於拐賣婦女與兒童的報導，那些婦女跟兒童被拐賣進深山裡當媳婦，全村的人都統一陣線，集體看守這些被拐賣來的人，但凡有人逃跑，全體村民便一道追擊；有外人進來詢問，全村則戒備，口風極嚴。

這些處於山中的村落，與世隔絕，彼此之間沾親帶故，本就比外面的村子更加團結，若真有哪家買了孩子、孩子又跑了的，他們真的會如實相告嗎？

事實證明，封上上的擔心並不多餘，經過全體衙役以及巡檢官兵們幾天下來的走訪與調查，並未在山裡以及山腳附近的村落中查到有陌生人帶著孩子進入，也沒有村民承認自家買過孩子。

吳為將這些村落裡的四位貨郎都帶回了衙門，然後讓兩個丟了孩子的村落居民前去指認，但最後得出的結果是這四位跟去他們村裡的貨郎不太一樣。

花了大量的人力、物力以及時間，卻什麼都沒查到。

封上上不由得說道：「大人，看來第一種推測可以排除了。若是人販子帶著孩子藏進了村裡，村民們不可能冒著違逆官府的風險替他們遮掩，所以要麼孩子是被村民們買了，要麼就是人販子是村民中的一員。」

應青雲頷首，沈思了片刻，對吳為吩咐道：「你讓景皓撥一百名官兵，分為兩路，一路繼續進村調查有無拐賣小孩的人販子，一路去將這些村落中沒有孩子、只有一個孩子，或家裡都是女孩的人家帶來。」

封上上道：「大人，您是懷疑這孩子是被家裡沒有孩子，或者缺男孩的村民買去了？」

應青雲輕輕「嗯」了一聲。「買一個孩子所費不貲，對普通村民來說不是小錢，若非必要，沒有誰會動這個腦筋，只有那些人丁不豐或缺乏男丁的人家才會出此下策。」

吳為按照應青雲所說的，再次帶著人進了山，將所有村落裡符合條件的人家都帶回衙門審問。

雖說這個時代的人普遍講究多子多孫，但人丁不豐的人家也不少，光是山裡及山腳附近的村落，吳為就帶回了三十來戶人家，不是家裡的孩子都夭折了，就是全都是女孩。

應青雲命吳為和景皓主審，這麼做的原因，是便於他仔細觀察那些人家受審時的神情。

此刻景皓與吳為坐在審訊室內，屋子中央依次擺著老虎凳、夾指板、辣椒水，以及用來打屁股的大板子，甚至還有一個虎頭鍘，鍘上的刀片亮得人眼疼，光是看一眼就令人膽戰心驚。

封上上和應青雲兩人在審訊室旁邊的暗房裡觀看，見到這一整排嚇人的刑具，封上上忍不住抽了抽嘴角，小聲問旁邊的人。「大人，這法子誰想出來的啊？」

應青雲用眼神示意是坐在裡面的景皓。

「這虎頭鍘也是他準備的？從哪兒搞來的?!」封上上疑惑。

應青雲也不知道景皓是從哪兒找來的，他有時莫名的神通廣大。

景皓這一番操作真的挺唬人，別的不說，進了審訊室的人肯定會先打個哆嗦。

首先進來的是一對三十多歲的夫妻，他們一進門就看到那些刑具，嚇得立刻雙雙跪下，嘴裡高呼。

「大人饒命啊——」

「草民什麼都會說！」

景皓好整以暇地問道：「你們犯了什麼事，要讓我們饒命啊？」

夫妻倆停止呼喊，面面相覷了一會兒，才大著膽子抬頭看面前的兩人，名叫簡德的男人小心翼翼地說：「大人，草民不知道犯了什麼罪就被帶來衙門了，還請大人告知……」

吳為開門見山問道：「你們夫妻年過三十膝下無子，前段時間是不是從人販子那裡買了個孩子？」

兩人一聽，趕忙擺手，簡德說道：「沒沒沒，大人，草民可沒幹過買孩子的事情。咱們夫妻之前有過兩個孩子，只是都得病夭折了，但草民的婆娘能生，草民還指望著她再生個大胖小子呢，咱們是想要孩子，但只想要親生的。」

簡德的妻子高婷點頭道：「不瞞大人，咱們夫妻倆是想過抱孩子來養，不過是想等到四十歲之後還沒生出來再說，現在還算年輕，想自己生。」

「對對對，草民夫妻還年輕，肯定能生！」簡德很篤定地說。

吳為看了看他，又問：「那你們村裡有沒有人買過孩子？」

簡德搖頭。「這年頭買個孩子貴得很，特別是男孩，咱們農家人哪捨得啊，要是實在沒孩子，頂多從孩子多的親戚家過繼一個給自己養老，不可能去買。」

封上上往應青雲旁邊靠了靠，小聲道：「大人，此人的眼神不似作假，也沒有明顯的撒謊小動作，看來他是真的很肯定自己還能生，的確不像是買了孩子。」

應青雲頷首，彎起食指在牆壁上敲了三下，另一側的吳為一聽到，立刻將這對夫妻放了，叫下一戶人家進來。

這次是一對老夫妻，大概五十多歲，老太太看起來比實際年紀輕一些，卻是滿頭白髮，老爺爺頭髮倒是不白，但背駝得很嚴重，背後像是頂了一口鍋。

兩人大概是初次進衙門，也是頭一回看到這滿屋的刑具，嚇得臉色瞬間白了，直接跪倒在地，連頭都不敢抬。

見狀，景皓跟吳為緩和了態度，吳為的聲音更是放輕不少。「老人家，你們家中沒有孩子？」

名叫席深的駝背老爺爺低著頭回話。「以前是有個孫子，但後來得了病，去了。」

「那你兒子與媳婦沒再生孩子？」

席深抹了抹眼淚，感傷地說：「草民的兒子跟媳婦也得病去世了，現在家裡就我們兩個老的。」

景皓與吳為對視一眼，都在彼此的眼中看到了同情，吳為的語氣更溫和了，問：「那你們就沒想著買個孫子回來，給你們養老送終？」

名叫路梅的白髮老婆婆趕忙擺手。「不能買、不能買，我們兩個歲數都這麼大，身體也不太行了，不知道什麼時候就會去找閻王爺報到，買個孩子回來，壓根兒養不大，到時候留孩子一個人，沒人照顧、沒人疼，不是害了人家嗎？」

席深點頭應和。「要是再年輕個十來歲，我們肯定去抱個孩子回來養，可現在能照顧好自己就不錯了，不能拖累孩子。草民已經跟本家的姪子說好，等我們百年之後，讓他們給我倆摔盆，也不算太可憐。」

第二十三章　追溯源頭

吳為與景皓對視了一眼，又問道：「那你們村中是否有人家買孩子？」

席深夫妻先是點點頭，後來又搖了搖頭，席深回憶道：「咱們村好多年前有戶人家從外面買過一個孩子，但那孩子來了之後鬧得厲害，天天哭求著要回家找爹娘，不論怎麼哄都沒用，不出半個月就瘦得剩皮包骨了，後來還生了病，差點死了。

「那戶人家看他這樣也不忍心，便忍痛把孩子給放了，從此以後咱們村的人就再沒買過孩子，畢竟不是自己親生的，買回來也養不熟，還白白讓人家孩子受罪，簡直是造孽。」

景皓問道：「這麼說，你們村也沒人幹拐賣孩子的活？」

兩個老人家驚得渾身一抖，路梅連忙道：「可不敢幹這種喪良心的活，死了都要下地獄的，要是誰敢幹，那全村人的唾沫星子都要淹死他，也不會讓那種人再住在咱們村裡了，要不然他把我們的孩子也給拐走了怎麼辦？」

感覺上這兩個老人家心腸很好，雖然他們不敢抬頭說話，看不清表情，但封上上覺得情況說得通。「這兩個老人家死了兒子與媳婦，年紀又大了，的確養不了孩子。」

應青雲也看不出什麼問題，便敲敲牆，讓吳為審下一戶。

一連審了二十多戶，沒有一人說自己買了孩子，也都說沒見過小翔這孩子，更沒人說村裡有人販子，就算用刑具恐嚇，一樣沒人承認。

見到這種情況，封上上和應青雲兩人的心都往下一沈。在這麼多刑具面前都不肯承認，要麼說的是真話，要麼就是他們的膽子已經大到敢在官府的人面前撒謊，大到連刑具都不怕的地步。

但是普通老百姓真有這種膽量嗎？

封上上納悶地搖搖頭。「不應該啊，買孩子又不是什麼大罪，官府也是找拐了孩子的人販子麻煩，根本沒必要死死掖著不說的。」

應青雲不由得皺起了眉頭。「若村中真有人當起了人販子，在刑具面前，村民也不至於這般包庇他。」

難不成他所有推測都不成立？那小翔這孩子為何會深更半夜出現在深山老林之中？

看應青雲皺眉，封上上笑著說道：「大人，卑職覺得您的推測沒錯，小翔那孩子不可能是從城中跑到深山裡的，憑他這個年紀根本辦不到，所以他一定跟山裡這些村落有所關聯，只是我們一時半刻還沒發現而已，不要急，慢慢來，總能找到線索的。」

應青雲偏頭看了封上上一眼，不知道為什麼，他心中產生的懷疑瞬間消散，心情也頓時明朗了不少。

他垂下眸，輕輕「嗯」了一聲，轉過頭繼續專注地看著吳為與景皓審問。

直到最後一戶，突然有了線索。

這家人生的都是女兒，夫妻倆都快四十歲了也沒生出兒子來，女兒們的名字都是「招弟」、「來弟」、「盼弟」等，從這個地方就能看出他們對兒子的渴望，偏偏從最小的女兒出生後，他倆已經七、八年沒生出孩子來了。

所以，這對夫妻很有嫌疑。

景皓問他們有沒有買孩子，夫妻倆趕忙搖頭否認，丈夫閔揚說道：「沒有沒有，我們可不敢買孩子。」

吳為立刻抽出腰間大刀，刀光在兩人臉上一閃而過。「真的沒有？你們最好老實交代，不然別怪我們不客氣。」

夫妻倆身子一抖，還是拚命搖頭，雙雙否認。

「我們哪有錢買啊，真的沒有！」

「大人，不能冤枉咱們啊！」

吳為看他倆眼珠子亂轉、滿臉心虛的模樣，就知道有鬼，馬上讓兩個衙役將閔揚架上老虎凳，凶著臉道：「我看你是敬酒不吃吃罰酒！」

閔揚被嚇得大叫，還沒等人動手就哭著喊了出來。「草民招了、草民招了！咱們是準備買一個來著，但還沒買呢，草民這次說的是真話！」

吳為讓人放了他，喝道：「說清楚到底怎麼回事，要是敢有絲毫隱瞞，就讓你挨個兒嚐嚐這些刑具的滋味！」

閔揚抖得更厲害了，結結巴巴地交代道：「咱……咱們夫妻是準備買一個來著，可……可還沒跟那邊接觸上，就……就被帶來了。大人，草民以後不敢了……再也不敢打這個主意了。」

「那邊？」景皓來了精神。「那邊是誰？」

「就是人販子，可以從他手裡買小孩。」

「那個人販子是誰？你怎麼跟他聯繫的？」

「草民也不知道那人販子是誰，但咱們村之前有戶人家買了個孩子回來，那孩子長得白白胖胖的，特別好看，人也機靈，草、草民就也想買一個。起初那人怎麼都不肯告訴草民從哪兒買的，還是草民跟他磨了好久，送了不少禮他才鬆口的，答應幫草民聯繫那邊，說有好貨了就告訴草民。」

景皓和吳為精神為之一振，就連暗房裡的封上上都忍不住激動地揪住應青雲的衣袖搖了搖。「大人，有線索了！」

應青雲低頭看向那被抓著搖來搖去的衣袖，抿了抿唇，「嗯」了一聲。

吳為讓閔揚交代是誰家買了孩子，這夫妻倆都膽小，老老實實地說出是他們村的牛老三家。

應青雲立刻派人將牛老三給找過來，順便把那個被買來的孩子一併帶回衙門。

牛老三今年三十多歲，瞇瞇眼，高顴骨，齙牙，其貌不揚，但他身邊的孩子卻生了一雙滴溜溜的大眼睛，小臉粉嘟嘟，唇紅齒白，很是好看。

這兩人站在一起，半點都不像父子，說孩子是牛老三親生的，肯定沒人信。

牛老三的膽子也不大，被吳為一恐嚇就什麼都說了。「草民那婆娘生不出孩子來，草民著急，就經常跟她去向寺裡的註生娘娘拜拜，但拜了幾年都沒動靜。

「有一次草民在寺中碰到了一個人，他問草民想不想要孩子，草民當然想啊，他說要是想要孩子，就在三天後的夜裡到寺裡，準備好十五兩銀子，一手交人、一手交銀子。

「草民很心動，回家籌了足夠的銀子，時間一到便去寺裡。那人給草民看了孩子，草民很滿意，就把錢給他，他便將孩子交給草民帶回家。」

「那人是誰？」

牛老三搖頭。「草民不知道他是誰，他見草民的時候蒙著臉，夜裡又黑，草民壓根兒沒看見他長什麼樣，買回孩子之後，草民就再也沒見過他了。」

吳為眼睛一瞪，喝問道：「那你為什麼告訴你們村的閔揚，說要幫他聯繫那邊買孩子？」

牛老三一驚，眼珠子心虛地轉了轉。「草、草民騙他的，草民本想去寺裡找找那人，從他手裡再買一個孩子給閔揚，然後從中多收點錢，好歹把買孩子的錢賺回來。」

「嘿，你還挺會啊！」吳為氣得牙癢癢的，差點讓牛老三的屁股當場吃幾棍子。

牛老三嚇得縮了縮脖子，沒想到自己的打算落空不說，連花錢買來的孩子都沒了。

應青雲將牛老三買來的孩子帶到後衙，給他吃了點水果與點心，等孩子漸漸不那麼害怕了，這才開口詢問他的身世。

可惜孩子被拐的時候太小，又過了這麼長一段時間，只依稀曉得自己是從很遠的地方來的，也隱約知道如今的爹娘不是真的爹娘，但其他的就說不上來了。

封上上摸了摸小男孩的頭，有點難受，不知道他的親生爹娘丟了孩子是多麼的絕望，是不是現在還在苦苦找尋。

「小朋友，那你記得自己的小名叫什麼嗎？」

小男孩眨眨眼，奶聲奶氣道：「叫狗蛋。」

狗……狗蛋？這名字還真是……親民，顯然不是原來使用的。

封上上又問道：「姊姊是問你記不記得你以前的小名，在過來這裡之前，別人叫你什麼啊？」

小男孩這次想了許久，才不確定地說：「好像……好像叫我寶兒，我常常在夢裡聽到有人在叫我寶兒。」

「寶兒是嗎？真好聽。」封上上捏捏他的小肉臉，溫柔地問：「那你記得爹娘叫什麼嗎？他們是什麼樣子？」

寶兒搖搖頭，他不記得爹娘叫什麼，但是……「我娘，我娘好像很好看、很好看，爹爹……爹爹很凶，很凶……」

封上上轉頭去看應青雲，這些訊息太少了，想判斷出孩子爹娘的身分實在太過困難。

應青雲想了想，走到孩子跟前蹲下，突然一改官話，用一種地方口音問孩子。「你以前說的是這種話嗎？熟悉嗎？」

封上上不由得驚訝地瞅著他。她自然知道應青雲說的是本地方言，她是因為原主的關係才聽得懂的，可說起來卻有點不流暢，沒想到他一個外地人竟然能把本地方言說得如此之溜，到底是什麼時候學會的？

寶兒搖搖頭，奶聲奶氣道：「我以前不說這話的哦。」

這孩子的口音現在也帶上了本地音，壓根兒聽不出來之前說的是什麼方言。

應青雲又換了一種口音，問道：「那這種話呢？熟悉嗎？」

封上上瞪大眼睛，這次他說的是陝西那邊的方言。

寶兒依然搖頭，表示不熟悉。

應青雲笑笑，依然非常有耐心，數度變換口音，分別用山東、河南、揚州等地的方言跟寶兒對話。

封上上已經處於眼冒愛心的狀態了，雙眸一眨不眨地盯著應青雲不放，欽佩不已。

景皓見狀，用手肘撞了撞她，悄聲問：「妳是不是被嚇到了？」

封上上喃喃道：「是被驚豔到了，他怎麼會這麼多方言啊。」

景皓撇撇嘴。「這算什麼，他還會胡語、吐番語、波斯語呢。」

封上上驚訝地張大了嘴，眼中的愛心都快砸到應青雲身上去了，大概是她的眼神太過灼熱，灼熱到應青雲想忽視都忽視不了，耳根子不由得微微發燙。

景皓沒注意到，還邊發出「嘖嘖」聲邊搖頭。「他這人就是這樣，過目不忘，學什麼東西都快，只要跟人家相處幾天，就能把對方的語言給掌握個七七八八。我之前覺得他簡直不是人，當然，現在也覺得他不太正常。」

正常人怎麼可能會這樣呢？像他，背了無數遍《老子》也沒背下來，不知道被他爹打了多少遍，他這樣的才是正常人嘛。

「你才不正常。」封上上翻個白眼。「他這種人就是天才，你這樣的人是理解不了的。」

景皓一時無語。小仵作這話過分了啊。

這邊，在寶兒無數次搖頭之後，應青雲換成了京城那邊的口音跟他說話。

這次寶兒不再搖頭，而是皺起小眉毛，全神貫注地聽著，似乎想起了點什麼。

應青雲見狀，又用京城方言跟他說了許多，多是一些日常對話之類的。

寶兒突然道：「我記得這樣的話，好像有好多人在我耳邊說過。」

封上上眼睛一亮。「他是京城人？」

「也許。」應青雲眼眸中浮現一絲欣喜。

景皓摸著下巴，繞著寶兒來回看了個兩圈，喃喃道：「我怎麼突然覺得這孩子看起來有點眼熟，好像在哪裡見過？」

封上上和應青雲同時看向他。

他攤攤手。「不過我實在想不起來了，也許是我曾經無意中見過這小孩？這樣吧，青雲你給這孩子畫張像，我找人送回京城，讓我爹幫忙打聽打聽。」

應青雲頷首，隨即給寶兒畫了張畫像交給景皓，景皓立刻寫了封信，跟畫像一起交予小廝送往京城。

處理完寶兒的事，接下來就要想辦法找到拐賣孩子的人販子。既然這人販子拐了寶兒，那麼這一帶的孩子很可能都是他經手的，包括死去的小翔。

應青雲猜測人販子應該不是一個人，而是一個組織，從他們主動找上牛老三的行為來看，應該是觀察了牛老三很長一段時間，知道他求子心切，判定他一定會上鉤。

這夥人很謹慎，想要找到他們，不是件容易的事。目前唯一可以肯定的是，這個組織在寺裡埋有眼線。

應青雲派了吳為等幾個衙役喬裝打扮一番，讓他們以普通老百姓的身分進入寺中打探，發現可疑之人便暗暗監視。

然而，寺中香火鼎盛，每日人來人往，求子的、陪著來求子的、擺攤做生意的，堪稱魚龍混雜。

吳為等人連續盯了好幾天，倒是看見幾個可疑的，結果一調查，卻發現都是烏龍，到最後沒能找出半點蛛絲馬跡，只能灰溜溜地回來向應青雲稟報。

應青雲也明白這樣的法子想找到人販子不容易，幹這行的要是輕易就被人看出來，那便沒這本事拐走這麼多孩子了。

就在眾人陷入沈思之際，封上上道：「大人，卑職有個辦法找出人販子。」

應青雲的視線轉向封上上。

封上上繼續道：「靠我們自己想找出對方是不成的，最好的辦法便是讓那人販子主動來找我們。」

應青雲眸光一閃，突然間明白了她的想法，遲疑道：「只是……誰能勝任這個任務？若是被看出了破綻，反而打草驚蛇，後面再想抓他們就更不容易了。」

封上上點點頭。「所以要找兩個抗壓性很強、表演能力足夠的人去。」

景皓聽懂了他們的意思，摸著下巴道：「也就是找兩個臉皮厚，會裝模作樣的人去引出那些人販子唄。」

封上上差點翻白眼。拜託，用詞能不能高雅一點？

吳為也聽明白了，覺得這個辦法好，他問：「那找誰去？男的我們這裡多，可女的……」

大家不約而同把目光投向封上上。

衙門裡就她一個女的……哦，必須忽略方廚娘，總不能讓她一大把年紀還跑去求子吧，那不得笑掉人家大牙？

封上上也知道除了自己以外沒有其他人選，對應青雲道：「大人，卑職去吧，再找個人給卑職當丈夫。」

當丈夫……

那些沒成婚的衙役們瞬間激動起來，一個個雙眸發光、躍躍欲試的樣子。

別看封上上不像普通姑娘家那般嫻靜文雅，幹的又是跟死屍打交道的活計，但架不住她模樣生得好，性子也討喜，這些衙役們雖然不敢明目張膽地表示什麼，卻很樂意跟她扮演假夫妻。

應青雲掃了這些個臉都紅了的衙役一眼，頓了片刻，伸手指了指景皓。「景皓，你來。」

「我？」景皓指向自己的鼻子。「你看我像是會演戲的？」

封上上笑著糗他。「你不是說要找臉皮厚，又會裝模作樣的人嗎，我看你很適合嘛。」

景皓黑了臉，指著應青雲道：「找他，他更適合。」

封上上看了看應青雲那張光風霽月、聖潔如仙的臉，問景皓。「你覺得大人的形象適合說那種責怪妻子生不出孩子的話？」

景皓在腦子裡想像起應青雲在大庭廣眾之下面露嫌棄之色，嘴裡抱怨妻子不能生孩子的市井模樣，生生打了個寒顫。

不，就算是打死應青雲，他也不會說出這種話吧。

等等……「妳的意思是我的形象就說得出口？妳沒搞錯吧，我也是英俊瀟灑、風流倜儻的美男子好吧，我會是那種男人?!」

眼看景皓就要炸毛了，封上上趕忙提出另一個理由。「大人身為一縣之主，人販子說不定早就認識他了，他去不是一下子就穿幫了嗎？」

這個理由勉強能讓景皓接受，臉色好了不少。

最後就決定由封上上和景皓假扮夫妻，去寺廟中「求子」。

「妳這婆娘，我娶妳花了那麼多錢，結果娶了隻不下蛋的母雞，早知道還不如娶別人呢，我真是倒了八輩子的楣了！」

寺廟門外，一個男人粗聲粗氣地喝斥著身邊的女人，眼中滿是怒氣。

「相公，你別生氣，聽說這裡的註生娘娘很靈驗，你看有這麼多人都來求子呢，只要我們誠心祈求，娘娘一定能感受到的，肯定會賜個孩兒給我們。」女人好聲好氣地懇求，同時滿臉期盼，似乎將所有希望都寄託在這寺中。

男人哼了一聲。「最好是這樣。」

兩人一同進入寺裡，跪在註生娘娘的神像面前，虔誠地跪拜、磕頭、上香，男子還忍痛拿出一兩銀子投入神像旁邊的功德箱裡。

第二十四章 自投羅網

負責看守功德箱的小和尚頭一次見穿著這麼普通的夫妻出手如此大方，他們並不像是富貴人家出身，一般農家夫妻來捐香火，能拿出個二十文錢就算是慷慨的了。

小和尚對著男人施了一禮。「施主的誠心，娘娘一定會知道的。」

男人滿臉肉痛，小聲嘀咕道：「要不是為了兒子，誰願意拿出這麼多錢啊，可天大地大，我的兒子最大，為了兒子，再多錢我也願意花。」

小和尚聽到這話，頭低了低，輕聲道：「施主一定會得償所願的。」

聞言，男人內心舒坦不少，拉著自己的婆娘就往後走。「不是說後院還有一棵許願樹嗎，咱們也去試試，我就不相信我這麼誠心，還生不了兒子。」

這對夫妻一道去了後院，花錢買了一個許願的牌子，因為兩人都不認字，便要求廟裡的師父幫忙寫一句求子的話，然後親自掛上樹梢。

瞅著這牌子，夫妻倆滿心期待，最後一步三回頭地離開了寺廟。

過了一段時間，這對夫妻再次來到寺廟。

男人的臉色比上次還臭，罵起自己的婆娘來毫不嘴軟。「這個月又沒懷上！妳這隻不下蛋的母雞！我當初怎麼就倒了血楣看上妳了，狄家要是真的絕於我手，我有什麼臉面去見列祖列宗?!」

女人眼眶泛紅，縮著脖子不敢吭聲，就這麼任由他痛罵，看起來好不可憐。

男人越罵越來氣，伸出手指狠狠地戳著女人的頭。「我告訴妳，這一次求過以後要是再懷不上，我就休了妳另娶！」

「相公！相公……你別休我，求你了！看在我嫁給你做牛做馬這麼多年的分上，別休了我，不然我活不下去了啊……」女人苦苦哀求，就差當場跪下了，可男人卻不為所動。

周圍的人看著這兩人的模樣，在一旁竊竊私語。

「這男人好狠的心，好好的媳婦說休就休，女人被休，下半輩子還能有什麼好日子過？」

「也不能怪這男人吧，女人自己不下蛋，總不能讓人家絕了後啊。」

「沒孩子可以抱養一個嘛，幹什麼非要休妻！」

「你說得容易，抱養的畢竟不是親生的，哪個男人不想要親生的孩子？」

女人大概是聽到了那些人的話，她像抓住了一根救命稻草般，抓著自己男人的手臂說：

「相公，不然我們去抱養一個孩子吧，聽說孩子能招來孩子，只要身邊養一個，說不定我的肚子就有動靜了呢！」

男人憤怒的神情在聽到這話後緩了緩，似乎有點心動，認真地思考起了這件事的可能性。

看他不再罵自己了，女人趕忙拉著他進了廟裡，像上次一樣拜佛、捐香火，接著去後院掛許願牌子。

掛完牌子之後，女人並沒有急著走，反而在樹下跪著，雙手合十，閉著眼睛虔誠地念叨。「老天保佑，保佑信婦得償所願，早日懷上孩子。」

女人足足跪了半個時辰才爬起來，起身的時候差點腿軟摔倒，可見她求子心切。

下山的路上，一邊走，女人一邊跟男人商量抱養孩子的事情。「相公，咱們就抱個孩子回來養吧，聽說好多人家都是這麼做，結果後來就懷上了自己親生的呢。」

「這方法倒行，可要上哪兒去抱個孩子回來？咱們家親戚裡面男丁本來就不多，誰會給我們一個？要是女娃，我也不想要，還是男娃好。」

「這……我聽說可以買一個，要不……花錢吧？」

「去哪兒買？我們也沒有門路啊！」

「回去打聽打聽。」

到了山腳下，突然從路旁駛來一輛馬車，夫妻倆正準備讓開，馬車卻堵在前頭，擋住了他們的去路。

男人正要開口怒斥，一道男聲就從馬車裡傳了出來。「你們想要個孩子嗎？」

「什麼?!」夫妻倆異口同聲，雙雙愣住。

馬車裡那人又道：「要是想要孩子，三天後的子時到寺廟後門處，帶十五兩銀子，一手交錢、一手交人。」

他一說完，馬車就揚長而去，留下夫妻兩人在原地瞪圓了眼。

三天後，子時，兩個人影偷偷摸摸上了山，來到寺廟後門處，月色迷離，蟲鳴蛙叫，四周見不到其他人影。

女人有點害怕，打著哆嗦問：「相公，那人說的是不是真的？不會是騙我們的吧？」

男人也沒什麼底氣，但還是努力挺起胸膛，握緊手裡的柴刀。「沒事，我帶著傢伙呢，咱們看看，萬一真有孩子就買回家，要是沒人來咱們就回去。」

「嗯嗯，都聽你的，相公。」

兩人躲在後門處悄悄地觀察著，沒一會兒，一道黑影從不遠處走來，等走到眼前了，夫妻倆才瞧見此人蒙著臉、戴著斗笠，看不清長相。

不過這不重要，重要的是這人背上有一個五、六歲的孩子，還是個唇紅齒白、很漂亮的小男孩，此刻他正在睡覺。

這人聲音低沈。「你們要的孩子。」

「這這……」

夫妻兩人對視一眼，既激動又忐忑，男人問：「真的要賣給我們？這孩子不會有什麼問題吧？」

黑影將孩子交給男人，淡淡地道：「你可以檢查一下。」

男人隨即檢查起小男孩的四肢，確定手腳健全，想了想，又怕小男孩腦子有問題，於是伸手掐了孩子的臉頰一下，把他給弄醒了。

小男孩睜開眼睛，看到面前的陌生人，馬上放聲大哭，揮舞著手腳要找爹娘，看樣子一點都不傻。

「這下放心了吧？放心了就把錢給我，孩子歸你們。」

男人的確不再有疑慮，雖然肉疼這一大筆錢，但為了生出自己的孩子，還是忍痛拿了出來，將錢交給面前這人。

黑影接過錢袋看了看，確定銀子沒問題，立刻塞進衣襟裡，轉身便走。

沒走幾步，黑影突感身後一陣風聲，似乎有什麼東西朝自己飛來，他一驚，連忙轉身，卻正好被一截粗壯的樹枝當場擊胸，胸口瞬間疼痛不已，往後倒退好幾步。

黑影察覺出了變故，大吼一聲，旁邊的草叢裡忽然另外竄出兩道黑影，顯然他有幫手。

景皓迎上前去跟這三人打鬥起來，這三人都有功夫，且不算弱，他們合力圍攻景皓，景皓雖不至於輸，但也一時制伏不了他們。

封上上見狀，正要上去幫忙，豈料不知又從哪兒竄出了一個人，毫無聲息地從後方接近她，趁她不注意時緊緊勒住她的脖子。

脖子傳來疼痛，封上上這才反應過來他們還有同夥，暗想自己大意了，當即眼神一沈，手肘用力往後一拐，正中身後之人的腹部，那人痛哼一聲，下意識地鬆手，封上上又抬起右腳，狠狠地踩在那人的腳上，對方立刻慘叫一聲，抱著腳倒地痛呼。

封上上冷哼一聲，直接照著這人的襠部便是一腳，這一下簡直要了男人的命，他疼得差點暈死過去，哪有半點反抗之力。

見狀，封上上將他的腰帶抽出來，用來綁住他的手腳。

綁好了這個人，封上上又溜過去幫忙景皓，她趁那三人不注意，直接從後面一人大力踹一腳，這三人頓時被踹得跌趴在地，景皓及時施展招式，一時讓三人挨了不少拳腳。

「可以啊妳。」景皓動手的間隙還不忘朝封上上挑了挑眉。

封上上輕哼一聲，跟這三人打了起來。雖然她不懂武功，但力氣大，招招往人的痛點打，讓三人疼得頭皮發麻，再加上景皓的武功，戰局頓時扭轉，這三人很快就招架不住，漸漸地沒了還手之力。

此時吳為帶著兩個衙役從山下摸了上來，一看這情況，便知沒他們的用武之地了，唯一能做的就是把這些人綁起來帶回衙門裡。

這四個人幹慣了拐人的買賣，抗壓性自然非普通老百姓可比，見到應青雲也沒那麼害怕。

對於應青雲的審問，他們嘴硬得很，只說是心血來潮，在街上拐了個落單的孩子，一時鬼迷心竅想賣了換錢，恰好在寺廟裡看到景皓與封上上扮演的夫妻想要孩子，便打算將孩子賣給他們，還說這是他們第一次做這種事。

這番話自然沒人相信，他們背後定然有一個更大的組織和主使者，只是無論怎麼問，這四人都不肯招，就算是動刑，他們也不怕。

面對這種嘴硬的犯人，最好的辦法就是慢慢地審，一點一點折磨他們，慢慢摧毀其心理防線，久而久之就會招供。

然而現在的情況有點特殊，像這樣的拐賣組織，每做一單生意就要及時向上報告，一旦長時間得不到消息，上面的人就會知道事跡敗露，接下來就會轉移陣地甚至隱藏起來，再難抓到幕後之人。

換言之，今夜他們四個非招不可。

封上上明白事情的緊急性，想了想，她轉身出去，不一會兒手裡拿了個瓷瓶回來，對應青雲道：「大人，既然這些人不肯招，那留著也沒用了，不如了結他們，免得他們以後再禍害其他孩子。」

應青雲眸光一閃，頓時明白她要做什麼，於是配合道：「這不太妥當吧，他們畢竟只拐賣了一個孩子，按照大魏律法，罪不至死，要是本官現在就殺了他們，於理不合。」

封上上思索了一番，覺得有道理，便當著眾人的面打開瓷瓶，從裡面倒出四顆黑色的藥丸，說道：「既然如此，那就留他們一命。卑職這裡有一種毒藥，服下後會逐漸失去知覺，先是五感，漸漸地從腳開始不能動彈，再到腿、腰，最後到脖子，全身猶如癱瘓一般，一輩子只能躺在床上躺著，時間一久，身上便會出現爛瘡，一點一點蔓延，最後全身腐爛。」

那四人本來還寧死不屈，然而他們堅定的神情在封上上的話語中逐漸發生了變化，驚恐萬分地盯著她手上的藥丸，身體開始顫抖。

應青雲瞥了封上上手上的藥丸一眼，笑意一閃而過，點點頭，同意了。「既然如此，那便給他們餵下去吧。」

「好咧！」封上上陰森森地一笑，在四人猶如看惡鬼的眼神中一步步走到他們面前，將藥丸硬塞進其嘴裡，強迫他們嚥下去。

四人手腳被綁住，無法反抗地被餵了藥丸，接著便感覺身體開始發麻，舌頭更是麻得厲害。

封上上挑了挑眉道：「你們現在是不是感覺舌頭很麻？麻就對了，吃了這毒藥，第一步是喪失味覺，然後便是逐漸喪失嗅覺、聽覺、視覺和觸覺。」

說完，封上上讓吳為去拿了四顆糖來，一人給他們餵了一顆。

四人吃下糖後，瞬間瞪大眼睛，渾身顫抖，滿臉絕望，因為他們絲毫嚐不到糖的甜味——

他們真的失去味覺了！

「哦，這種毒是我獨門製作的，別處可沒解藥，天底下只有我能解毒，所以你們就慢慢等著吧。」封上上笑嘻嘻地說。

這下子，最後出來襲擊封上上的那個男人終於受不住了，叫號著道：「我說，我什麼都說，只要妳給我解藥！」

他們做這一行就是為了賺大錢，賺大錢是為了好吃、好喝、過好日子，可要是沒有五感，癱瘓在床，全身腐爛，要錢幹什麼?!人生還有什麼意思？

面臨這種慘狀，守口如瓶又有什麼意義?!

「我們不是第一次做案，已經幹好幾年了，背後還有人，只要把解藥給我，我就把那人的藏身之處告訴你們。」名叫阿龍的男人哀號著說道。

另外三人見阿龍招了，表情很難看，但誰也沒有開口阻止他，因為他們也想要解藥。

「說，你們到底是怎麼盯上那些想買孩子的人的？」應青雲冷冷地看著他們。「你們在寺廟裡有眼線吧？」

阿龍猶豫了一下，點頭道：「有，註生娘娘前那個看守功德箱的小和尚就是咱們的眼線，他只要瞧見香火捐得多的人，就會記下來告訴我們，讓我們繼續跟，確定沒問題就下手，事成之後我們會分他銀子。」

什麼？在場所有人都吃了一驚，他們實在沒想到那個小和尚會是人販子的眼線。出家人慈悲為懷，他卻幹著這人世間最骯髒的事情！

「操──」吳為罵了一聲。「去他媽的小和尚，簡直侮辱佛門！」

封上上忍住了，但她其實也想這麼罵。那個小和尚待在寺廟裡幹這種喪盡天良的事情，也不怕被顯靈的註生娘娘給打死。

應青雲朝六子使了個眼色，六子立刻會過意，帶著人去寺裡抓那個小和尚，應青雲又問：「你們共有多少人？」

「具體多少人不太清楚，每組人負責的地界不同，像我們四個就是一起的，負責其他地方的人我們不太熟悉。」

「每次做案之後你們向誰彙報交錢？」

「我們上面有個老大，叫羅哥，他管理整個西和縣的買賣，我們每完成一項買賣就會向他彙報，把錢給他。」

「他在哪裡？」

「在西市的永羅巷，巷子最裡面那個院子就是我們在西和縣的據點。羅哥表面上是個賣肉的，我們去找他的時候，會裝成買肉的老百姓。每次交易都是在晚上，規定第二天卯時初刻到羅哥住的地方假裝買肉，乘機交錢。」

原來如此。應青雲點了點頭。「這個人上面應該還有其他人吧，你知道是誰嗎？」

阿龍搖搖頭。「再上面的我們就不清楚了，但肯定有人。這些孩子都是從各地拐來，再拉到不同地方賣掉，像賣到西和縣的孩子，一般都是從京城或東北等地過來的，而從西和縣拐走的孩子，也會運到遠方賣掉，負責運送的就是上面的人。」
應青雲聞言皺了皺眉。「你是說，本地拐走的孩子不會在本地賣？」
「不會，距離太近了容易被人找到，也容易露出馬腳，我們向來不會本地拐、本地賣，都是拉得遠遠的。」
封上上和應青雲對視一眼，兩人眸中都浮現出些許凝重。若這人說得沒錯，那死去的小翊是怎麼回事？
應青雲拿來小翊的畫像給這四人看，問道：「這孩子被賣到了崇明山一帶，是從你們手裡出去的嗎？」
四人仔細看了看，全都搖頭，表示沒見過這孩子。
封上上陰沈沈地看著他們。「你們可想好了再說，敢撒謊的話，解藥就別想要了！」
四人現在全身發麻，哪裡敢撒謊啊，認真地又看了一遍後，還是搖頭，阿龍道：「我們真的不認識這孩子，要是從我們手裡出去的，肯定認得出來。」
應青雲問道：「會不會是你們組織裡其他人拐了這孩子？」
猶豫了片刻，阿龍才不確定地說道：「應該不會，崇明山一帶是我們四個的地盤，其他人不會插手的，不然就是壞了規矩，羅哥也不會饒了他們。」
「那這個孩子呢，是不是你們拐的？」這次應青雲拿出來的是和小翊同一天被拐走、另一個女孩的畫像。

四人謹慎地看了半晌，又是搖頭，阿龍道：「這個也不是，我們沒經手過這個孩子。」

隨著他們的回答，應青雲和封上上內心越發沈重，但此刻只能壓下心中的不安，等著抓到那個羅哥再說。

最後，應青雲拿出寶兒的畫像，這下子他們認出來了，阿龍道：「這孩子的確由我們經手，好像是賣到了崇明山附近。」

「這孩子是從什麼地方拐來的？」

「具體不太清楚，我們都是從羅哥手中分來孩子，只負責把孩子賣掉，羅哥不會跟我們說孩子的背景。

「不過……我記得這孩子來的時候身上的衣服很華貴，好像不是普通老百姓家的，而且這孩子說話帶著京城那邊的口音，我們猜應該是京城人。

「因為覺得這孩子身分敏感，我們不敢多問，也不敢留在手上太久，所以抓緊時間就出手了，賣給了崇明山裡的村民。」

配合之前應青雲使用方言試探的結果，寶兒那孩子十之八九是從京城那邊來的，不知道景皓送回京的消息有沒有反應。

不過，當務之急是趁那邊的人起疑心之前把他們的據點一鍋端了，應青雲馬上安排景皓和吳為帶著衙役和官兵前往永羅巷抓人。

第二十五章　謎團加深

看他們轉身就走，那四人急了，瞪著眼急切地看封上上，阿龍道：「姑娘，該說的我們都說了，解藥呢？妳可不能騙我們啊！」

「解藥？」封上上腳步一頓，差點把這件事給忘了。

她拍拍腦袋，轉身道：「等我們抓住了你們的老大，確定你們沒撒謊、沒忘了交代什麼，我自然會給解藥。你們等著吧，一時半刻死不了。」

那四人都快哭了，第一次如此期盼官府的人快點把他們的老巢給端了。

出了審訊室，景皓好奇地問封上上。「妳哪來的毒藥？我怎麼沒聽過有這麼霸道的東西，妳該不會還會練毒吧？」

「練毒卑職倒是不會。」封上上賊賊一笑。「但唬人是專業的。」

景皓一愣。「妳騙他們的？那他們怎麼嚐不出味道了？」

這是所有人都好奇的問題，就連應青雲也疑惑地朝封上上看去。

「哦，這不難，就是隨便找了幾棵劍麻草切碎了，混著點泥土揉成丸子給他們吃唄。」

封上上聳聳肩。「你們應該都知道劍麻草是什麼吧？田埂上很常見的啊。」

大夥兒一聽，頓時傻眼。

他們當然知道劍麻草，這是地裡常見的一種植物，吃下去之後身體會發麻，舌頭更會麻得失去知覺，嚐不出任何味道，要等個一天才能漸漸恢復。

孩子們常常會因為誤食這種草而哭得稀里嘩啦，以為自己要死了，他們不少人小時候都幹過這種蠢事，沒想到封上上竟然利用這一點唬住了四個人販子，這本事，誰能不服？

衙役們看封上上的眼神更佩服了，論起忽悠人的功夫，這姑娘是祖師爺級別的啊！

應青雲也看著封上上，嘴角微揚。

封上上看到應青雲的表情，眼珠子一轉，笑著道：「大人，這次卑職又立功了吧？」

「嗯。」應青雲應了一聲，看她要說什麼。

「那破案之後有獎賞嗎？」

應青雲笑了。「有，破案了就允許妳要一個獎賞。」

這次封上上又是演生不出孩子、唯唯諾諾不敢反抗的婦人，又是做「毒藥」唬人，功勞甚大。

「謝謝大人！」封上上開心地笑了起來，嘴角兩個小梨渦能甜死人。

「欸欸欸，那我也要獎賞，我可是違背了良心，扮演個勞什子的狗屁男人，我自己都嫌棄，犧牲可大了。」景皓在一旁嚷嚷起來。

應青雲面無表情地說道：「別廢話，去抓人。」

景皓黑了臉，暗罵應青雲差別對待。

此刻天空已泛起了魚肚白，不遠處隱約能聽到公雞打鳴的聲音，眼看快要到人販子交代的時間，負責抓人的衙役們匆匆地出門了。

衙役們剛走沒一會兒，守門的田松突然跑過來，說有人報案，稱家裡的女兒不見了。

封上上心裡「咯噔」了一下，這是又有孩子被拐走了？

應青雲讓田松將報案人帶進來。

來者是一對三十多歲的夫妻，兩人一進來就跪著哭，丈夫黃飛說道：「大人，草民的女兒不見了，求大人幫忙找找！」

應青雲讓人將他倆扶起來，問道：「怎麼不見的？」

「昨天早上還在家呢，中午草民夫妻回去就不見她人了，找了很久都沒找到，實在是急了才來報案，怕是被人給拐了。」

應青雲眸色一沈。「你們怎麼確定是被人給拐了？」

「草民的女兒那麼大了，不可能是自己跑出去的，除了被人拐走，還能是怎麼回事？」

那麼大了？應青雲微微斂眸。「你家孩子多大了？」

「今年十六歲，快嫁人了。」

「十六歲？」這實在出乎應青雲的意料。

封上上也愣了一下。他們一直以為是幼齡孩童被拐，哪想到是個正值青春年華的姑娘家？十六歲的姑娘被拐就不是拐賣孩子了，而是拐賣婦女，同樣是很嚴重的事情。

應青雲十分嚴肅地問道：「你們確定她不是離家出走或走親戚去了嗎？」

「好好的哪會離家出走呢，她沒錢也沒地方去，還有，親戚家草民夫妻都問了一遍，她沒去。」

「最近你們有沒有發生爭吵，或者鬧了什麼不開心？」

兩人皆是搖頭。

若真是如此，那的確有可能是被人拐走了，應青雲神色凝重起來。

封上上不由得猜測道：「大人，會不會也是羅哥那夥人幹的？等吳為他們將人抓回來，我們再問問，說不定是他們動的手。」

應青雲頷首。

等待的期間，應青雲讓這對夫妻描述他們女兒的面容，他一點點地在紙上描繪更改，直到兩人說有九分像了才停手。

畫像完成沒一會兒，外面傳來一陣喧鬧聲，是吳為他們抓人回來了。

吳為激動地跑到應青雲面前稟報道：「啟稟大人，那些人完全沒想到據點會暴露，正在交付銀子呢，被我們當場逮到了。一共抓了十四人，那個羅哥也在其中，沒到場的漏網之魚也審出來了，景大人正帶著官兵過去抓。」

「好！辛苦了。」應青雲面露讚賞，立刻讓人將羅哥提到那四人所在的審訊室內審問。

羅哥一進去就看見四個手下被捆在柱子上，終於明白自己的老巢為什麼會被端了。他在西和縣幹了這麼多年，一直沒出過問題，沒想到這次卻栽了。

是他大意，以為新上任的知縣也是個草包，不會管事，哪想到他這般雷厲風行，這麼快就找到他們的據點。

羅哥無比悔恨，恨自己不該掉以輕心，可現在說什麼都晚了。

心裡憋著一股怒氣無處發洩，羅哥惡狠狠地瞪著四人，那四人紛紛低下頭不敢看他。

看羅哥還敢瞪人，封上上走上前去，將一顆黑色藥丸塞進他嘴裡，在他還沒反應過來的時候將他嘴巴一合，讓他將藥丸嚥下去。

羅哥一驚。「妳給我吃了什麼?!」

封上上拍了拍手上的殘屑。「哦，沒什麼，就是一點毒藥而已，要是老實回答我們的問題，就給你解藥，要是還想著反抗……」

四人看羅哥也被餵了毒藥，全都緊張了起來，阿龍立刻朝他叫道：「羅哥，真的不能怪我們啊，我們就是被她餵了毒藥威脅的！這毒藥吃下去後會喪失五感，接著慢慢癱瘓，全身不能動彈，就像活死人一樣，羅哥您現在是不是已經沒有味覺了？」

羅哥動了動自己的舌頭，突然發現自己的舌頭麻得沒有感覺，連捲舌頭這樣的動作都做不了。

他毫不懷疑地信了他們的話，目眥盡裂地看向應青雲。「你要問什麼問便是，何必餵我毒藥——」

應青雲冷冷地凝視著他。「你的真名叫什麼？」

「羅強。」

「你手中應該有被拐之人的名冊吧，放在哪裡？」

羅強身子一僵，這是他最重要的東西，一旦交出去，就等於是把自己的命放到了別人手上。

他下意識就想回答「沒有這東西」，可是看看自己待的地方，感受一下麻得沒有半點知覺的舌頭，再想到那些被抓的手下一定會供出他，除了認命還能怎麼樣？

羅強閉了閉眼，絕望地說：「那間院子中央的老樹下埋了一個箱子，名冊就在裡面。」

吳為立刻帶人去找名冊。

羅強沒有撒謊，名冊的確埋在樹下，整整半指厚的冊子裡密密麻麻記著每一個被拐之人的訊息、被拐的時間與地點、從何地而來、經誰之手、買家是誰、賣了多少錢財，全都清清楚楚，一目了然。

應青雲慢慢翻著名冊，根據時間，從裡面找到了寶兒的訊息，大名顧宸，小名寶兒，來自京城，於大魏弘曆十年春四月十六被賣予大窪村牛老三，賣銀十五兩。

「這個顧宸是京城誰家的孩子？」應青雲指著寶兒這一頁問。

羅強搖搖頭。「上面記的就是我所知的一切，我也是從上面的人手裡接收孩子，只知道是京城人，但是哪家的我真不知道。幹這行的，上面說什麼就是什麼，上面不說的，萬萬不能打聽。」

應青雲繼續翻著名冊，一邊翻、一邊問：「你的上面是誰？據點在哪兒？」

「我叫他老大，真名是什麼我不知道，也沒有據點。老大會主動聯繫我，每隔一段時間，他就會送一馬車的孩子來。馬車停在一個隱蔽的地方，把馬車給我以後老大就走了，不會多留，也不會多說，而且每次地點都不一樣，我想找他也找不到，只能等他找上門。」

「你們拐走的孩子也是交給他？」

羅強點頭應是。「我們拐來孩子後會等上一段時間，等下次老大聯繫我的時候再一併交給他。」

「你見過他的臉嗎？」

羅強搖頭。「老大每次都戴著紗帽，看不清臉。」

看來這個「老大」警戒心很強，手底下的人都弄不清他的行蹤，甚至連他是誰都不知道。

此時，應青雲翻到小翔被拐那天對應的名冊，在上面仔細地搜尋，結果並未發現小翔以及那個女孩的名字，不由得問道：「所有人的名字都在上面？確定沒有遺漏？」

羅強回道：「沒有遺漏，都在上面。」

應青雲眸色一沈，將小翔和另一個女孩的畫像拿給他看。「看好了，你們真的沒有拐這兩個孩子？」

羅浩仔細看了很久，搖搖頭。「沒有，這兩個孩子絕對不是我們拐的。」

應青雲一顆心沈到了底。

深吸了一口氣，他一字一句地問：「本地還有其他拐孩子的組織？」

羅強否認。「幹這行的向來互不侵犯，西和縣是我的地盤，一山不容二虎，沒人敢在這裡插手，但……」

他又看了應青雲手裡的畫像一眼，嘀咕道：「這兩個孩子估計是被一些單幹的人拐走的，有些人自拐自賣，我們碰不著，也懶得去管這些小嘍囉。」

羅強現在就是砧板上的魚，所以他沒必要撒謊，應青雲信這話。

封上上在一旁暗自思索，前後這麼一對照，能確定拐走小翔他們的另有其人。

應青雲沈思片刻，想起剛剛來報案的那對夫妻，又在名冊裡找了起來，不過沒找到他們女兒的名字。

他拿了剛剛畫的畫像給羅強辨認。「這位姑娘名叫黃芽兒，騾下村村民，昨天不見了，是你們動的手嗎？」

羅強想都沒想就否認。「大人可不好拐，一般隔一段時間才有一個上鈎，我們最近半個月一個都沒拐，昨天就更不可能了。」

應青雲想了想。「會不會是你的手下動手，沒跟你說？」

「我們的規矩是本地拐、外地賣，他們拐了不能在本地賣，要運到外地賣的話，需要特殊的路子，他們不交給我，哪來的辦法？」

羅強對這點倒是很有自信，不過他說的也沒錯，拐了本地的姑娘，人販子可不敢在當地賣，因為大人不好控制，還容易被人發現，賣到外地需要特殊的路子，人力、物力與財力缺一不可，一般小嘍囉辦不到。

這麼說的話，昨天失蹤的黃芽兒跟這夥人無關。

又是另有其人！

沒想到破獲了本地的拐賣組織，卻出乎意料地破不了案，案情更加複雜了。

應青雲壓下心裡的疑慮，先將名冊交給吳為，讓他帶著衙役和官兵們救出冊子上的被拐之人。

吳為帶著人剛走，守門的邵勳便匆匆地從外面進來，向應青雲稟報道：「大人，外面來了一隊人馬，為首之人說是寶兒的親人，已經在堂廳等候了。」

應青雲抬頭，下意識和封上上對視了一眼——沒想到這麼快就有結果了！

從消息傳回京城，再從京城趕過來，幾乎沒浪費一點時間，這家人肯定是馬不停蹄飛奔而來，可見有多急著想見孩子。

應青雲疾步去了堂廳，只見廳中坐了一男一女，兩人年約二十多歲，雖然因連日趕路而風塵僕僕，讓他們的面容有幾分憔悴，卻不掩其氣質——女子嬌美動人、溫柔婉約；男人身材高大、氣勢卓然。

眼前這兩人，並非常人。

這是封上上的第一個想法。

應青雲的反應也證實了這一點，他顯然認識那名男人，上前一步，朝他行了一禮。「顧將軍。」

顧擎朝應青雲抱拳回禮，眼中滿是感激之色。「應大人，這次真的多謝了，顧某欠了你一個大人情。」

應青雲寵辱不驚，淡淡地道：「職責所在，將軍客氣了。」

他看了顧擎身旁滿臉急切的婦人一眼，知道他們現在急著見孩子，也不多說，直接道：「下官先帶兩位去見小公子。」

這話正合顧擎夫妻之意，再次向應青雲道謝。

自從寶兒被找到以後，便被安排在幼餘堂中生活，這裡孩童頗多，後院又有許多新奇有趣的遊樂設施，是以寶兒沒兩天就玩熟了，不哭不鬧的，每天都過得很開心。

此刻也是如此，寶兒吃完早飯便跑到後院，小胖腿一跨就騎上了有輪子的小木馬，像個叱吒戰場的將軍一般，手裡拿著一根小荊條，一下一下地抽打著小木馬的屁股，一邊打還一邊呼喊。「駕——」

也不知道寶兒這孩子是怎麼忽悠別人的，一個跟他差不多年紀的小男孩心甘情願地為他牽著麻繩，在前頭拉著小木馬跑，小腦袋瓜子滿是汗水，卻仍然賣力地跑著。

「馬兒跑快點，本將軍要上陣殺敵，殺得敵人片甲不留——」寶兒一臉嚴肅，彷彿真的置身於戰場，威風凜凜。

顧擎夫妻一進後院看到的就是這個場景。

見到兒子這麼健康活潑的樣子，跟在京城家中一般快活，長久以來壓在心頭的大石終於落了地，顧擎狠狠地鬆了口氣，甚至還笑罵了一句「臭小子」。

顧擎的妻子黎青素就沒他這麼淡定了，唯一的兒子，一個寶貝肉疙瘩被拐走了，一年多沒找到，她的天都要塌了，要不是尋找兒子的信念支撐著她，她早就活不下去了。

時隔許久再次見到兒子，黎青素再也控制不住，全身一軟就癱坐在地，失聲痛哭起來，像是要哭盡心中所有的絕望與害怕，把這一年多來的痛苦都宣洩個痛快。

這一幕看得在場之人心裡都難受。

大概是黎青素的哭聲太大，吸引了還在玩耍中的寶兒，他一回頭，看見門口一堆人，視線先在高大挺拔的顧擎臉上停留了一秒，小眉頭皺了起來，再看向正在哭的黎青素，目光一定，眼神微愣。

寶兒一眨不眨地看著黎青素，小嘴緩緩張開，母子倆就這般隔空對望。

「寶兒——」黎青素淚如雨下。

這一聲呼喚似乎和夢裡的叫聲重疊起來，寶兒腦子裡飛快閃過一些畫面，畫面裡就是這個正在哭泣的漂亮嬸嬸抱著他，不但親他，還給他穿衣服，一聲聲地喚他「寶兒」。

寶兒瞬間打了個激靈，他立即從小木馬上跳下來，邁著小短腿朝著黎青素這邊衝過來。

「娘——」

黎青素往前爬了幾步，張開雙臂將這小人兒擁入懷中，她緊緊摟住自己失而復得的寶貝，邊哭邊說：「寶兒……娘的寶貝，娘的心肝……是娘不好，娘把你弄丟了……」

「娘，娘，娘……」

寶兒聲聲呼喚，喚得顧擎這個在戰場上殺伐決斷、所向披靡，一向流血不流淚的男人都忍不住紅了眼眶。

他蹲下身，將母子倆一起摟入懷中。「寶兒找到了，以後咱們一家人再也不分開，素素別哭了。」

封上上眨了眨眼，又仰了仰頭，努力把眼裡的熱意給壓下去，無奈還是流了幾滴眼淚下來。

雖然她是個女漢子，但她就是見不得這樣的場面，實在是太催淚了，哪個有點母性的女人受得了呢？

一轉頭，卻發現應青雲正在看她，封上上不禁愣了愣，覺得不好意思，趕緊揉了揉眼睛。「哎呀，被沙子迷了眼了。」

應青雲轉過頭去，良久後才「嗯」了一聲。

封上上覺得應青雲這聲「嗯」似乎帶了點笑意，便側頭看向他，果然見他嘴角微揚。

她不由得咬了咬嘴唇，心想自己這說的是啥話啊，沒起風哪兒來的沙子？

「擦擦眼睛吧。」應青雲目光直視前方，話卻是對她說的。

嗯？什麼擦眼睛？封上上無意間低頭掃了自己的手一眼，突然愣住了——她的手指怎麼黑糊糊的？

哦，對了，她不久前才捏過「毒藥」，還沒來得及洗手呢。

好了，現在封上上完全能想像自己臉上此刻是什麼模樣，肯定髒兮兮的吧，怪不得他笑。

然而封上上並不窘迫，甚至還覺得有趣，也跟著笑了起來，邊笑邊朝應青雲伸出了手。

應青雲不禁一愣。「什麼？」

——未完，待續，請看文創風1239《大力仵作青雲妻》2

為流浪貓狗加油 和貓寶貝 狗寶貝

廝守終生(一定要終生喔！)的幸福機會

對人來說，貓寶貝狗寶貝只是生活的一部分，但妳（你）對牠們來說，卻是生活的全部，領養前請一定要考慮清楚——

▲ 樂天的豆豆先生——小飛飛

性　　別：男生
品　　種：米克斯
年　　紀：2歲
個　　性：親人乖巧、隨和穩定
健康狀況：已結紮，已施打十合一、狂犬病、萊姆病疫苗
目前住所：基隆市暖暖區（中途志工家）

本期資料來源：珠式會社粉絲專頁 https://www.facebook.com/doggieInc.tw/

『小飛飛』的故事：

降落新竹飛鳳山的慢飛天使小飛飛，孤身跟著登山客走了七個小時十三公里，最後大家完成行程下山了，卻徒留小飛飛在山上徘徊，當時牠全身皮包骨，血尿、連排便都摻雜樹枝和碎石，經好心人士接獲通報後才將牠救援下來。

小飛飛五五身材，體型不大不小剛剛好十六公斤，很愛吐小舌頭，個性隨和親人，可任人搓揉而不生氣，也像貓一樣會亦步亦趨跟著人走動，但不會主動撒嬌。即使前半生風風雨雨，導致腳部神經受傷，走路像跳八家將一樣，甚至下樓梯動作較慢需要人耐心等待，可牠還是用自己幽默的方式來對待這個世界。

親人的小飛飛看到人會十分興奮，尤其是對狗狗友善的人士或熟人；洗澡、剪指甲、吹乾非常乖巧；喜愛玩玩具，會自己玩得很嗨；對喜愛的零食會護食，且吃東西及休息時不喜歡人打擾；會坐汽機車、游泳，愛看電視；外出時喚回表現很棒，不太會暴衝，也沒有吠叫問題。

重獲新生的孩子，正等待一個安穩的家和一輩子的幸福，您願意跟我們交棒嗎？歡迎聯繫珠式會社粉專，或是陳依庭小姐0921064760，交換彼此通往幸福的門票，將歡樂帶回家中。

認養資格：

1. 認養人須年滿20歲以上，且經同住家人全體同意，
   由於樓梯若太窄小飛飛會沒辦法行走，所以希望是住一樓或有電梯的家庭。
2. 不關籠、不放養，全戶外大小便，一天必須散步2-3次。
3. 須同意簽認養寵物切結書。
4. 須同意送養人日後之追蹤探訪，對待小飛飛不離不棄。

來信請說明：

a. 個人基本資料：姓名、性別、年齡、家庭狀況、職業與經濟來源等。
b. 想認養小飛飛的理由。
c. 過去養寵物的經驗，及簡介一下您的飼養環境。
d. 若未來有結婚、懷孕、出國或搬家等計劃，將如何安置小飛飛？

2024年2月出版

請進！美味飯館

文創風1229～1231

他是個不可多得的好男人，許多女人都想要，她也想，可是，這份感情終究不是給她的，而是給另一個女人的，她不能奪走屬於原身的深情，不然，她與小偷有何區別？然而，他正在蠶食鯨吞她的心，她無法控制被他吸引，如果他繼續守在自己身邊，她不知還能不能守住這顆心……

借問美味何處尋？路人遙指楊柳巷／一筆生歌

孤兒出身的米味因從小就對廚藝極有興趣，所以努力靠自己白手起家，
最終她自創品牌，成立了世界知名的食府，站在美食金字塔的頂端，
因有感於生活太忙碌，她想好好放個假，便把事業交託給徒弟打理，
不料還沒享受人生，她就意外地車禍喪命，再睜眼已穿成個古代姑娘，
而且頭部受傷又懷有身孕，偏偏她腦中對這原身的一絲記憶都沒有！
幸好寺廟的住持慈悲收留，母子倆一住四年，過上夢想中的鹹魚生活，
可惜好景不常，為了兒子的小命著想，母子倆不得不離開，踏上尋親之旅，
只因兒子自出生起，每月便要發病一次，發作時會全身顫抖、疼痛一整天，
住持說孩子身中奇毒，既然她很健康，那問題顯然出在生父身上啊，
想著孩子的爹或許知道如何解毒，母子倆便循著住持占卜的方向一路向北，
哪怕人海茫茫，她也要帶著孩子找到他爹！
為了養活娘倆，看來她得重操舊業賣拿手的美食佳餚才能快速賺錢了，
貪多嚼不爛，她先弄了個小攤子賣吃食，打算日後攢夠錢了再開間飯館，
期間聽客人說，曾在京城看過跟她兒子長得很像的人，那肯定是孩子生父啊！
於是她二話不說，包袱款款就帶著孩兒直接北上進京尋父救命去了……

2024年2月出版

嗆辣廚娘真千金

文創風1235～1237

不管是不是「郡主」，廚藝方為立身的根本！
既要發展餐飲事業，又要面對競爭對手的威嚇跟殺手的追擊，
她這個鄉野出身的小姑娘，也招惹太多怪人了吧……

劇情布局操作高手／**咬春光**

除了一身傑出的廚藝，沈蒼雪最佩服自己的就是唬人的功夫，
看看，財主家的兒子不就被她三言兩語哄得一愣一愣，
輕易就跑回家拿出大筆資金供她創業了嗎？
說起來，開間包子鋪、賣些吃食的對她而言根本是小菜一碟，
畢竟她穿越過來之前年紀輕輕就獲得料理比賽冠軍了，
真正需要花心思的，反而是在如何訓練出好員工。
瞧聞西陵這小子，模樣跟體格都好，偏偏頂著一張死人臉，
好不容易將他「調教」成功，他卻要返京做回他的將軍？!
行，反正她也得去京城解開身世之謎、揪出害死養父母的凶手，
到時候可別怪她把他拎回臨安當他的「工具人」！

大力仵作青雲妻 1

國家圖書館出版品預行編目資料

大力仵作青雲妻 / 一筆生歌著. --
初版. -- 臺北市 : 狗屋出版社有限公司, 2024.03
冊 ; 公分. --（文創風 ; 1238-1240）
ISBN 978-986-509-501-7（第1冊 : 平裝）. --

857.7 113000936

著作者	一筆生歌
編輯	連宓均
校對	沈毓萍
發行所	狗屋出版社有限公司
地址	台北市104中山區龍江路71巷15號1樓
電話	02-2776-5889～0
發行字號	局版台業字845號
法律顧問	蕭雄淋律師
總經銷	知遠文化事業有限公司
電話	02-2664-8800
初版	2024年3月
國際書碼	ISBN-13 978-986-509-501-7

本著作物由北京晉江原創網絡科技有限公司授權出版

定價290元

狗屋劃撥帳號：19001626

網址：love.doghouse.com.tw E-mail：love@doghouse.com.tw